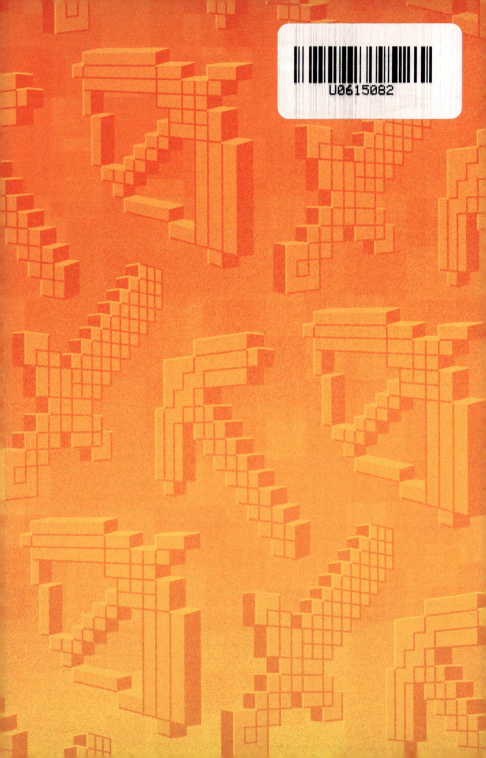

MINECRAFT

我的世界 怪物小队

MINECRAFT

我的世界　怪物小队

[美]黛丽拉·S. 道森　著

陈新瑜　黄文彬　译

童趣出版有限公司编译　人民邮电出版社出版
北　京

图书在版编目（CIP）数据

我的世界. 怪物小队 /（美）黛丽拉·S·道森著；
童趣出版有限公司编译；陈新瑜，黄文彬译. -- 北京：
人民邮电出版社，2023.3
ISBN 978-7-115-59731-1

Ⅰ. ①我… Ⅱ. ①黛… ②童… ③陈… ④黄… Ⅲ.
①儿童小说－长篇小说－美国－现代 Ⅳ. ①I712.84

中国国家版本馆CIP数据核字(2023)第017030号

著作权合同登记号　图字：01-2021-7402

著　　　：[美]黛丽拉·S. 道森
译　　　：陈新瑜　黄文彬
责任编辑：刘佳娣
执行编辑：魏宇非
责任印制：李晓敏
封面设计：林昕瑶
排版制作：李凤敏

编　译：童趣出版有限公司
出　版：人民邮电出版社
地　址：北京市丰台区成寿寺路 11 号邮电出版大厦（100164）
网　址：www.childrenfun.com.cn

读者热线：010-81054177
经销电话：010-81054120

印　刷：北京华联印刷有限公司
开　本：889×1194 1/32
印　张：10
字　数：300 千字
版　次：2023 年 3 月第 1 版　2025 年 3 月第 3 次印刷
书　号：ISBN 978-7-115-59731-1
定　价：59.00 元

献给亲爱的里斯和雷克斯，

你们不是正为《星球大战》和《我的世界》

绞尽脑汁吗？

献给《我的世界》社区和服务器上的那些"大咖"。

1
玛尔

先交代一下：我叫玛尔，住在一个叫作聚宝盆的小镇，为了朋友我愿意两肋插刀，绝不夸张。所以他们总是向我求助。

我家经营着最大的养牛场。每天早晨，我都伴随着鸡鸣声起床，然后赶牛去牧场。这段路不远，因为我们小镇外头密不透风地围着高耸入云的城墙。我们得时不时换一下牛吃草的地方，要不然它们啃一嘴泥不说，还会一脑袋扎进地里拔都拔不出来。牛虽然很蠢，但也很可爱。它们吃草时，我在一边享用早餐，牛儿嘎吱嘎吱的咀嚼声听着真开胃。

"玛尔！"我正吃苹果时，耳边传来喊声。

我四下一瞅——肯定不是牛在说话。我认得出这个声音是谁。

"早啊，蕾娜！"

　　我的朋友蕾娜气喘吁吁地向我跑来，很着急的样子。她的一头棕色鬈发上下跳动，上面挂满了树叶。"玛尔，赶快过来帮帮忙，贾罗把托克和楚格逼到了一条巷子里！"

　　和蕾娜说话，千万别急，一样样问清楚再行动也不迟。

　　"你慢慢说。我知道托克连根病恹恹的甜菜根都打不过，但楚格对付贾罗没有一点儿问题。到底怎么啦？"

　　她歪着脑袋回答："楚格有锄头。"

　　不妙。

　　楚格和托克是我的朋友。他们是兄弟俩，但没有一处地方是相像的。他们总是因为各种各样的由头惹上麻烦。和贾罗打架本没什么，但楚格手里攥着把锄头，要是贾罗激怒了他，加上又是在镇中心一条偏僻的小巷子里，一旦楚格的锄头把贾罗的脑袋开了瓢，那我们可就真的麻烦大了。

　　锄头可不容易得到，只能在老斯图那儿买，而且很贵。

　　至于托克嘛……他会用各种五花八门的工具，经常能做出一些有意思的小玩意儿试图给家里的南瓜农场帮忙——但都没什么用。他头脑灵活很有创意，但一激动起来就会把纪律和安全抛到九霄云外。

　　另一方面，楚格头脑简单，一言不合就上拳头。我们动作得快点儿——倒不是为了从贾罗手里救下男孩们，而是要从楚格手里救下我们所有人。楚格是我最好的朋友，但我最头疼的是他那张嘴没有个把门的。他是翻盘王，疾恶如仇，不能容忍倚强凌弱。我们都是一根绳上的蚂蚱，要是他伤了贾罗，谁也别想好过。

"玛尔，抓紧点！楚格的眼睛都红了，我们要快！"

蕾娜转身就跑，时不时回头看我跟上来没有。她说话一向特别夸张，言过其实，所以我敢肯定楚格不会一上来就拿锄头砸别人的脑袋。话虽如此，我也得小心别让谁伤着了，所以只好叹口气，把还没吃完的苹果扔给最近的那头牛，站起来跟着蕾娜跑了起来。

我比她先一步跑到那儿，也就是我们称为镇中心的地方。我跟着蕾娜来到一条藏在老商店和老房子后面的巷子里。果然，一眼就看见了他们几个。远远地，我看见托克站在一段高高的老旧楼梯上，这段楼梯通往二楼的门，但早就没人用了。他的猫康多陪伴在侧，全身的毛多着，向下面的人嘶嘶示威。不知道康多是公是母，但托克断定她是母的，猫咪对此没意见，我还有什么可说的呢。康多天天蹲在托克的肩头。要是哪天托克的脑袋旁没个毛茸茸的橘色圆球，我还会觉得奇怪呢。

至于眼前的景象……幸好我们飞奔了过来，否则不敢想象有什么后果。

楚格双手紧紧攥着一把崭新的锄头，他和贾罗几乎脸贴脸地对峙在巷子里。贾罗的两个小喽啰——雷米和艾德跟在他身后，随时准备动手。幸亏我和蕾娜来了，男孩们才免于寡不敌众。

"放下锄头，有本事咱们赤手空拳打一架！"贾罗大喊起来。他比楚格高一头，胳膊也长，但楚格比较壮实，打起来未必吃亏。楚格无论如何都要保护自己的兄弟不受人欺负。

"锄头一扔，你养的那两头蠢驴就会把它给顺走，"楚格回敬道，"你不就是为了偷东西才把我弟弟堵到巷子里的吗？你是个贼吧？你那张丑脸也是从镇子上偷来的吧？"

贾罗哑口无言，他一向脑子不好使。"少废话，动手吧！"

楚格看见我和蕾娜站在贾罗身后，会心一笑："好吧，没关系，我不用锄头也能赢你。弟兄们，来了？"

楚格一招手，贾罗和同伙不约而同地回头望向我们。楚格赶紧把锄头抛给托克，趁贾罗分神时，狠狠一拳打在他的肚子上。贾罗吃了一惊，弯下腰嚷嚷了一句："啊呀！"

"哎哟，伙计，不是要肉搏吗，你怎么不懂规矩呢！"楚格笑眯眯地问道。

雷米和艾德有点儿慌——这帮地痞喜欢欺凌弱小，但碰上真刀真枪就尿了。

两个喽啰对付楚格，贾罗这时已经回过神来，扭过头跟我对峙着。

"哟，瞧瞧，这就是罩着你们的老大。"贾罗上下打量着我，脸上满是鄙夷的表情，"听说了吧，女孩我照揍。"

他朝我和蕾娜逼近一步，蕾娜嗖的一下跑了，我纹丝不动。

"嚯，你还挺想得开，"说着我看见他身后，楚格举起两只拳头马上就要动手，我赶紧使了个眼色，摇了摇头，必须制止双方打起来，不能让楚格与贾罗的仇越来越深，"那你听好了，男孩我也照揍。"

贾罗冷笑着往前逼近好几步，害得我只好往后退。他挑衅道："你没打过人，想解决问题必须——"

"贾罗，猜猜你老妈同不同意你打架斗殴？"说着我高高昂起头，免得让他看见我两个膝盖正在瑟瑟发抖。"蕾娜，去闹市区找找，看他老妈在不在附近。"贾罗的老妈最爱嚼舌根了，早晨这个时间她一般都站在斯图商店附近，谁有一点儿动静都逃不过她的法眼。蕾娜点点头，跑过拐角不见了。这下，我拿捏住了贾罗的要害。我是这群孩子默认的头儿，喜欢通过外交手段解决争端以及危机。

两个小喽啰扭过头想看看我和蕾娜在耍什么把戏。楚格就是楚格，他一个箭步走到他俩中间，飞起一脚踢在贾罗的后背上。我吃了一惊——如果楚格把这事交给我处理，我们几个都可以全身而退，既不用打架也不用挨骂。贾罗猛一转身瞪着他，握紧了拳头。

"贾罗，我听见你老妈的声音了。"我警告他。

即使头脑再不灵光，贾罗也能算出来四比三是谁吃亏，再加上他的老妈随时都有可能冒出来。"你们这些小崽子千万要把锄头拿好了啊，总有一天我要抓住托克，然后嘛——"

"借你个豹子胆，"楚格缓缓了摇头，"一对一的时候，你就知道他的厉害了。比如我就不行——你跟他比数学试试看？哪样你都比不过他，人不可貌相。"

"那他为什么见我就跑？"贾罗不服输，总想压一头。

"因为他怕你的愚蠢会传染。"

吵架和打架全都一败涂地，贾罗只好摇着头撂下一句："你不配。"然后朝俩喽啰扬了扬下巴，走出巷子的时候还撞了一下我的肩膀。他们走远后，蕾娜从一个老旧的破箱子后边溜了出来，脸上带着惭愧的表情，手里还攥着一块小石头，我猜她应该是吓得忘了这回事，根本没去找贾罗的老妈求救。

"平安无事。"托克松了口气。

他把锄头扔给我，跑到台阶边，正犹豫怎么下来的时候，楚格伸出一只手。康多根本没把高高的楼梯放在眼里，径直跳下楼梯，然后我们几个跑出巷子回到了镇中心。

"太棒了！"楚格紧紧攥着拳头说道，"哪天不揍贾罗我就不痛快。"

"没你想的那么美，"我告诫他俩，"现在贾罗肯定跑去跟他老妈告状说你打了他，等下没人会给我们好脸色了。"

"要是他们知道刚才的情形，准得把我当成大英雄不可！"楚格悲壮地说道。

"话是这么说，但大人们才懒得问个清楚，只要表面上风平浪静就行。"康多跳上托克的肩头，他摩挲着猫咪橘色的毛皮。

果然，我们看见贾罗和他老妈多娜在咬耳朵，于是我们撒丫子就跑。至于去哪儿，大家心知肚明——两兄弟家的南瓜农场是我们的秘密基地。如果去我家的农场，父母肯定要指派我们干这干那；蕾娜爸妈的矿场对孩子们有条条框框的规矩；南瓜农场虽然总是冷飕飕的，但好在——

"我就纳闷儿了，怎么老有这事。托克，锄头可是花钱买的。"当楚格交出新买的锄头时，他们的老爸气呼呼地说道，"锄头可不是你想做就能做的，工具很难买到，而且很贵！因为早晨出了这档子事，我还欠了斯图十个你妈妈做的南瓜馅儿饼！我知道你本意是好的，但不能因为发明创造而糟蹋东西。"

托克顶嘴道："可是，想要做出更好的东西，第一步先得拆东西！"

"只要你别拆了我们的骨头就行！"楚格在一边火上浇油。

他们的老爸其实脾气已经很好了，但话说回来，你得有像楚格和托克一样的孩子才能知道。

"看我不——"他们的老爸刚一开口。

"哎哟，饶了我吧！"楚格打断他，"我都毛骨悚然了！"

他们的老爸无奈地摇了摇头："不提骨头的事了。今天早晨罚你俩除草，整块南边的田都是你们的。"

"不公平！"楚格嚷嚷着，"分内的事我们都干完了，况且——"

"我们很乐意帮忙，"我赶忙挺身而出，脸上带着标准的"乖孩子"式笑容，"几个人一起动手的话很快就能完成，对不对，蕾娜？"她点点头。兄弟俩的爸爸望着整齐的南瓜田垄连连叹气。

7

"你们能帮忙实在太好了，但他们俩该干的一点儿不能少。另外，托克我求你了——今天能别再弄坏其他东西了吗？"

他拖着沉重的脚步离开了。他们的老爸刚走，托克便蹦到一台他搞砸了的机器前，上面一堆乱七八糟的零件根本不配套。他戳了戳破锄头的尖端，只听咣当一声，那玩意儿掉到了地上。"这台机器将彻底改变除草的工作。这次一定行，上次是因为我把一个重要公式的某个地方漏掉了。"

楚格轻轻推了一把他的肩膀："兄弟，没事的，你肯定能成功。老爸现在不理解，但总有一天会明白你的。他现在满脑子都是南瓜，简直没救了。"

我们走向南边的田地，离镇子非常远，刚好位于聚宝盆镇两堵墙汇合处的犄角旮旯里。我已经干完了早上的活儿，蕾娜不论在矿场附近干什么，她爸妈都不放心，因为她总是笨手笨脚，脑子里不知道想些什么。就这样，我们几个一上午都老老实实地用手拔草。

老实说，这活儿倒不算很难，毕竟有好几个人做伴。每个人负责一排，边干边聊，把除南瓜藤外的绿色植物全都拔出来，扔掉那些可恶的杂草，将地里所有的种子都放进袋子里。楚格和托克的老爸把农场管理得井井有条，所以我们要干的活儿也不多。果然，蕾娜又拖了后腿，还是老样子。上一秒她还蹲在地上拼命拽一根长得特别结实的杂草，下一秒她就溜了，追着蜜蜂到处跑，不然就是呆呆地望着天上。

正当托克滔滔不绝地讲解用绵羊洗碗的创意时，突然传来一声尖叫。好像是蕾娜的声音，于是我们三个人朝最后一次看见她的方向狂奔而去。

蕾娜一看就是跑远了，我们瞧见她站在远处，瞪着墙壁不住地尖叫，即便她经常有奇怪的举动，这样的情形也很不寻常。

我跑得最快，所以头一个赶到。"蕾娜，你怎么了？"

蕾娜扭头望着我，眼睛瞪得老大，双手颤抖，指着一幕诡异的景象：这个角落里的南瓜全都变成了恐怖的灰绿色，紫色烟霭像雾气一般从南瓜上升起。接着，南瓜塌陷下去，变成了烂泥，藤蔓变得又黑又硬。"我看见，"蕾娜说道，声音小得几乎听不清，"一个长翅膀的灰色东西，它在南瓜上倒了一剂药水然后飞走了——直接穿墙而过。"

"长翅膀的灰色东西？"楚格哼了一声，踢了踢一个塌下去的南瓜，南瓜歪到一边融化了，"难道是只妖怪鸡？"

蕾娜低头看着脚面："不是鸡。"

"要么是一只新品种的鸟？看起来像药水，但其实，呃……并不是？"哪怕想象力丰富的托克也琢磨不透，为什么一只鸟会有药水，这种情况太少见了——我说的是药水，不是鸟。

我双手叉腰，抬头盯着那堵墙。墙很高，没人能看到墙外的光景。墙上压根儿没有门，不论白天还是黑夜都点着成千上万支火把来照明。我们不知道墙外什么样子，但有件事错不了：这道墙是保护我们的，墙外的一切既危险又可怕。

爷爷奶奶从没出去过，爸爸妈妈从没出去过，我们也从没出去过。自打我们的祖先建起聚宝盆镇，还没有人翻墙出去过。

以前，我每次看到高墙都会感到心安。我们镇子自给自足，没出过事。当然啦，我也很好奇墙外是什么样子，但我揣测，当初镇子的创始人建高墙，肯定是有原因的。

可是眼下，按照蕾娜的描述，我想象的场景却让我感到后背凉飕飕的。

难道蕾娜真的看到什么了？如果是这样，到底是什么东西呢？

它为什么要毒害我们的庄稼呢？

2

蕾娜

先交代一下：我叫蕾娜，是十个孩子里最小，也是最不让人省心的，只有朋友们才会真正关心我。所以当他们用那种目光看我的时候，我特别伤心——好像我扯谎似的，但其实我没有。

好吧，我虽然有时候也扯谎，但都不是故意的。白日梦、梦境和现实经常很难区分。事实上，谁能记得清哪个是哪个呢？做白日梦可太有趣了。但这一次，我的所见所闻是真的。我得反复地跟朋友们强调这一点，他们才会相信。

"你说它穿墙而过？"玛尔问道，眉头紧紧皱着。

我点点头："就跟穿过空气似的。"

"那它是怎么进来的？"

"我怎么知道。我当时正观察小蜜蜂，突然听到一阵奇怪的声音，可能像喇叭？它就在我眼前，个头儿比人小，全身都是灰色的，长着翅膀，然后它就……飞起来了。"

玛尔和楚格互相使了个眼色，我看不懂他们什么意思，但我看得出他俩很怀疑。托克跪在地上，捡了一块腐臭的南瓜装进口袋里，可能是为了回家好好研究。康多看起来很难受，张着大嘴马上要吐了。

我跟康多的感觉一样，也快吐了。

终于，楚格说话了："咱们该怎么办？"

玛尔环顾田野四周。几百个南瓜都很正常，只是这一个有问题。在这片田野一个不起眼的角落里，我目睹了不可思议的一幕。

"你老爸已经生气了，而蕾娜是出了名的……"玛尔又皱起了眉头，"我看没人会相信这个理由。咱们先看看明天是否一切正常。可能有什么奇怪的南瓜病害。今天他不摘这里的南瓜吧？"

楚格来到种着好南瓜的田块，地上都排列着整齐的橙色方块，而不是黑乎乎的烂泥。"还没到时候，再过几个星期等南瓜茎又粗又结实的时候再摘。哎呀，已经长结实了。你们帮忙瞧瞧？我对南瓜的生长过程不熟。"

"只能等等看。我说，你们以前听说过这种事没有？是不是一种……已知的南瓜病害？""闻所未闻。"托克仔细查看手里的样品说道。"还从没听说过腐烂得这么快的，有可能不是……"楚格说着内疚地看了我一眼。

这种眼神我见多了，朋友们最多挤眉弄眼，或者静静地注视我，但爸妈和兄弟姐妹只会给我起一堆难听的外号，从疯子蕾娜到大话女王，再到我最讨厌、最简短也是最伤人的——骗子。

"有可能是个缓慢发展的过程，被我们忽略了。"托克帮哥哥说完了后半句，"可能是虫害，或者在地下传播的病害。"他回头眺望着农舍和谷仓，"我今天真不想再告诉我爸什么坏消息了，况且这个事情连我自己都解释不通。"

"蕾娜，你说呢？"玛尔问道。大家的目光齐刷刷地向我投来——我最讨厌这种场合了。

我抬头望望高墙，再低头瞅瞅烂掉的南瓜，还冒着诡异的紫色烟雾，又看向那个怪物出现时我站的地方，刚刚还有只好玩儿的蜜蜂飞过来。而此时，我的朋友们正眼巴巴地等我的回答。

我还能说什么？我心里涌起一阵恐惧。一阵没有缘由的恐惧。

还不是因为这次，我明明目睹了一切，却没人相信我。

"等明天早上再看情况。"先顺着他们的话说吧。我走到几排没融化的南瓜那儿，马上动手薅起杂草来。我的脸蛋儿火辣辣的，赶紧做出一副除草的样子来，是为了别让他们发现我强忍的泪水要掉下来了。

玛尔轻轻拍了拍我的后背，她是个很贴心的人。"别难过，总会水落石出的，我们不会冤枉人的，对吧？"

我点点头。正常情况下肯定能够水落石出，但我自己却总是云山雾罩。为什么蜜蜂能头朝下倒着飞呢？为什么有些绵羊的毛会变色？为什么有时候三更半夜，房间地板下会传来怪异的哀号声？为什么曲奇要叫"曲奇"？

你要是连续重复十次，就会不认识"曲奇"这个词了。

几个人继续拔草，我集中精神干活儿，不再想其他的事情。跟朋友肩并肩的感觉真好——这次我们还算统一阵线，所以他们依然相信我，多少会信一点儿吧。大家打闹着，互相扔土块和南瓜，共享楚格带的南瓜馅儿饼。他妈妈的手艺太棒了，南瓜馅儿饼真好吃！现在想想，应该先吃南瓜馅儿饼再扔土块，但有点儿沙子也能磨磨牙齿不是吗？

距离吃晚饭还早，我们把活儿都干完了，于是用一个歪歪扭扭的南瓜玩投球游戏，还跑进旧谷仓里逛荡，找一些好玩儿的东西让托克修理。要不是刚才我吓坏了，害得小伙伴们心里惴惴不安的话，这真是个美好的下午呢！现在，大家都装作一副若无其事的样子。

太阳下山了，我和玛尔跟其他孩子挥手告别，然后转身回家，两个人浑身都是泥土和南瓜子儿。到了圆石路的岔路口，我们也要分手各自往家走了。

"明天见啦！"玛尔说道。

"明天见！"我回答她。

她朝我走近一步问道："你还好吧？上午那件事确实很奇怪，但别担心，一切都会好起来的！"

"你怎么知道的？"

"到目前为止，哪件事不是圆满结束，你说呢？"

她的逻辑不对。对我们来说，一切都可以算是"圆满结束"，但每个人对"圆满"的定义都不一样。这还不算那些真的经历了"不圆满"的事情的人，譬如本。上个星期他在矿井里受伤了，被人用担架抬出来，看着像是烧伤，也可能是咬伤。老爸说他从梯子上头摔下来了，可摔伤怎么可能有牙印呢？

"也对。"我这么回答是因为想要显得合群，有时候你得顺着别人说。

"就是嘛。"玛尔边说边笑着从我的头发里摘出一小粒南瓜子，然后沿着小道往自家农场走去，头也没回地向我挥了挥手。

离家越近，我的心情越沉重。我家的房子气派宽敞，大大的玻璃窗之间镶着珍贵稀有的石头，组成各种优美的图案，到处都是亮闪闪的火把，因为聚宝盆镇每一寸地方都有火把照亮。院子里出奇地安静，我就知道自己晚餐又迟到了。餐厅里，父母和九个兄弟姐妹已经围坐在长条桌边，我溜进去的时候，大家齐刷刷地把目光投过来。

"你怎么了？"妈妈问道。

"嗯，我看到了个奇怪的东西——"

"妈妈问的是你怎么全身脏兮兮的。"爸爸加了一句。

我低头看了看自己的胳膊。

老天啊！

"我去洗洗。"我只回答了一句话。因为说实在的，他

15

们看重的是行动而不是听解释。他们最讨厌解释，把那个叫作"找借口"。两者之间有天壤之别，但往往越解释就越麻烦。

　　我三步并作两步去洗手间，洗掉所有脏东西，从乱蓬蓬的头发里择出树叶、树枝和南瓜子儿。把自己收拾整齐以后，我来到桌边就座。我家吃饭都是按年龄排位的，因为爸妈做事严谨有条理。一般我都是最后一个到，所以哪把椅子空着我就坐哪里，一望便知。

　　我的大姐莱迪厨艺特别好，但我每次吃饭都备受煎熬。爸妈让我们围着桌子报告一天都干了什么，学到了什么，感恩什么。这对其他兄弟姐妹来说易如反掌——"我分拣了矿石和石头。""我认识了一种新矿石（或者石头）。""我感激矿石和石头。"——他们都在矿山周边干活儿，从事体力劳动或者文书工作。然而轮到我说时却卡了壳。

　　要是我把今天的事和盘托出，他们一定以为我在撒谎。但如果随便一说的话……那就是真的撒谎了，我痛恨这种行为。

　　"你呢，蕾娜？"等其他人都侃侃而谈自己多喜欢石头和石头制品以后，妈妈叫了我的名字。

　　在十一个人的注视下，我的脑子一片空白。"这个嘛……"

　　"你今天都干了些什么？"

　　幸好这个我答得上来。"楚格和托克弄坏了锄头，兄弟俩的爸爸开玩笑说要打断他们的骨头，于是我帮他们俩在花园里除草去了。"

　　十一张脸庞都浮现出了恼怒的表情，我开始后悔，不应该把打断骨头的事说出来。

"也太夸张了点。"爸爸下了个结论。

"我也觉得过分了。实际上，他爸爸让两个人别打坏东西，楚格就开玩笑说只要不打断骨头就没事。"我赶紧附和爸爸的话。像这样每次别人在我的话里挑刺儿，然后大加指责时，我马上就会乱了方寸。所以，为了避免大家又说我编故事，我只好像机关枪一样赶快说完自己的部分，好让石头的话题继续下去。"我感恩蜜蜂，使我见识到了长翅膀的灰色怪物。它在南瓜上一倒紫色药水，南瓜立马就烂成一摊泥，发出臭鱼烂虾的味儿。"

屋子里鸦雀无声，看样子没人相信我的话，然后大家爆发出一阵哄笑。

"哎哟，蕾娜，这真是无稽之谈。"莱迪笑着说。

"你脑袋里的想法真有意思。"爸爸加了一句。

"可我想知道，你到底学到了什么东西。"妈妈的语气温柔但严厉，透着一股威严。

我耷拉着脑袋，感觉脖子上像是坠了个南瓜，沉甸甸的。"我嘛……我学到了，这个嘛，托克在旧谷仓里找到一个神奇的盒子，如果你把它放在南瓜上，就能发出像放屁一样的音乐声。于是为了听响儿，我们用各种东西垫在它下面或者压在它上头，譬如干草和黏土，还有——"

爸妈阴沉着脸对望了一下，兄弟姐妹们有的摸不着头脑，有的一脸尴尬。

"如果不知道是什么东西，你们这些小孩就别乱弄。有些危险你们根本就预料不到。"妈妈开口了。

"不就是个老旧又奇怪的盒子嘛，一碰就响。"我辩解道。

"蕾娜，不许顶嘴。不许玩儿那些不认识的东西。而且，以后不许再进旧谷仓。"爸爸撂下这句话，然后给妈妈使了个眼色和她一起进了厨房。他俩走后，兄弟姐妹都瞪着我。

"好好的晚饭被你给搞砸了。"哥哥拉夫责怪道。

"你就不能正常点吗？"他的双胞胎妹妹莉亚也帮腔。

哪怕他俩只比我才大一岁，干的工作也不过是打扫石头粉尘，但总是有种优越感。

一股怒火腾地从心底冒了出来，我的双手紧紧攥成拳头，恨不得让他们见识一下什么才是"正常"。可是其他兄弟姐妹嬉笑起来，莱迪对拉尔斯轻声说："一家子总要出个活宝，对吧？"听到这话，我心里的怒气一下子烟消云散，变得像个烂南瓜般垂头丧气。

说什么他们都不会相信我看到的那一幕，他们只会认为我是为了引起别人的注意而撒谎——我在别人心里就是这么个形象。如果他们是花岗岩，我就是仓库最角落里被一块布遮盖起来的奇特紫水晶。因为人们对我一无所知，而且我身体里面涌动的能量足以让他们胆战心惊。

后来我再没说一句话。爸妈端着甜点回到桌前，大家默不作声地吃完这顿饭，气氛很别扭。半夜我躺在床上，莱迪和露西嘀嘀咕咕地小声说话，被我听到了，大概是说爸妈应该分配我点事做，老老实实待在家里比跟着朋友们瞎晃荡好多了。

"镇子上的人都管他们叫害群之马，"露西低声说道，"真丢脸。"

我得说句公道话：我的朋友们才不是害群之马，反而与我一奶同胞的兄弟姐妹比起来，他们善良、勇敢又大方，当然我也不差。可是家里人根本听不进去解释，只当我在发牢骚。我翻身背对她们，拉高毯子盖住脑袋。

在卧室外面，高耸入云的石头城墙包围着镇子，墙外就是……算了，管它外边是什么呢。我今天看到的那个灰色东西能轻而易举地穿越城墙。我不由得把身体从冰冷的石墙边挪开了一点儿。要是它也打算穿过这堵墙该怎么办？如果它把紫色药水倒在我身上，我会像南瓜一样萎烂，五脏六腑全都变成黑绿色的汁液，发出臭鱼烂虾的味道吗？

莱迪和露西已经睡着很久了，我还大睁着眼，瞪着墙壁想象着外面各种吓人的东西闯进来。我偷偷溜下床，带着毯子和枕头爬到床底下。这里又冷又黑，但感觉更舒服自在。虽然我和家里人在其他方面没有共通之处，但喜欢待在洞里这一点是一样的。

第二天一大早，我头一个起床，像往常一样铺好床。之后，我匆匆忙忙赶去玛尔家。为避免在家吃早饭时又遭到兄弟姐妹的嘲笑，我一边赶路，一边啃着面包。突然，我发现事情有点儿不对劲。

外头站着好多人在交头接耳——平时可不会有这么多人聚在一块儿。斯图站在商店门口，杰米跟他那群咩咩叫的可怜羊羔也在，因卡手里举着一块黑乎乎的球，里面散发出一股熟悉的味道。

"到底是怎么了，"说着，她的眼泪快掉下来了，"整个东边地里的西瓜都……完了。"

在我飞奔去找朋友们的一路上，我的耳边充斥着这种话。

跟南瓜一样，大家田里的食物全都烂了。

3
楚格

先交代一句：千万别惹我，别欺负我弟弟托克，也别欺负我朋友，要不然有你好看的。我也不想动手，但假如理论不顶用的话，我就揍你。

要命的是，把我们的农场给毁了的东西不论是理论还是拳头都不顶用。不知道是蕾娜瞧见的那种长翅膀的东西还是什么新型的植物病害，我们家四分之一的田地都完了，南瓜变成了黑绿色还冒着烟，南瓜藤变成了干枯的灰色。我从没觉得南瓜这么宝贵——虽不像玛尔家的牛那么招人喜爱，但糟蹋成这样太令人痛心了。把坏了的南瓜一通乱跺来出气是没用的，鞋底沾上坏了的南瓜还会散发出一股臭鱼烂虾的味儿。

今天早上醒来时，一切如常，我躺在床上感觉心情舒畅。我计划着先和托克把家里的活儿干完，然后去找玛尔和蕾娜，骑骑牛或者试试托克的新发明——这个装置的初衷是把南瓜抛向空中，但大多数时候只能把它们高速扔到地上。真的，托克总是有很多绝妙的创意，但却一直没成功过。

出去拿锄头的时候，我和托克压根儿没去想会不会碰上不好的事，光想有什么意义呢？不论事情是好是坏，都无法改变。

一开始我还以为今天一切平静如常，但紧接着就听到了哭声。我和托克顺着声音来到田地中央，站在这儿可以将农场里的所有情景尽收眼底：爸妈所在的南瓜地，一片密密匝匝的绿叶衬托着南瓜鲜亮的橘色，然而南边的田地……一塌糊涂。软塌塌的烂南瓜，烧焦的南瓜藤，不断冒出来的诡异的紫色烟雾，一股股难闻的气味让我想起了鲑鱼养殖场的饲料。

"你们两个小崽子究竟干了什么好事？"老爸问道，脸气得通红。他紧紧搂着妈妈，妈妈哭着瘫软在他肩上。

"照你说的，我们在田里除草啊，"我不假思索地回答，"你看杂草都被拔得干干净净。"

"整块田都完了！"平时他只要一吼，我就巴不得溜之大吉，但眼下听了他的话我却怒气横生。

"不是我们干的！你说我们有这个本事吗？一夜之间我们难道能学会魔法不成？！"

老爸的目光转向托克，弟弟对我们的话充耳不闻，他跪在康多身边仔细查看那些烂南瓜。"托克，你打算配药水吗？你碰过不该碰的东西吗？"

"呃，我……"托克吞吞吐吐地说道。

他不会撒谎，有时候连真话也说不利索，好像他的思维处在另一个空间，要想把他拉回到现实特别难。

如果说蕾娜的想法飘浮在云端，那么托克的想法就在月球上，而且飘忽不定。

所以我干脆帮他回答了："药水？没开玩笑吧？他怎么有那个本事？配药水？这谁懂得！这可是被严令禁止的！"

托克可怜巴巴地站在那儿，看起来很委屈。"要是我懂得配药水的话，说不定这事就可以解决了。也许问题出在南瓜的根部。咱们可以建造地下城墙，把危险区域封锁起来，保护剩下的——"

"你闭嘴！"老爸大吼一声，"我现在去镇子上看看有什么办法。自打你的先祖们来到这片土地，在这里撒下第一颗种子以来，咱们家就在这块土地上种南瓜。我决不会把祖传的家业留给那些……那些……"说着，他怒不可遏地瞪了托克一眼，"留给那些老是摆弄危险玩意儿的孩子！"

"不是托克干的！"我辩解道，"他整天和我在一起。蕾娜看见一个怪物在南瓜上洒药水。我们还以为蕾娜在撒谎，但现在明白她说的是真的！她说那个东西是灰色的，还长着翅膀——"

老爸举起一只手让我住口。"不要再瞎编乱造了！你说的那些净是胡扯——根本没有的事。在咱们农场，甚至整个镇子，每个人都要吃饭。要是我们不尽到自己的责任，不供应南瓜，就没有足够的食物养活其他家庭和他们的牲畜，大家都指望

23

着咱们呢，这个问题必须解决，否则的话……"老爸抬眼遥望着远处的高墙。

"否则会怎样？"托克问道。

妈妈渐渐止住了哭泣，脸上现出温柔的笑容，她轻轻把手搭在托克肩头。"让大人们去操心吧。咱们去北边的田地——"

"不！今天就别去田里了，"老爸打断了妈妈的话，"你们去玩儿吧，别再惹麻烦了。"

他瞥了我一眼，让我浑身不舒服。那个眼神像是在告诫我"别惹麻烦"的意思是就算贾罗又欺负托克，我也不能帮他出气。我爸妈不明白，必须对那些地痞以牙还牙，而不是忍气吞声任其欺辱。他们俩没见过孤身一人的托克让贾罗和他的同伙追得满大街跑的情景，但我见过，而且……算了，反正就像我说过的：千万别欺负我弟弟。

"来，托克，我们走吧。"托克正仔细查看那个裂成两半的南瓜，我拽了拽他的衣服，他不情愿地跟着我走了，康多趴在他的肩头。

我们往镇中心走去，这条路能通往很多人家。自打我的先祖们和其他六个朋友齐心协力建起聚宝盆镇后，他们深思熟虑精心计划，每个农场生产一种食物满足一种需求。南瓜、西瓜、小麦、牛、绵羊、鸡、鲑鱼和甜菜根——我讨厌甜菜根，这玩意儿就像轮子上伸出来的辐条一样。镇中心通往各个地方，因此当我想要和朋友们出去玩儿的时候，只要说好在这儿碰头就行。

还没到镇中心我们就察觉出有点儿不对劲。我们的邻居弗莱德推着一辆手推车，里面是一堆黑乎乎的垃圾，应该是他田里的小麦。克罗格走在他旁边，谢天谢地他并没有推着满满一车自己农场里的甜菜根，那些玩意儿不论是好的还是烂乎乎的，都让人闻着想吐。

"当时，我正在写一篇文章——内容是冥想有助于人类寻找意义——突然闻见一股刺鼻的恶臭！"克罗格一边嚷嚷着一边夸张地挥着胳膊。这家伙一向喜欢引人注目，但没几个人愿意听他在说什么。可怜的弗莱德，推个手推车跟在他身后，坐也不是站也不是。

克罗格喋喋不休地说道："我推开门吓了一跳，眼前的景象真可怕——甜菜根全都烂了！"

"那可不，"弗莱德附和道，指着自己的手推车，"显而易见。"

趁克罗格又惊又恼说不出话的一刹那，我赶紧远远地绕开他们。弗莱德冲我点点头，但克罗格狠狠地瞪了我一眼——他特别讨厌我们，因为我们想建一个巨大的火炬，不小心把他的一块地给烧毁了（没错，其实是因为我们想多烧掉些甜菜根，但这种正义行为却一点儿没有打动他）。还没等克罗格说出什么难听的话，我和托克对望一眼，拔脚就溜。康多跳到地上和我们一起离开了。

"害群之马，"克罗格提高音量嚷嚷着，"坏人！无耻！"

"他们只是孩子。"弗莱德劝说道，只不过干巴巴的一点儿说服力也没有。再往前走，我听见玛尔家的农场里传来牛的哀鸣声。托克苦苦思索，一脸不解。

"它们的饲料，"我们一边小跑他一边说道，"如果枯萎病破坏了植被，也就是牛吃的东西都毁了，还有绵羊和鸡……"

我怎么以前没想到这个：我们四周都是高耸的城墙，连个门都没有，假如食物被耗尽了该怎么办呢？

我加快了脚步。托克跑在前头，我俩比赛谁跑得快——不是那种争先恐后、一争输赢的比赛，而是那种两个人沐浴在阳光里其乐融融的小游戏，有个人跟你一起奔跑的感觉太美好了！那一瞬间，我几乎忘了眼前那些腐烂作物的危机。

我们绕过行人，跑到镇中心时，两个人还算齐头并进，直到我差点儿踩到一只受惊的绵羊，于是托克跑在了前面。突然，他猛地仰面朝天摔倒在圆石路上，只见贾罗挡在他前面，他那肥硕粗壮的胳膊还揪着弟弟的衣服。

我唰地跪下来问："托克，你怎么样了？"

托克被一个比他壮得多的孩子猛地一撞，一时半会儿上不来气。他喘息着说不出话，但还是点点头坐了起来。康多焦急地喵喵叫着蹭他。我起身站直了。

"呸，又是你这个混蛋，贾罗。我还以为他撞上牛屁股了呢。"

贾罗比我高一头，他的两个喽啰雷米和艾德分别站在两边。他们都狞笑着，就是那种流氓无赖式的笑，好像有百分之百的把握能打赢我，然后摇身一变成为英雄好汉似的。

别想得太美，看我的。

"你这个——"他刚开口说话，我就冲他的肚子来了一拳。他的声音戛然而止，腰弯得跟虾米一样。

"不好意思，我刚才没听清，"我轻蔑地说道，"我这个什么？"

他的手下从两边包抄过来，我正要后退一步大声呼救时，一个身影挡在我们前面。是斯图长老，那家杂货铺的老板，大人中的大人。我们都愣住了。老斯图个性强硬，可不会受人愚弄。

"你们这些小屁孩到底在吵个什么劲？赶快停手！"

"先生，他打我。"贾罗嚷嚷着，恶人先告状。

"先生，是他先撞我弟弟的。"我的声音更大。

斯图伸出一只手把托克扶起来。镇子上的人心知肚明，或者说所有人都知道——因为他们很爱管闲事——打我们小时候起，贾罗就喜欢欺负托克，但没人说句公道话，可能是因为贾罗的老妈有镇子上唯一的甜浆果园，大家都不敢得罪她。

"孩子，你还好吧？"

"先生，我没事。"托克的声音很虚弱，尽力把呼吸喘匀。

"跟你的小猫一起，赶快走吧。整个镇子都乱作一团，所有的作物都枯死了，你们这些孩子还在这里打架。中午镇子上要开大会，大家都别再惹麻烦，知道了吗？去吧。"他拍了拍手把我们赶走了。

"楚格！托克！"

　　我回头一瞧，玛尔和蕾娜正朝我们跑过来。

　　"哎哟哟，看啊，你女朋友——"贾罗阴阳怪气地说道。我后退一步，一胳膊肘捅到他肋骨上，看他还敢乱说话。玛尔是我最好的朋友，不是我女朋友。我不管老斯图怎么说，贾罗才是最大的麻烦，我们不是。

　　我和托克在喷泉旁边跟玛尔和蕾娜会合，贾罗还在那儿捂着肋骨喘不匀气呢。

　　"咱们真是碰上麻烦了。"一句招呼都没打，玛尔上来就劈头盖脸地说了这句话。

　　"我们南边地里的南瓜全完了，"我说道，"还有弗莱德的小麦。"

　　"还有因卡的西瓜和萨亚的胡萝卜，里斯的马铃薯，所有的作物，整个牧场的青草也没了。"

　　"牛们很难过。"蕾娜插嘴说道。

　　"有谁跟爸妈说了蕾娜看到的东西吗？"玛尔问道。

　　蕾娜低着头："我爸妈压根儿就不信。全家人都笑话我。"

　　"老爸因为这个骂了托克一顿，"我接茬儿说道，"还以为是他乱配药水呢。我说这怎么可能，只有加布长老才知道那些玩意儿怎么做！"一想起贾罗的事，我到现在还怒火未消，气得七窍冒烟。"玛尔，你呢？"

　　"我问妈妈听说过长翅膀的灰怪物没，她说模模糊糊记得小时候她的祖母唱的摇篮曲里有提到过，但歌词记不全了，只给我唱了几句：'提防恼鬼，灰色还长着翅膀；黑夜漫漫，危险在其中暗藏。'她就记得这么两句。至于是什么东西弄死了作物，她也一头雾水。"玛尔双手叉腰，这个动作说明她正在苦苦思索。然后她扭头望向森林，一行行树木整齐排列。我马上明白了她的心思。

"你觉得她知道内幕吗？"我问道。

"很有可能。我想，就算咱们去试试也没什么损失吧？"

托克不知道我们在谈论什么，他一脸困惑地问道："你们说谁呢？"

"玛尔的高祖母。她住在森林远远的那一头。"

托克和蕾娜瞠目结舌。

"慢着慢着，你说什么？"想到竟然还有自己不知道的事，托克有点儿生气，"玛尔的高祖母还活着？"

玛尔望着远方说道："我的高祖母楠是聚宝盆镇最年长的人，她让老爸和舅舅在森林尽头给她盖了间小屋。她说想一个人在野外度过余生，跟她小时候的生长环境一样。她嫌镇子上太吵了。"

"你老爸真按她说的做了？"不用问就知道为什么蕾娜的语气里满含着羡慕。她也很喜欢这种生活，在那里她可以无拘无束、无忧无虑地度过一生，安安静静没人打扰。

玛尔点点头："他乖乖地照做了，高祖母自带一股威严。"

"那我们是不是应该——"我话还没说完就被一阵喧哗声打断了。

我们几个对望一眼，然后慌忙跟着玛尔来到大人们聚集的广场。我说的"大人",基本就是镇子里十八岁以上的人。到处都是装着一堆黑乎乎的烂泥的手推车,散发着一股股恶心的臭味。我们躲在八尊开拓者的雕像后面,在不起眼的地方竖起耳朵听着。

"我们等不及到中午再开会了!"里斯嚷嚷着,"现在就开!"

"绵羊都要饿死了!"杰米也在嚷嚷。

"我们走投无路,只能逃难去了!"克罗格断言。

斯图长老登上那个石台子,平时这里是用来演讲、庆祝丰收节和举办跳蚤市场的地方。人群安静了下来。"好,那开会吧,"他牢骚满腹,"反正早餐也吃不下了。有谁家农场里的作物或者饲料,还完好无事吗?"

众人异口同声地回答:"全完了!"

"有谁看见什么不寻常的事吗?有什么可疑的?"

大家七嘴八舌地说了好多个名字——烦人的邻居啊什么的,还有我的名字,真叫人目瞪口呆。

"就是那些害群之马,"贾罗的妈妈多娜声嘶力竭地嚷嚷着,"玛尔他们几个天天惹事!"贾罗在她身边不住地点头,脸上带着狞笑。

"我们的孩子怎么可能一夜之间毁了几十个农场!他们不过是些小孩罢了!我两个儿子整晚都在家,门锁得牢牢的!"老爸愤怒地喊道。霎时间我松了口气,放下心来。就算在家里他再怎么骂托克,出去还是维护我们的。

我也不知道多娜是怎么想的——哪个孩子愿意毁了甜草莓呢？要是毁掉克罗格的甜菜根还有可能，但甜草莓是绝对舍不得毁掉的。

"安静！"斯图挥着手，人群渐渐变得吵闹起来，"如果没有确凿的证据也没人亲眼看见罪魁祸首，我们就得讨论下一步该怎么办了。现在只能静观其变，但如果病害进一步蔓延，我们就必须考虑采取一些果断的措施了。毕竟没有庄稼，没有饲料，人和牲畜都得饿死……"他的音量渐渐变小，无奈地摇着头，"不能再这样下去！实在不行，就只能按照开拓者指示的四个方向逃难，这在最早的城镇法令里写得明明白白。"

大人们要么喃喃自语，要么大声嚷嚷。我和玛尔、托克、蕾娜看向彼此，感觉一阵窒息。

离开聚宝盆镇——简直想都不敢想！自从我们的祖先建起这个镇子以来，高大的城墙就一直耸立着，保护我们免受外头怪物的侵害。在这里，每个人、每个家族彼此之间都很熟悉。我们安居乐业，互相守望。更重要的是这里有我的朋友们，说实话，他们也是我的家人。

要是玛尔和她的家人们与我们往不同的方向逃难呢？没有我们，蕾娜该怎么办？高墙之外的那个世界，远没有失去朋友恐怖。

"我们怎么办？"蕾娜的声音像蚊子一样小。

大人们根本顾不上开会的秩序，扯着嗓门儿大吼大叫，他们开始没完没了地提出问题，互相威胁，忧心忡忡，要这个要那个。斯图吼了一嗓子让大家安静，说长老们中午会宣布决议。此时，玛尔扭头望着相反的方向，远处长满参天大树的地方，就是楠住的森林。

"只有高祖母生于墙外，我们去向她请教一下。"

她大步向前走去，我们紧紧跟随，她一向都是我们的领路人。我和托克对望了一眼，不由得看了看他肩头康多绿莹莹的眼睛。蕾娜匆匆从我们身边经过，追上了玛尔。

"你说'生于墙外'是什么意思？怎么可能？开拓者们都不在了，他们的子孙们都是在墙内出生的。"

玛尔摇了摇头："不是的。高祖母小时候，她的父母正帮着建造聚宝盆镇。她以前给我讲过各种令人心驰神往的故事。她曾看着他们砍倒大树，那些树木非常高大，树干好像可以直插云端。老爸说这些都是哄小孩的，但她对此深信不疑。"

我们一路走着，人群的喧哗声渐渐远去。玛尔步入森林，站在第一棵树投下的阴影中，一阵寒气袭来，我不由得打了个冷战。

"可她有没有告诉过你，墙外是什么样的？"

我们在火把间穿梭而过，火把安放的位置恰到好处。聚宝盆的土地上，处在黑暗当中的面积绝不会超过七格。这里的火把都是由玛尔的舅舅雨果布置的，到处都亮堂堂的。每家每户都有自己负责摆放火把的地盘，责任划分得清清楚楚，并且落实到个人。

"她从没说过墙外的情景，"玛尔心事重重地回答道，"不过话说回来，我也从没问过她。"

4

托克

先交代一下——

不，等等。还是给我个交代吧，我好奇心很强。

鸡为什么会飞？康多喵喵叫是什么意思？为什么有些石头能建这种房子却没法儿建另外一种房子？为什么骨粉能促进植物生长？太阳离我们有多远？假如你在蕾娜家的矿井里一直向下挖会碰上什么？我们在谷仓里发现的那个奇怪的音乐盒是什么？从哪里来的？高墙外有什么东西？为什么我的发明看着很厉害，却没什么用？

再有，眼下最重要的，为什么作物都快死光了？我们该怎么办？

一般来说，我喜欢需要仔细思考的问题，可是如果这个问题让镇子和我的朋友们处于险境，那我就不喜欢了。

我们几个人在树下穿行着，我所有的感官都保持着警觉。

大树投下凉爽的阴影，阳光在树叶缝隙中跳跃，与耀眼的火把亮光融合在一起，幻化出一个光怪陆离的明暗世界。周遭的气息清新甜美，驱散了庄稼腐烂的臭味。这片森林在镇子上显得格格不入：树木挺立在城墙内，排列得整整齐齐，高度一致，因为最近刚刚完成伐木，又重新种上了一批。森林很宽广，树木高耸入云。这儿真是个好地方，但却不允许小孩子来玩儿。森林资源太宝贵了，是我们所有木材的来源，我就希望……

突然，前方出现一片空地，传来一阵熟悉的臭味，我的希望破灭了。墙根的大树已经倒下，曾经美丽的树干棕白相间，现在一看就遭到了病害侵扰，变成了灰色，而且跟其他庄稼一样黏糊糊的。

"楠！"玛尔一边奔跑一边呼喊。

我们紧紧跟在她身后。眼前的情景令人大吃一惊：一棵倒下的大树正好把一座背靠城墙的别致小木屋给压塌了。

小屋周围所有的鲜花都变成了黑色的烂泥，连窗台上的花朵也未能幸免。玛尔爬到树干下，一边敲门一边喊着她高祖母的名字。小屋里鸦雀无声，我心里想着楠年岁已高，觉得她一定是凶多吉少了。

小屋那边传来一个不寻常的声音，我们赶紧过去看个究竟。楚格随手在路边捡起一根棍子，从队伍最边上冲到最前面。我们都明白，聚宝盆镇高墙内没有危险，但毁坏庄稼的怪物不知是从哪儿来的。哥哥的第一反应就是捡起武器保护我们，这让我感到很安心。

那个声音又响了起来，好像在砍木头。我们看见小屋侧面有一个小洞。一张苍老的脸探了出来，那双明亮的蓝眼睛一眨一眨的。

"啊，孩子们！"她开口说道，"等一下，这棵该死的树把大门给堵了。"

忽然，眼前闪过一道水晶般的光芒，然后小屋侧面开了个门一样大的洞。我从没见过这么苍老的人，她站在洞口，手里攥着一把斧子，跟家里的铁斧子完全不一样。

看起来好像是……钻石打制的？

"呃？你们这群孩子里哪一个是我亲戚？"

玛尔高高举起手。

"很好。其他人我就不用亲了。"

玛尔和我们一样惶惑不安，她走上前去，老太太按照礼仪亲了亲女孩的脸颊："让我想想，你是玛拉的女儿，对吗？"

"没错，高祖母。他们都是我的朋友，楚——"

"叫什么都无所谓，反正我也记不住。你们就叫我楠吧。一听见那些'高'啊'祖'啊之类的我就烦。是你家里人叫你过来帮我砍掉那棵碍眼的树吗？用我的斧子吧，一看你就是忘了带斧子。"说着她递来斧子，玛尔接了过去，赞叹地打量着斧刃，上面寒光闪闪。

玛尔头一次什么话都没说，立即动手干活儿。她举起斧子，绕回到小屋前面，努力砍那棵枯死的大树。楠则上上下下打量了我们一会儿，然后摇着头转过拐角。我们跟在她后面，尴尬地看玛尔干活儿。至于我嘛，我就想把斧子拿到手，仔细瞧瞧是什么材质的。

"楠，这把斧子太厉害了！"玛尔由衷地赞叹道。她砍树的速度比平常快了三倍。

楠点点头："那当然了。钻石打造的斧子最棒了。这是我老妈的，纯手工打造。她是个心灵手巧的人，总带着这把斧子。镇子上大部分的土地都是她清理的，独自一人哟。"

正卖力砍树的玛尔趁机开口了："你知道这些树都怎么了吗？眼下聚宝盆镇里流行枯萎病，大家都手足无措。"

楠捡起一朵枯萎的花，闻了闻然后嫌弃地扔了。"是药水。附近准有个女巫。谁看见女巫了？或者听见她咯咯的阴笑声？"

我们面面相觑，非常惊讶。楚格站在她身后，一边用指尖摁揉着太阳穴，一边不停地眨眼，跟我们暗示这个老太太疯了。他这么做有点儿不礼貌。

"楠，没有女巫，"玛尔轻声说道，"你觉得是不是……"

"没有女巫？哈哈！"楠把头往后一仰，大笑起来，她的样子反倒像个女巫，"这些年他们都跟你们这些孩子胡说什么了？女巫当然是真的。女巫、僵尸、末影人、恶魂、恼鬼，全都是真的。"

玛尔停下挥舞的斧子猛地抬起头："慢着，你说'恼鬼'？"楠用脚轻轻踢了一块原木，确认它没有变成糊糊，然后坐上

37

去整理披肩。"是呀。"她回答道。

"那是什么东西？"

"恼鬼是一种灰色的小东西，长着翅膀可以四处飞翔，只听从唤魔者的指令。他们带着剑，很可能会伤人。"

蕾娜虽然不喜欢和陌生人打交道，但此时她却兴奋地往前一蹦："那些恼鬼能穿透墙壁吗？"

楠点点头给出了肯定的答案："没错，这就是它们的本事。幸好你们有人还学到了一些有用的知识。"老太太轻轻跺着脚，往后一仰，唱起歌来：

如果你不想痛哭流涕，
请记住，怪物都不怀好意。
躲开哀号逼近的僵尸，
小心骷髅射出的箭矢。
水下有持三叉戟的溺尸，
千万不要和末影人对视。
苦力怕在人眼前爆炸，
蜘蛛撕咬又到处乱爬。
好孩子，远离敌对生物：
卫道士、恶魂、史莱姆，
唤魔者、女巫和蠹虫……
学着点，时刻牢记心中。
提防恼鬼，灰色还长着翅膀；

黑夜漫漫，危险在其中暗藏。

我想抽出笔记本和铅笔记下歌词，但已经晚了。我从来没听过这么多奇怪的名字，心中涌起无数的疑问："您能不能再唱一遍？"

楠摇了摇头。"解释起来太麻烦了，我把书给你。"她低着头打量着我，"你识字吗？他们至少还教你们这个吧？"

"是的，夫人，我识字。"说着我忍不住笑了，"真想看看这本书。"

玛尔砍倒最后一棵树，然后把斧子递给楠，后者摇了摇头："拜托你们，先把能用的原木摞起来，放在柴堆上，然后把变成烂泥的那些拖到墙根去。"

我赶紧和大家一起，七手八脚地把树干锯开并摆放好。不一会儿，木屋的大门露出来了。楠打开门，走进小木屋里。门并没有关上，于是，玛尔跟了进去，我们也一同进入屋内。

"我的猫能进来吗，夫人？"我小心翼翼地问道，我曾经把康多带到了不欢迎她的场合，结果惹上了麻烦。

楠看上去很意外。"当然可以！猫咪会带来好运。身边有只猫，连苦力怕都不敢靠近你。"

我走了进来，肩上驮着康多，手里攥着铅笔。"苦力怕是什么？"

"可以把它想成一种直立的猪，高高的，全身都是绿色夹杂着黑色，不论在地面还是地下，都能碰上它。它在爆炸

39

前会发出一种吓人的嘶嘶声。如果它们离你不到一格远，你必须在它们爆炸前一秒半的时间内逃走。最少离它有四格远，否则的话——轰！"楠举起双手比了一个炸开的动作，"如果不能赶紧溜走，即使穿戴全套钻石盔甲也无济于事。苦力怕特别难对付。"

我把她说的每个字都认真记下来。我没见过猪，所以要画一头颠倒过来的猪可费了我一番工夫。楠慢吞吞地走进另外一个房间，留下我们几个孩子在原地面面相觑。与此同时，她一直都轻轻哼着那首歌谣，内容听上去有些恐怖。

玛尔怀着敬意把钻石斧子放在一张奇特的桌子上，我从没见过这样的桌子。"她在这上边制作工具，对吧？不过，这样的生物到底有什么目的，为啥会故意爆炸？"

"你们看，她把那些工具全都整理得井井有条。"蕾娜在小木屋里到处转悠，把摆出来的有趣玩意儿全都仔仔细细看了个遍。这些东西有一多半我都没见过，蕾娜估计也好不到哪儿去。她轻轻地抚摸着一根挂在墙上的弯弯的木头，几根蜘蛛丝连接着木头两端。"这里的东西应该都是她造的，虽然年代久远，但很结实，而且特别……真实，看样子各有用处。太神奇了！"

楚格一反常态地一声不吭，这可不是什么好兆头。我扫了一眼，发现他正缩在角落里，攥着一把我从未见过的刀，刀刃比他的胳膊还长。他手握刀把，左一下右一下地挥着，脸上带着那种让人胆战心惊的笑，仿佛说这刀是为那些罪有应得的家伙专门准备的——确切地说就是贾罗和他的同伙们。

我不由得皱起了眉头。"兄弟，小心点，刀刃很锋利。"

"找到了！"楠哼着歌，带着一本古老的书走了过来。书的皮套磨损得很严重，字迹因为时间久远变得有些模糊。"大家过来看看，我天真可爱的小蘑菇们，你们需要好好学习一下。"

楚格放下那把锐利的刀子，蕾娜丢下那根弯弯的棍子，我们在餐桌旁坐下。楠坐在一把破椅子上翻开了这本书。头几页，包括标题和目录，全都被撕掉了。

"得点上火把，"她喃喃自语道，"被撕掉的这几页没什么用。"第一页写着"被动型生物"，旁边画着两只绵羊和一只小羊羔，栩栩如生。

"哎呀，真是一个奇特的新物种！"楚格嚷嚷了一嗓子，"我以前从没见过绵羊。"

玛尔嗔怒地撞了一下他的肩膀，楠哼了一声。

"好吧，聪明的小家伙，那你告诉我这个是什么？"她飞快地翻着书页，我根本看不清里面的插图。随后眼前出现了一个形象：好像是一头全由骨头组成的牛，瘦骨嶙峋，背上骑着一个同样全是骨头的人，戴着顶铁帽子，手里拿着一根弯弯长长的棍儿——特别像蕾娜迷上的那根。画的旁边写着"骷髅骑手"。

屋里鸦雀无声。在这些文字里，我们只见过"手"这个词，可插图里一个像人的都没有。

　　"哈哈！"楠咯咯地笑了，"现在没人多嘴了是吗？假如闪电击中一匹马，它就会变成骷髅马，如果你胆敢靠近，第二次闪电会把这个畜生变成四个一模一样的怪物，真够恶心的！有魔法头盔的庇护，它们不害怕太阳光，而且很聪明，箭法高超，如果四个同时出现会更难对付。碰上这种情况，最好找一堵墙靠着，张弓搭箭射死骷髅，留下马。"她的眼神充满了回忆，"以前我就有这么一匹可爱的骷髅马，她叫赫尔加。"

　　"什么是弓箭？"蕾娜问道。

　　"什么是头盔？"楚格问道。

　　"什么是马？"玛尔问道。

　　"书里还讲了什么？"我问道。我们恨不得从头到尾，把书里的每一个字都了解得清清楚楚。

5

玛尔

我也不清楚高祖母楠到底是个天才还是个疯子，但无论如何我都相信她。

钻石斧货真价实，就在几小时前，无论如何我都不信还有这种事。书是货真价实的，看样子也不像是她自己编造的。虽然书页边空白处有着各种潦草的笔记，但整本书都是印刷的，并非手写。我巴不得一整天都待在她家，把每样东西都向她好好请教一遍。朋友们也一样，每个人都有自己感兴趣的工具。你说，要是给楚格一把大刀，到底算是好事还是坏事呢？

可能要看他的对手是谁。楠的歌谣里有各种各样的怪物，我还是希望他能有把像样的刀——其实，应该是剑。

"大家来看这里。"说着，楠又翻到另一页。她指着一只漂亮的动物，看着像……对了，刚好就是前一张图里的骷髅马浑身覆盖上血肉和毛皮的样子。"这是一匹马，我们刚到聚宝盆镇的时候还养着呢，可是到了后来，数量越来越少，我们也没再继续养殖了。马需要奔跑的空间，但我们的镇子太小了。"说着她冲我挑了挑她那花白稀疏的眉毛，"如果你想让人们老老实实被困在这高墙里，那就永远也别告诉他们外面有一个更广阔的世界，还能在那里骑着欢蹦乱跳的动物到处跑。"

"一匹马，"蕾娜像做梦一样喃喃自语，"它们跟人亲近吗？"

楠耸耸肩："它们就是牲畜，有自己的个性。最关键的是你要能驯服它们然后骑上去。好吧，还有问题吗？对了，弓和箭。你好像很喜欢我那副旧弓。"

楠站起身来，走到刚才蕾娜摸过的那根弯弯的木头前，把它从钩子上摘下来，又从箱子里抽出一根尖尖细细的杆子。让我们大吃一惊的是，楠把它们合为一体，然后将尖尖的杆子射在墙上。杆子一头扎进去，发出震动耳膜的一声巨响。

"这就是弓和箭。远距离进攻的最佳武器，制作也很简单，只要稍加练习就能学会。"

她在翻箱倒柜时我们大气都不敢出。不一会儿楠拽出一顶金属帽子，和书里的一模一样。"这就是头盔，能保护你的脑袋免受弓箭、剑和其他任何武器的伤害。只要有张工作台就能合成，非常容易。"

楚格从她手里拿过头盔戴在自己头上，一口气用拳头砸了好几下脑袋，然后嚷嚷起来："一点儿都不疼！快点，谁递把锤子给我！"

　　这时，托克走上前去问道："工作台？"楠把手放在一个结实的方盒顶端，顶端有一张网格，边上挂着各式各样的工具。"你可以用工作台合成世界上任意一种工具。听说小斯图就有镇子上唯一的一张工作台。"

　　"你是说老斯图吧？"

　　"啊对，我想他对于你们来说已经够老了，"她恍然大悟，"你们还有什么要问的吗？"

　　大家立刻兴奋得一拥而上，叽叽喳喳问个不停，楠做了个鬼脸："老天啊，我要聋了！这么大声我可受不了，所以我搬出来住——尽量离那片广阔宁静的主世界近一些。要是你们年轻时体会过那种自由的滋味，就很难再老老实实地待在这里了。"她的眼中闪过一道狡黠的光，"你们也想体会一下那种感觉吗？"

　　"楠，体会什么？"

　　老奶奶又自顾自地哈哈大笑起来，好像又变得疯疯癫癫了。她打开小木屋里一扇通往里屋的门，示意我们跟上。这里伸手不见五指，还散发着一股霉味，给人的感觉很不妙。

　　"楠，我们要去干吗？"蕾娜问道。

　　楚格走在我前面靠边的地方，十分警惕地四处张望，托克和蕾娜挤在一块儿。康多的毛都立了起来，看上去就像个橘色的大绒球。

　　"你们准备好了吗？"楠戏谑地问道。

"准备好干什么？楠，我觉得有点儿——"

我还没说完，她就触发了一个机关，只见砖块挪到一边，露出一个四四方方的洞口，强光从洞口射进来，瞬间让人眼花缭乱。

这是一扇窗。

刹那间，我感觉精神恍惚，欣喜若狂，还有点儿害怕，但更多的是兴奋和激动，我第一个爬了上去。

这扇窗户可不是面向通往镇子的森林或是高高的砖墙和破旧的窝棚。

它通向墙外的世界。

我的高祖母楠有一扇通往广阔世界的窗口。

朋友们一个个围拢到我身边。我们都屏息凝神，静静地站着。窗外的世界是那么新奇，没想到我们这辈子还能见到如此美景！

高墙之外，石头山脊的顶端覆盖着白色的东西。映入眼帘的是一片广阔平坦的草地，上面开满鲜花，一直蔓延到大山脚下。在草地左边有很多树木，但比我们镇子上那些精心修剪过的桦树和松树要高大许多，也更加茂盛。天空上飘浮着雪白蓬松的云朵——这些我见过——但它们所在的世界与循规蹈矩的聚宝盆镇截然不同，我一下子目不暇接。

我太喜欢这里了！

"哇，"蕾娜呼吸急促，"太美了！"

"那当然了，"楠把脑袋探出那扇不可思议的神奇窗户，来了个深呼吸，"空气也很清新！"

确实，外面的空气比镇子里的新鲜多了，好像高墙把青草、鲜花和大自然的气息完全截断了。康多发出呼噜呼噜的声音，不断嗅着，看样子她有点儿想从托克肩上跳下来，走到窗台上。一向充满好奇心的托克慢慢地把手伸到窗户外边，挥了挥。

"怎么？你以为外边会让你的皮肤溶化吗？"楠大笑着说道，"跟墙里没什么区别，只是更原始自然。"她说着重重叹了口气，"其实呢，开拓者只是想让他们的后代更加安全罢了。很久以前，老祖宗们风餐露宿，吃了许多苦。于是他们下定决心建起小镇，让大家出不去，把外面描述得非常可怕。四周的高墙密不透风，到处都是火把，并且大家对外面的东西绝口不提。几代人下来，每个人都装出一副永远不出去的样子，其实想离开非常容易，找到窍门就行。"她冲我眨眨眼，"谁小时候还没爬过几次墙头呢？"

我记不清了，爸妈好像没提过这事。小时候我就是个野丫头，后来我们长大了，渐渐理解了责任的含义，所以我们努力改过自新。我走上前去，挺直了腰杆。"楠，长老们说我们要出去逃难。刚刚还开了一个会，如果庄稼继续枯死，我们也只好离开了。"我看了一眼朋友们，"他们要把我们分开，让我们往不同的方向逃走。所以我才来找你，看能不能解决这个危机。至于你刚才说的恼鬼……怎么才能让它收手？"

楠让窗子继续大开着，然后回到桌子和那本书前。我们依依不舍地跟在后面。就算朋友们很渴望去看看外面的世界，但要被生生分开，也太痛苦了。

　　回到桌子前，楠又翻开这本书。托克的手颤抖着，我知道他特别想把书紧紧护在手里，点上火把通宵达旦地看完，把所有的知识一股脑儿地刻进心里。

　　"首先，恼鬼长这样。"

　　当蕾娜看见这页时，她激动得跳了起来："就是它！跟我看见的东西一模一样！但它手里没拿着长刀啊——"

　　"那是剑。"楠更正她。

　　"手里没拿着剑，"蕾娜继续说道，"它把一种红色药水洒在了庄稼上，然后就穿墙飞走了。"

　　说实话，我傻眼了。打小我们就认识蕾娜，她有多迷糊我们大家都清楚。我们会经常把她从白日梦里叫醒，不过从没因为这个而欺负她。蕾娜对世界的看法很独特，很有趣，她的梦想是天下大乱。但我一丝一毫都没有料到，她说的那个会飞的灰色东西竟然真的存在，更别说它出现在了高祖母的一本书上——这本书她收藏了那么多年，谁都没告诉过。

　　楠翻到另一页，上面是一个奇特的人：粗重的眉毛，硕大的鼻子，扬起双臂，周身围绕着的小玩意儿跟盘旋在枯死庄稼上的东西一样。"恼鬼是唤魔者召唤出来的，后者是一种灾厄村民，很烦人。它们跟人不一样，没有计划性，没有好奇心，也不会思考。它们只有一个念头就是搞破坏。唤魔者战斗时会放出幽灵般的尖牙，从地下蹿出来一口咬住你，恼鬼会趁机用剑袭击你，于是你一分心就忘了脚下还有尖牙。

唤魔者一般来自于林地府邸。"

托克正要插话，楠伸出一根手指制止了他："你是不是有一大堆问题想问？先让我说完，老天！林地府邸就是……这么说吧，就相当于是镇子上最大的房子，一般坐落在黑漆漆的深山老林里。它有三层楼，里边藏着各种危险的怪物和各种战利品——你都可以缴获走。所以如果你发现林地府邸，就能找到唤魔者。干掉唤魔者，他就没法儿召唤恼鬼了，听起来很容易对吧？"

"对……对的。"蕾娜接茬儿道。

楠啪的一下合上了书，把蕾娜吓了一跳。"错了！一点儿都不容易！这就是开拓者们建起聚宝盆镇的原因。他们厌倦了打打杀杀，他们爱自己的孩子，希望把暴力从生活中驱逐出去。"她往后斜靠着，眯上了眼睛，"但是孩子们，要记得：你们是冒险家的后代，这个世界正等着你们去发现。"

听到这话，蕾娜惊呆了。托克歪着脑袋，好像正在询问自己的内心，然后倾听着答案一般。楚格还是摆弄着头盔，不知道他听见了没。我呢？我的目光越过楠投向了窗外。

大千世界好像在呼唤着我，召唤着我去探索。它像一根金色的绳索紧紧捆住我的心，另一头不知道是什么在用力拽着我。

可我们来这儿不是为了听引人入胜的故事，而是为了拯救镇子。

"要是我们埋伏在花园里，干掉那只恼鬼，我们就可以拯救镇子，长老也就不会让我们搬家了吧？"我问道，"虽说我们总有一天会像你说的那样，走出高墙，但我们现在首要的任务是让大家在一起，不被分开。"

楚格把头盔转了过去，露出脸蛋儿："没错，我非把恼鬼干翻不可。有了这顶头盔，你再借我一把剑的话——"

"还觉得易如反掌是吗？啧啧。"楠冲他无奈地摇摇头，"杀了一只恼鬼，唤魔者就能再召唤出四只来，那就没完没了了，你行吗？"

"那我们就干掉唤魔者。"我接茬儿说道。

楠哼了一声："你们去哪儿找它？这道墙有好几英里长，你们不能分头行动，因为大家的战斗力参差不齐。况且，小孩子永远不能走出围墙。"

我仍然死死盯着窗外。外边有个什么东西动了一下，可能是只鸟。这时，一个念头在我心中浮现。

"那我们就去林地府邸，找到唤魔者然后干掉它。"托克想当然地说道，"当然啦，不是咱们几个，我们必须先向长老汇报，他们会派大人出征。咱们带上这本书，把事情原原本本地告诉他们，就可以拯救咱们的镇子啦。"

"不行。"我断然否定了这个提议。

他惊奇地望着我："为什么不行？"

我把目光从窗户上移开，捡起那把钻石斧。沉甸甸的，却感觉非常结实、可靠，给我增添了极大的力量。

"因为他们压根儿不相信咱们。"

"不是还有那本书——"托克说道。

我摇摇头："爸妈早就说过啦，这事留给大人去处理吧。别老做白日梦，别瞎操心，别撒谎。这事太危险了！"说着，我扭头挨个儿望着朋友们的眼睛，"他们管咱们叫什么？'害群之马'对吧？他们只会没完没了地挑我们的刺儿。要我说呢，咱们自己干！"

"我加入！"楚格戴着头盔自告奋勇，他就是这样的性格。

但他的兄弟，一向没那么容易被说服。

"咱们自己干？"托克被吓得不轻，"你觉得我们四个……要成为百年来第一批走出高墙的人，我们要靠运气找到那些……那些隐藏在深山老林里的东西？然后跟法力高强的怪物们进行一场你死我活的战斗，它们有尖牙和许多恼鬼做帮手，你觉得我们有胜算吗？"

我把斧子扛在肩上："没问题，为什么不行？"

"疯了吗！我们做不到啊，这也太——"

"托克，这不是你爸妈对你那些创造发明的论断吗？"

"没错，玛尔，我的发明全都没用！"

"你从没用过工作台，对吧？"楠插嘴问道。她走到那张神奇的桌子前，用手拍了一下。"少了这个宝贝可做不出任何好东西来。我恰好多了一张工作台，还有一本配方书——可制作工具和小玩意儿等等。"

托克的眼睛亮起来了，如同月亮一般。"拜托！"他近乎哀求，"请把那本书送给我吧。"

楠在抽屉里翻了翻，抽出一本书交给托克。他随手翻开一页，头也不抬地说道："我也加入。"

大家齐刷刷地望向蕾娜。她把书翻到有恼鬼图案的那一页，用手指摩挲着。"我体会过别人不相信你的那种感觉，"她开口说道，"很难受。玛尔说得对——想劝说大人们去做该做的事，实在太难了。他们只想逃避，不想战斗。我敢打赌，他们为了另找个安全的地方，只要能跑得动，肯定跑得比兔子还快。我虽然不是最强壮、最勇敢和最聪明的孩子，我也不知道怎么才能帮上忙，但我很愿意试试。"

楠把一副弓箭顺着桌面推给她："亲爱的，只要练习几次就能手到擒来。"

我惊讶地看着楠。我还以为她会阻止我们，要么严禁我们轻举妄动，要么批评我们，然后把我们遣送回家，交给父母惩罚，因为我们的主张已经违反了镇上的戒律。

然而她并没有。她的眼睛闪闪发亮，面带笑容，看起来挺……高兴，甚至可以说是自豪。

"高祖母，你觉得我们的计划可行吗？"我满腹狐疑地问道。

她点点头："就等着你们这句话呢，说服别人不容易。好了，要是准备妥当，我们就出发吧。"

"'我们'？楠，你要和我们一起去吗？"

楚格差点儿笑出声来，楠冲他一挑眉，然后在他头盔上一敲，头盔在楚格脑袋上晃晃悠悠的。

"我当然不去啦，要是去了只会拖你们的后腿。如果你们今天动身，我就要尽快传授给你们好多经验技巧——怎样建一间庇护所好安全度过长夜，怎样使用工作台，怎样造火把……还有如何持剑，因为戴头盔的小伙子好像拿反了。"

她站起身来双手叉腰："来吧，孩子们！咱们做好准备，去攻破林地府邸！"

6

蕾娜

玛尔的高祖母跟我那些上了年纪的亲戚截然不同。我的曾祖母莉兹贝特是个总裹着围巾的刻薄老太婆，多年来她一直窝在阁楼上，说她宁愿住在矿井里，因为阳光对她来说太刺眼了。接下来几小时，楠传授的知识比我们一辈子学到的都多。不一会儿，托克就有了自己的工作台和配方书，他现在正在制作一把锄头；楚格全副武装，正学习挥剑对付楠最讨厌的稻草人。玛尔正在收拾行囊，同时仔细阅读楠给她的那本书，学习如何驯服马匹、怎样骑马，让我们一路更加快捷。我在森林里，瞄准一个靶子，那是楠在一棵没有枯死的树上画的。我很意外，因为许多箭竟然正中靶心。真开心我有擅长的事情——多年来，家里人整天嘲笑我一无是处。

楠叫我们吃曲奇、喝牛奶。我们几个人又饿又累，赶紧跑上前去。我们今天一大早就来到这里，玛尔提议她先跑回镇子上去看看长老们是不是已经决定要走了。

楠哼了一声，不过话说回来，老奶奶总是擤鼻子。"他们还能想出什么招来，为了保全自己，只会溜之大吉。你们的家人可能正忙着把值钱的东西打包，花大价钱跟斯图买马车、手推车。所以你们现在必须动身了。他们不会丢下你们，但你们的时间也不是要多少就有多少的。恼鬼还会继续摧残田地，很快就会有人过来找我，要是他们看见你们，就什么都做不成了。"说着她向窗外望了一眼，此时，太阳已经开始慢慢西斜，"我刚才说过，冒险最要紧的是——"

"天黑前建起坚固的庇护所。"玛尔伶牙俐齿地回答道。

楠笑着点了点头，很是满意："至少我还有个后辈拎得清，挺好！好了，大家听着，可能一辈子你们都找不着林地府邸，因为外面的世界很广阔。最好的办法是去最近的村子，找到制图师——他的样子比其他村民都时髦。他有一张制图桌，需要用一袋绿宝石换林地探险家地图。"

"哎呀！"我垂头丧气地嚷嚷了一句，"绿宝石在矿井里非常稀少，我家一年也未必能挖到一颗，他们才不会给我呢。"

楠的脸上露出漫不经心的表情，我就知道她有办法。她把手伸进口袋里，掏出一个柔软的皮袋，将一袋硕大的绿宝石倒在桌上。楚格不禁伸出手去抓了一颗，楠打了他的手一下。

"别动，别弄得它们黏糊糊的。要是不够的话，你们可以跟其他村民再换些绿宝石。东西就是这么来的——跟村民做交易。"突然间她的脸色一变，现出狞笑，"要么只能干掉那些灾厄村民，待会儿你们就会学到这一节课。"她把绿宝石放回袋子里交给我，"你看起来最弱，但我想你家人对石头一定非常了解。好好保管，可千万别让这小子拿去显摆了。"

"我才不会这么干呢！"楚格气呼呼地说道，"自从胡萝卜事件之后我就改了这个毛病。"

我仔细打量着手里这个沉甸甸的袋子，估摸着有多值钱。曾经我想买一副雪橇或者一头可爱的小母牛当宠物养。这袋子绿宝石甚至能买下一整栋房子！可眼下我只希望用它换取一张地图。

"慢着，我们怎么找到村子？"我突然想到这个问题。

楠点点头："文静的孩子，你问得好！开拓者们在最近的村子附近留下了一个信标。如果信标还在，你们就朝一道亮光走过去，它向上直射入天空。"

我们互相交换了一下眼色。"我们怎么找到信标？"终于玛尔问出了口。

楠的眉毛一挑："找就是了，然后动身。我记不清当时花了多长时间，但话说回来，那时候我们是骑着马去找的。"

仅仅几小时前，我还在问什么是马，现在已然明白了。

我太想要一匹马了！

吃完东西后我们出去转了转。玛尔是我们中胆子最大的人，但她好像也不知道下一步该怎么走。她在口袋里掏来掏去，检查有没有带上所有必需的装备。楠教给我们一个巧妙的方法，可以在口袋里放很多东西，有些东西镇子上的人压根儿就不认识。大家身上都装得满满当当。我们现在想装多少东西都可以，太神奇了！只是为什么没有人早点发现这个窍门呢？

"大家都准备好了吧？"玛尔问道。这句本应该是陈述句，但此时此刻绝对是个问句。

楠点点头，一只手搭在玛尔肩头："记住，冒险是你们的天性，犹豫的时候，相信你们的直觉。"

"我的天性就是吃。"楚格俏皮地打岔，想活跃一下气氛。

"嗯，一看你就是，但天生我材必有用。孩子们，你们的直觉很强大，会将你原本就有的、刚刚学会的或者自己经历过的东西，融合在一起后再传递给你。一定、一定要相信你的直觉。晚上必须乖乖地待在室内。"她踱到窗户前向外凝视着，"说到吃，千万别吃腐肉！否则，你们绝对会后悔的。"

玛尔做了个深呼吸，一手搭在窗框上。就在她正要抬起脚爬出去的时候，楠忽地冲进另一个房间，一边大喊着："傻瓜，你落了东西。"

楠拿着一把钻石镐回来了，玛尔的眼睛瞪得像南瓜一样大。

"楠，我可不能——"

"拿去吧，我这把年纪还要这个采矿的工具做什么？跟斧子一样，这把镐是我母亲建造镇子时用的，现在归你了，好好利用。"她不由分说地把镐塞进玛尔手里，玛尔的眼里流出了豆大的泪珠，我的眼眶也湿润了。她俩紧紧相拥，然后玛尔把镐插进口袋，从窗户跳了出去。

接着是楚格。他先把盔甲脱了，哐当一声扔到窗外，之后才能钻出去。在他之后，托克小心翼翼地爬出窗外，等着我把康多递给他。托克出去后，屋里就剩下我一个人了。

我有点儿腿软。

外面的世界那么大，从小大人就反反复复告诫我外面有多可怕，直到今天我才明白为什么。说实话，我从未像现在这样恐惧过——恼鬼已经够糟了，还有僵尸？还有那些想要吃掉我的亡灵，它们会在黑暗中号叫。一想到这里我浑身哆嗦，不由得后退一步，巴不得远离那个亮堂堂的窗户与窗户外面的世界。

"很担心，是吗？"楠开口了。她把我搂到身边，温暖而坚定，比她的样子强大得多。"没事的。你也不能太自信。就算全身披盔戴甲，也必须躲进坚固的庇护所里，点着许多火把才能保证绝对安全。"

"我知道你是想安慰我，但没用的。"我的声音像蚊子般微弱。

楠两手搭着我的肩膀，看着我的眼睛："嗯，我不知道你叫什么名字，但孩子你记住了，你的血液里流淌着冒险的基因。你们的祖先就是开拓者。他们挖掘了第一口矿井。他们用切割成形的石头建起了小镇。在那之前，祖先们骑着骏马在广阔的世界与怪物厮杀——就是那些你即将面对的东西。你的射箭技术已经很高超了，他们会为你感到骄傲的。我也会的。"

我本不想哭，但听到这句话，我的眼眶刹那间湿润了，泪水像瀑布般倾泻而下。以前从没有人说过我让他们感到骄傲。

楠喷了一声，往我手里塞了块手帕，然后轻轻推了我一把："去吧，朋友们都等着你呢。没有你他们完不成任务。"

我点点头。她说得对，至少朋友们还在等我。以后的事谁也不知道，就算再害怕，我也得硬着头皮冲上去。

我把弓箭交给玛尔，然后爬出窗户。生平头一次，我站在了墙外的天地。

"哇！"我只能说出一个字。

外面实在太……大了。

青草疯长，花儿满地，红色、白色、黄色的鲜花点缀着草地，肆意张扬。正因为它们随性生长，所以美不胜收。这里的天空更宽广、更湛蓝，似乎因为摆脱了高墙的束缚，一切都明亮耀眼。聚宝盆镇所有的东西都计划得规规整整，但这里的一切是那么随性，好似什么都有可能，看得我眼花缭乱。

终于明白过来后，我慢慢咧开嘴笑了。一切皆有可能！

没有高墙，没有规则，没有大人，没有规划好的道路。

我不知所措，试探性地喊了一声"呜"。楚格在我身后上蹿下跳，挥舞着剑长啸一声："嘿哈！"

托克瞪大眼睛，发出一声"哇"。康多被吓得一个激灵，像火箭似的往空中一蹿。她的尾巴立着，叫声既像咆哮，又像咕噜，好像她的意思是虽然喜欢这个世界但又有些惴惴不安。

玛尔脑袋朝后一仰，双手在嘴上拢成喇叭的形状，大喊着说："你好，主世界！"

这时楠的脸庞出现在那扇打开的窗子里，眉尾下垂看起来有点儿恼怒。"傻瓜！他们还能听到你们说话。城墙挡不住声音。嘘，小声点，要不过一会儿就该有人过来查看，为什么我屋子外头有孩子兴奋的喧哗声了。"她朝我们挥了一下手，嘟囔着，"接下来各种讨厌的孩子都该来了，屋子里可容不下那么多人，再说下一批可就没这么聪明了。"

我们一起向她招手，她也向我们招手，然后窗子不见了，取而代之的是一块砖。好像她的房子已经转过身背对我们。曾经我以为世界的尽头是一堵森严的高墙，却没想到还存在着这样一扇隐秘的窗户，可以通往大千世界的任何一个角落……现在窗户又恢复成以前的样子。

玛尔用手遮住阳光，眯起眼睛望着天空。"看！那里一定是信标。"

我也看见了，十分显眼。我从没见过这么耀眼的亮光，真不敢相信这是人造的，而且还存在了这么多年。

"我怎么没看见。"楚格说道，"千万别把信标的光束和随便一束'照亮天空的亮光'混在一起哟。"玛尔拍了拍他的肩头继续往前走，楚格立刻跟了上去。那副盔甲很合身，就像是他穿着一身闪亮金属做的衣服。他时不时就挥一下剑，仿佛生来就握着它一样。楚格还是老样子，但有了这把剑，平添了一股杀气，让我们来到墙外的第一天十分有安全感。

托克跟在哥哥后面，康多到处乱跑，一个猛子扑向以前从没见过的花，这些鲜花的味道闻起来一定很香。跟往常一样，我走在最后，但是这次我可不是因为觉得自己不如其他朋友勇敢，我是有意这么做的。我的听力和视力都很敏锐，是队伍里唯一的弓箭手。如果有什么东西从后方攻击过来，我可不是好惹的。

话虽这么说，但其实我紧张极了，不断地往身后看。其实身后除了高墙和田野，什么都没有。但我老觉得有谁在暗中盯着我，可能是我太多疑了。

玛尔带领我们来到一座小山丘……不，是一座山面前！这座山很高大，把另一边的景象遮得严严实实。我脚上的泡火烧火燎地疼。我虽然在聚宝盆镇里也经常到处溜达，但都是些平坦的小道，要是累了，随时可以坐在长椅和栅栏上休息。在这里，路仿佛没有尽头。

楠说她也不清楚村子有多远，所以路程是几小时、几天或几星期，我们就更没有概念了。我想到了家人，今晚我不在座位上吃饭，他们会有什么反应？他们可能会白眼翻上天，对疯子蕾娜冷嘲热讽，然后派拉夫出来找我，因为他排行在我前面。他会首先去楚格和托克家的农场，发现男孩们也走丢了。于是一帮人赶到玛尔家农场，发现我们都不在，这才感觉到大事不妙。

以前聚宝盆镇上从没出过失踪案。我猜他们可能会召开一个小镇会议，让大家查看家里的壁橱、牲口棚和牧场，解决害群之马们又一次闯下的祸。我的家人肯定会下到矿井里，推测我是否不小心掉进了一个隐秘的洞口。

　　没人会往墙外看一眼，因为他们并不知道怎么才能出去。

　　想想看，如果放弃镇子，长老们要如何把大家带出去呢？他们可没法儿一个个都从楠的窗户挤出去呀，尤其是那些老人家。他们连楠有窗户这件事都不知道吧？我觉得一定是这样，要不然他们早就争先恐后地排队往外看了。

　　在墙外边真好！没有人冲过来攻击我们，没有大人呵斥责骂我们，没人拿我们寻开心。但我们一路走啊走，我开始担心起两件事：

　　一是天黑前我们肯定无法抵达信标。

　　二是天一黑，那些不怀好意的怪物便会倾巢出动。

7

楚格

事实证明，穿戴着一副沉甸甸的金属盔甲走上几小时是相当累人的。楠给了我一顶铁头盔、一个胸甲和一双靴子。还有一套护腿，但并不合身，因为我的粗腿跟她细细的竹竿腿一比简直像树干。所以她告诫我腰部以下要尽量避免挨打——这倒不难！她还说一旦托克能熟练使用工作台后，就能用任何原材料给我做腿部护具了——她的意思是用皮革、铁、金子甚至钻石都可以。

显而易见，这些东西在墙外到处都是。镇子上，每家每户都垄断着一种资源，你只能通过跟其他人交易才能得到你想要的东西。但在这里，不论是谁，往下挖个洞，挖到的东西就归自己所有，没人会质疑，也没人说三道四。我很想跟玛尔把钻石镐借来用用，真那样我非高兴疯了不可，但理智告诉我必须听楠的话——反正听她的没错。眼下最重要的事

情就是赶在太阳落山前，在令人毛骨悚然的苦力怕还没出动的时候，建个庇护所。

"我知道有点儿早，但咱们今天就到此为止吧。"玛尔说道。

远处就可以望见大山和森林了，但因为我们几个人一直在田野里跋涉，已经十分疲惫了。跟楠教的一样，玛尔找到了一座小山丘。

玛尔选的地点跟其他地点没什么不同，看起来倒很合适。地面隆起一个缓缓的山坡，像毯子底下盖着个人似的。微风拂过，茂盛的青草如同波浪层层荡漾开去，上面点缀着数不清的野花。大家都同意在这儿扎营，于是玛尔抽出镐直接凿向山坡。托克摆好工作台，用楠给他的原材料制作火把。我站在一旁注视着两人，看得出了神。看到弟弟乐在其中，真是太棒了！他总觉得自己的发明缺少某些神秘成分，原来缺的就是这么一张工作台，还有配方书。他全神贯注，对自己的工作胸有成竹。

不像我。

我看了看蕾娜，她正扫视着远处的地平线，一手张弓，一手搭箭。她的样子看起来既威风又干练，就像换了个人似的，或许这才是她真正的样子。

"看见什么欠揍的玩意儿没有？"说着，我挥了挥手里的剑。她回答道："方圆几英里以内什么都没有，安静极了。按理说危险到来前肯定会有征兆，但……我还是不能放松。

你有没有感觉我们好像被监视了？"

"当然啦，我们一直被监视着。"我阴森森地说道。蕾娜惊恐地望着我，于是我指着康多——她正半闭着眼睛在托克的工作台边打盹儿。"就是这位英勇的猎人。"

"火把做好了！"托克大喊一声。

我和蕾娜对望了一眼。以往，我都是安排她去干些无聊的事，而我自己则英勇地负责放哨，谁让我人高马大又很有力气呢！但现在她有个远程攻击武器，而且技艺了得。要是有楠书里那种狰狞的怪物出现，我宁愿蕾娜一箭就解决掉它，千万别撞到我的剑上。

不做大力士、不当保护者的感觉怪怪的。不过话说回来，除非敌人已经近在眼前，否则我并没有施展的空间，毕竟蕾娜的眼力比我好得多。看来我得放下自己的骄傲了。

"你负责警戒，我来点火把。"我冲她点了点头，蕾娜浑身洋溢着自豪——我从没见过她这副神情，"千万别错把我当成坏蛋给我一箭。我娇嫩的屁股可没有盔甲保护。"蕾娜笑得直不起腰，我向她敬了个礼然后跑开了。工作台旁边摆着一大捆火把，托克正在做一扇像门一样的东西。我抱起满满一捧火把，朝正在山上挖洞的玛尔走去。

瞧，这就是玛尔最大的本事：无须开口询问，就能揣摩出你的想法，避免让人尴尬。这真是太不可思议了！就像现在，我不知道怎么放置火把，因为数学不好加上忘了楠交代过的话，但我并不愿意问别人，这样显得自己挺傻的。

玛尔告诉我："楠说过，怪物不会在距离火把七格以内的地方生成，所以隧道两边各放一支，在山丘的四周每六格放一支以防万一。"我低头点了一下手里火把的数目，放完以后还能剩下好多。玛尔笑了："洞里也要放几支，毕竟没人愿意在黑暗中过夜。"

我赶紧点了点头，她说得对。聚宝盆镇上到处都是火把，我都忘了黑暗是什么样子了。现在终于知道镇子里如此安全的原因了：那些狰狞的怪物根本没法儿在高墙内生成。因为哪怕卧室里也是灯火通明的。我按照玛尔的方法放置火把，然后将其点燃。此时，太阳已经西沉，但这里居然还有点儿家的感觉。

听着玛尔的镐叮叮当当地响着，托克忙着合成各种工具，我有点儿走神儿。突然蕾娜的一声大喊让我清醒过来："楚格，看！那是什么？"

我一把抄起还没点燃的火把拔腿就跑，顺手抽出宝剑。蕾娜在山坡的另一边，我三步并作两步迅速和她会合。此时，她已经张弓搭箭，并且拉满了弦，正紧盯着山下的动静。

那儿确实有个东西在动，并且向我们靠近。

我站在她身边，踮起脚尖仔细观察，感到热血沸腾。我拼命回忆各种怪物和对付它们的方法，但内容太多了我根本记不全。我清楚地知道，那个应该不是僵尸，因为太阳能把它们烧成灰。但这个知识点好像并没有什么帮助。

"谁在那儿？"我努力用威严的声音喊道。

回答我的只有低沉的咕哝声，它继续稳步向我们靠近。

"我要放箭吗？"蕾娜的声音有些颤抖。

我也不知道。它比草要矮，但也不能保证它对我们没有危险。楠给我们看过一幅图，画的是"鸡骑士"，我可不想碰上它！

它又咕噜了一声，直冲我们过来。

"放箭吗？"蕾娜又问了一句。

"不知道，"我只好承认，"让它再靠近一点儿吧。咱俩都有武器，说不定……是个好东西？"

"楠给咱们看的那么多图片里有哪个是好东西？"

"那倒也是。"

我们附近的草丛开始摇晃起来，那东西又发出咕噜声。

蕾娜的弓箭向下一指，我举起手里的宝剑，心跳得好像疯狂的鼓点，紧紧攥着剑柄的手指已经麻木，胳膊控制不住地剧烈颤抖。这感觉就跟第一次揍贾罗时一样，又有点儿像生吞了一个烂南瓜。

草丛分开了，一个离奇古怪的东西向我们走来。它通体粉红色，胖乎乎的，还有一个湿漉漉的鼻子，眼睛和脚丫的数目看起来倒很正常。它发出呼噜呼噜的声音，悠然自得地向我们走来，好像很开心看见我们的样子。

我俩全都呆住了。

"这是什么东西？"蕾娜悄悄问我。

"我也不知道，但是它的样子看起来一点儿都不凶恶。"

"这对捕食者来说是有利的特征。"

"会不会是一匹马？"

"绝对不是马。"

"管它呢……"我长长舒了一口气，"蕾娜，这家伙太可爱了，咱们可别伤害它。"

我把手伸进口袋，从楠给我的东西里掏出一根胡萝卜。我的口袋里只有蔬菜——也许是因为她知道，不管给我什么好吃的，过不了多久肯定就进我肚子里了。"给你……小家伙，你喜欢胡萝卜吗？"

小动物跑上前来，狼吞虎咽地吃着胡萝卜，把我的手指也舔得干干净净。它有牙齿，但不是很锋利，它的爪子很尖，但也不算危险，更像绵羊蹄子。况且，一个胖乎乎的粉红色小家伙有什么可害怕的呢？

"也许书里提到了它，我去找找。"蕾娜说道，"你一人看着它没问题吧？"

我瞧了瞧她的弓箭还有那个粉红色的小东西，点了点头。她跑去找玛尔和托克了。我挠了挠小家伙翘起的耳朵后面，好像它还挺喜欢我触摸它的。小家伙不断地拱我的口袋想多要点儿吃的，但胡萝卜是重要的口粮，而且我觉得它可以自己觅食。

不一会儿，蕾娜和玛尔带着楠的书一起回来了。玛尔一看见我们就哈哈大笑起来。

"瞧，多好玩儿呀！"我搂着它的脖子说道，"我给它起了个名字叫'小家伙'。"

玛尔飞快地翻着书，然后得意扬扬地指给我们看，上面就画着这个小家伙，旁边写着"猪"。"这是一种食用家畜。"她惊讶地说道，"我觉得它应该跟绵羊差不多，就是没长羊毛罢了，它们在野外到处游荡，但没有危险性。"

"我们干吗不把它养起来呢？"蕾娜问道。

我知道为什么。"因为它们太臭了。"我一语中的，这是我跟它几分钟的近距离接触后的感受。为方便起见，我还是把这个小家伙称为"他"吧。"如果大家挤在高墙里住着，肯定会养那些对你最有好处，而且味道最小的家畜，这个小家伙太臭了。"而且，他太可爱了，我不忍下口，但这个原因我没说出口。

"庇护所快建好了，可是……没有养他的地方，"玛尔吸溜着鼻子说道，"猪可能不太适合在地下生活吧。"

"能不能这样，咱们在平地上挖个洞，围上栅栏，"蕾娜提议道，"这样他就跑不了了，怪物们也吃不着他。"

玛尔瞧瞧蕾娜又瞧瞧我，拼命忍住笑。"那……咱们就不吃这头猪，而是把他当宠物养啦？"

蕾娜和我点了点头，我大大松了口气。玛尔也叹了口气。

"好消息是咱们有多出来的火把。你们能不能把他弄到离庇护所更近的地方，我去拿镐。"

我用一根胡萝卜把小家伙引到山那边，蕾娜也跟了过来。

"现在知道是谁老盯着咱们了吧。"我说道。

"我原本想要匹马，不过他也挺干净的。"蕾娜顺着我的话说。

玛尔带我们看了她的劳动成果——真了不起！

山上有个小洞口，钻进去后是一段不长的隧道，然后眼前豁然开朗，变成三格宽、七格长的空间。里面已经放好了两张床，托克正在做另外两张。床还算舒服，但也就那样。墙上插着火把，跟家里的很相似。然而，还有一点儿不同。

"我把小家伙弄出去。"说着，我使劲把他往外推。我明白，晚上和他依偎在一起肯定很好玩儿，但他身上的味儿比我一周不洗澡的味道还难闻，还是算了吧。

玛尔在门外挖了一个小坑，我把胡萝卜扔进去，这样一来，小家伙就能跳进去了。接着我们在小坑的四周围上栅栏。大家帮着托克将其他床搬进去，玛尔从楠给她的储备物资里拿出一条舒适的旧毯子。一切准备妥当，大家都站在外面，周围安静极了。每天晚上夜幕降临后，爸妈都把我们赶回家去，所以，像今晚的景色我们从未目睹过——太阳已经落山，天空被夕阳映照成七彩色，好似天上挂着一道巨大的彩虹。接着天空变成了紫色，整个世界变得特别诡异。托克收起工作台，我们围在庇护所入口，把楠给我们带的一只冷鸡吃了个精光。鸟儿们不再叽叽喳喳，世界安静下来，让人心里有点儿打鼓。大家心照不宣，慢慢地一步步后退，向我们安全过夜的地方靠拢。

"晚安啦，小家伙。"我嚷嚷了一声，小猪也哼哼着回应我，这感觉好温馨！

太阳下山了，四周一片漆黑，我以前从未见过这种黑暗——伸手不见五指的夜。只有我们点亮的火把明晃晃地燃烧，橙色的火苗在黑暗中跳动着，其他一切都被黑暗吞没了。远处不知道什么东西号叫着，反正绝对不是猪。

"该进去了。"玛尔提醒大家。

蕾娜第一个进入，后面跟着托克和我，玛尔断后。托克做的大门在玛尔手中缓缓合拢，我们通过隧道坐在各自的床上。虽说这儿有点儿冷，但很舒适，大家都很开心。

"这里有家的味道。"蕾娜说着，看了看床底下，这个举动有点儿奇怪。

"没有鸡打鸣就起床还真有些不习惯。"玛尔已经躺好了，架着胳膊肘，跷着二郎腿，"没有公鸡，也没有哞哞叫的牛。"

"不用干活儿，"托克说道，"也没有贾罗，没人欺负咱们。"

"没有苹果，没有面包，没有蜂蜜。"我的肚子开始咕咕叫了，那只鸡不够我吃的，于是我从储备物资里掏出一个马铃薯。

"爸妈们一定很生气吧？"蕾娜有点儿担心。

玛尔皱了皱眉："可能更多的是担心。"她跟我不一样——玛尔是独女，不论她干什么她的爸妈都赞同，或者应该说大部分赞同。

我狼吞虎咽地吃完马铃薯，连打了几个饱嗝儿，说道："照我看，他们一准儿很生气。本来他们觉得是我们毁了庄稼。

71

现在我们又躲着不露面，这下更糟了，显得我们心虚似的。"

"可我们是为了拯救庄稼啊！"托克气冲冲地说道，"爸妈根本不理解。"

"希望有朝一日他们能理解，而且原谅我们吧。"玛尔说道。

我哼了一声："还原谅呢，他们非杀了我们不可。楠那本书里说墙外的世界危机四伏，非常可怕，每个怪物都想吃了我们。但其实呢，这里不过就是有点儿冷，但景色却很优美，而且我们今天还发现一头猪，多么美好！"

"连一个凶神恶煞的怪物也没有！"蕾娜松了口气，"说不定它们都跑光了。也许自打那本书写出来后，它们就全都落荒而逃了。"

"但还有恼鬼存在着。"玛尔提醒她。

"还有召唤它们的唤魔者，"托克加了一句，"但心怀着这个愿望也挺好的。"

渐渐地，大家都安静下来。我们躺在床上，吃着楠给的食物，心满意足，也有点儿累了。可就在此时，门外传来一个吓人的声音。

一阵嘶嘶声。

"是康多！"托克大喊一声，一个鲤鱼打挺从床上蹦了起来，"我忘了放她进来！"

8

托克

门推开的一刹那，我才发现自己身上没有任何武器。楠没给我，我也忘了给自己做一件。可现在发现已经太晚了，康多就在外面，朋友们身上倒是有武器。已经没有时间和大家商量或者制订什么计划了，现在我满脑子只有一个念头：救我的猫。

门两边是楚格放置的火把，我站在门口定睛一看，眼前是这样一幅景象：康多把身体压低，浑身的毛发竖了起来，尾巴剧烈摆动着。有四个从头到脚都黏糊糊的绿人蹒跚着向我们走来。其中一个手持利剑，头戴头盔。我并不是一个勇敢善战的人，但现在却恨不得马上冲出去把那些家伙打倒在地。

"我来对付它们。"楚格说道。他拍了拍我的肩膀，随后攥着宝剑冲了出去。我刚松了口气，但又马上想起来，楚格能对付得了四个怪物吗？之前他只跟稻草人格斗过，能打得过这些……东西吗？

正当我呆住的时候，蕾娜出现了，她张弓搭箭随时准备发射。"楚格，走！"

楚格挥剑向一个怪物刺去，却被对方反手还击，他吃了一惊，嘴里嘀咕了一声，声音在此起彼伏的怪物哀号声中显得很柔弱。我的心一下子抽紧了：我可不想我的兄弟因为救我的猫而出什么意外。

要是他穿着盔甲就好了。

要是我手里有件武器就好了。

要是我会使武器就好了。

在这危急关头，来不及做什么周密详尽的准备了。

"是僵尸！"玛尔手拿一本书出现了，"我们打不过它们四个，但假如……"

一个僵尸嘶嘶地怪叫着倒在地上不动了，或者说咽气了——随便怎么说吧。康多真是个机灵的孩子，她瞄了一眼多出来的空当，然后看向我。

"康多，快点！小猫咪，小猫咪，到我这儿来！"我大喊着，她嗖的一下迅猛无比地冲来，把我当成一棵树爬了上去，差点儿没把我抓烂，但我一点儿都不在乎。我抚摸着她，亲昵地跟她耳语，康多能平安无事，我实在太开心了。把她关在外头让我感到很愧疚，当时她正在晒着太阳打着盹儿，结果我把这事忘了，还以为她跟往常一样紧跟在我身边。

我将康多放在床上，轻轻拍了拍她，随后我砰的一声关上了门。蕾娜和楚格已经掌握了战斗的窍门，玛尔举着镐在一旁帮忙。蕾娜用弓箭瞄准左边两个僵尸，一个接一个地干掉它们。楚格和玛尔则专门对付右边那个拿着剑并戴着头盔的家伙。它可不像第一个那么容易对付。楚格的左臂好像伤得很重，因为他没来得及穿盔甲，但他仍苦苦支撑着。这时，玛尔分散了僵尸的注意力，就趁现在……

"康多安全了！"我大喊一声，"等门一开，大家就往屋里跑，它们追不上我们。"

说着我把门大大敞开，然而……没有一个人跑进去。

"快点儿啊！"

"我要干掉这个家伙，"楚格上气不接下气地说道，"永不退缩！"

"它会要了你的命！"

楚格用尽全身力气刺了一剑，僵尸咕噜着发出嘶嘶的声音。"太好了，它就要完蛋了。"

蕾娜那边，一具僵尸摔了个趔趄，一命呜呼了。她敏捷地一个转身面对另外一个敌人，动作一气呵成，十分优美。又是一箭，只见那个家伙一头栽倒在地，留下了一块腐肉，奇怪的是居然还有一个马铃薯。

戴头盔持剑的僵尸还在顽强抵抗，但看起来，它应该坚持不了太久了。楚格和玛尔配合得天衣无缝，就好像心有灵犀一般，他们两个如同在跟那具黏糊糊的绿魔王共舞。玛尔用钻石镐专攻它的下半身，僵尸转身凶恶地朝她吼，说时迟那时快，楚格朝它后背狠狠地来了一剑，僵尸扑通一声倒下了。

夜晚又恢复了平静。地上留下四块腐肉、一个马铃薯、一顶头盔，还有一把剑。空气里也飘浮着一股恶臭味，当然还夹杂着猪身上的味道。

"胜利了！"我欢呼起来。

突然，楚格体力不支栽倒在地。

以前，楚格每次摔倒后，都会一个鲤鱼打挺迅速跳起来，然后大笑着继续战斗，就算让贾罗一拳砸向鼻子也毫不在乎。

但这一次，他一动不动地躺着，呼吸微弱。

大事不妙！

我跑到他身边跪下，轻轻把他翻过身。楚格呻吟着低声说："妈妈，让我再睡一会儿。"我不知道他伤在哪儿，但一定很严重。

眼睁睁地看着亲兄弟危在旦夕，我却束手无策。聚宝盆镇里倒是有个治疗师，但每个家庭都要保证自己有一项专长，所以她对疗伤的方法守口如瓶，毕竟这是她跟别人进行交易的筹码。

我对他的伤势无能为力。

"楚格，你能听到我说话吗？"我抱着他呼唤。

他的眼睛眨了眨，慢慢睁开了，看起来很疲惫。"我死了吗？这么臭我还以为自己不在了。"

我忍不住乐了起来。哪怕身负重伤，他也不忘开玩笑。"你没死，你只是坚持要带一头臭烘烘的猪进屋，还要跟僵尸血战到底。我们进屋吧，好吗？"

"只要没受伤就行。我真的……真的一点儿都不疼。"

玛尔不禁冲他摇了摇头，眼里含着泪水。"如果楚格能喊得动，他一定会喊个不停。咱们把他抬进去吧。"

我架起他的胳膊，玛尔扶着另一边，机灵的蕾娜把一支箭搭在弦上，以防在黑暗中跳出什么东西来。我们几个人好不容易将楚格架进了庇护所，他很努力想要减轻重量，但根本走不动。我们把他放在床上，在他身上盖上毯子。

玛尔在口袋里掏来掏去，喃喃道："楠肯定给我们留了药水或者别的什么。"

"肉！"楚格呻吟着，"我好……饿！"

"这听起来好像是僵尸说的话。"玛尔回答道。

为了更逼真，楚格学着僵尸的语气呻吟起来，玛尔轻轻拍了拍他的肩膀，于是他的声音变得更加惟妙惟肖了。虽然没找到什么药水，但玛尔却找到几块包好的羊肉和馅儿饼。这时楚格突然清醒过来，他坐了起来，一顿狼吞虎咽。饱餐过后，他的伤势立刻大为缓解。现在，他又开始嚷嚷了，一边吃一边嚷嚷——这就证明他已经痊愈了。我哥就是这样，总是大声嚷嚷——自负、骄傲、话痨、易怒。我最烦他这点，一秒钟都安静不下来。

我坐在床上抚摸着康多，经过这么一番磨难，她还愿意陪在我身边，我对此心怀感激。

"这下吸取教训了，"我说道，"如果不小心把一个伙伴落在外头，就算有再多的庇护所和火把，也很危险。"

"这是咱们的第一晚，"玛尔从袋子里掏出一块曲奇递给我，"以后的情况只会越来越严峻。"

我看了楚格一眼，他皱了皱眉，抚摸着自己持剑的胳膊。"那可不见得。"眼下，我对康多充满内疚，兄弟为弥补我的错误受了伤，这让我更是愧疚得无以复加。

"我们说不定会死在这里。"蕾娜就说了这么一句，她全身蜷缩着靠在枕头上，膝盖抵着下巴，"以前镇子上的人都是老死的，无一例外，除此之外没有别的可能，因为人们一直被困在墙里。"

"可我们如果不从高墙里出来，那就永远看不到这里的天空有多宽广、多湛蓝，也看不到这么美的夕阳，闻不到花香。"玛尔提醒她。

"还有臭烘烘的猪。"楚格塞了满满一嘴羊肉，还不忘插上一句。

"我不是在说这个。"我从没听蕾娜和大家争论过问题，所以还有些不习惯，"我喜欢墙外，这里风景优美，激动人心，而且什么事都有可能发生。我就是……想不通。为什么开拓者要那么做？你们知道原因吗？为什么咱们的祖先和爸妈会老老实实地恪守纪律，对此没有一丝一毫的质疑呢？"

"执迷不悟呗，"楚格打了个嗝，"别人说什么就做什么多简单。"

在楚格吃羊肉的时候，我们仔细思考了一下这个问题。玛尔又递给他一包肉，楚格津津有味地啃了一口，脸色看着好了很多。

"我今天做了些东西，"我轻声说道，"在家的时候一直没什么用，现在终于能派上用场了。要是当时不逼着我去南瓜田除草，而是给我张工作台，或者送我去给斯图长老当徒弟，我的发明创造说不定早就派上用场了。说不定能做出一百把锄头呢！天生我材必有用！"

"要是当时有人送我一副弓箭，说不定我能……算了，反正家里也用不上。"说着，蕾娜的眉头紧锁，"我的一技之长在那里没什么用，但在这里说不定就有价值了。"

"什么叫'说不定'？"玛尔急得都结巴了，"你凭一己之力就干掉了两个僵尸，而且毫发无伤！实在太厉害了！有空教教我吧。"

"我……这个嘛，"蕾娜的脸唰的一下红了，"没问题，有空教你。"

玛尔的镐放在床边。蕾娜的弓箭靠墙放着。楚格的剑和僵尸掉落的东西一起放在外面。我心里有一股冲动，不想让自己留下哪怕一点点的愧疚。于是我一头冲出去，一边侧耳倾听周围有没有哀号声，一边把所有东西都收集起来：两把剑、一捧箭矢、一顶头盔，还有一个马铃薯。我本想连那块腐肉也捡起来，后来想想，这么臭的东西对我们估计也没什么用处，楠早就告诫过我们千万别吃腐肉。马铃薯闻起来还没有坏。进屋后，我轻轻地把楚格的剑靠在墙上，因为我很清楚，这件武器和它的主人，于我有恩。

"兄弟，谢谢你。"我郑重其事地开口说道。

"小事一桩。"他回答道。

哪怕我俩都热泪盈眶，其中一个还被僵尸害得遍体鳞伤，但这么说也显得有点儿矫情了。

"我说，他不会变成僵尸吧？"我问大家。

玛尔做了个鬼脸，弯腰去拿那本书。心急火燎地翻了几页后，她如释重负地叹了口气："不会的，但需要吃好多肉，才能恢复体力，因为我们手头没有治疗药水。"

"哎呀，天哪！"楚格一边吃肉一边嚷嚷，嘴里塞满了吃的，"唉，我真可怜，还能怎么办？"

我笑了。大量吃肉已经起作用了。

楚格没有生命危险，也不会变成僵尸，这下大家放下心来，各自上床安歇。我们从小习惯了在火把亮光的照耀下入眠，这儿跟家里一样。我情绪太激动了睡不着，身体里沸腾的兴奋之情快溢出来了，无论我怎么辗转反侧都挥之不去。康多讨厌我动个不停，干脆跑到床底下睡了。

我坐起来，拼命在口袋深处寻找，希望能摸到什么落下的好东西。楠和玛尔整整一个下午都在分配物资，而我在忙着合成工具，所以对我自己的口袋里有什么一无所知，更不用说别人的口袋了。眼下有了工作台，加上各种原料和配方书，楚格那里有一大堆食物——都是蔬菜，而玛尔有特别好吃的东西，再加上楠的其他书。蕾娜那里有什么东西大概只有天知道。

"玛尔，我能看看你的外套口袋里有什么吗？"我压低声音问道。

"只要别再吵醒我，随便你看什么都行。"她嘟囔着。

当把她的外套从床上扯下来的时候，我觉得有点儿内疚。可反正都这样了，索性看个彻底。玛尔的口袋里有好多肉，大堆的曲奇、馅儿饼和蛋糕——我不会跟楚格说的，否则他会一下子吃个精光——还有好几本书（真想从头到尾仔细看看）和许多工具。终于，我要找的东西出现了。我一下子把它掏了出来。这个奇怪的东西我以前从没见过——我还是从楠的书里看见的，配上她的解说。这时，我灵光一现，想到个办法能让负伤的哥哥还有其他人都好过些。我很想出去试试，但一想起外边那些僵尸我就打起了退堂鼓。晚上出门太危险了，吃一次亏就够了。

我在门口放了一堆新发现的玩意儿。之后回到床上准备睡觉。不论有没有工作台，我的这些发明一定能派上用场。康多爬到我的胸口盘成一团，开心地打着呼噜。

"小猫咪，你原谅我了是吗？"我轻声问道。

她打了几个响鼻，好像在回答问题。哪怕她听不懂我说什么，但我们心意相通。

"你不用内疚，"楚格在我旁边嘟囔着，他看起来睡得很熟，还流着口水，"碰上倒霉事在所难免，人人都会犯错。

我没穿盔甲，这个错误的严重程度不比其他人的轻。不需要太过自责。"

大大咧咧的哥哥，头一次说这么温情的话，我一下子哽咽住了。

"哥哥，我爱你。"

"我也爱你。赶快闭嘴让我睡觉吧，老天快可怜可怜我吧，我还一身伤呢！"

"楚格……"

他温柔又俏皮地把手指放在我的嘴唇上。

"赶快闭上你的血盆大口。"

"可是……"

"再多说一个字，我就把你扔出去喂僵尸！"

我只好笑了笑，没再说话。

真好，楚格已经完全康复了！

要是明天他看见我为他准备的东西，准会笑得肋骨断裂。

更重要的是，他会感谢我。

9
玛尔

早上醒来时，我还以为自己躺在家里的床上。四周是石墙，上面点着火把，身上盖着软乎乎的羊毛毯子。可耳边不再是哀怨的哞哞声，而是楚格的呼噜声，我马上清醒过来。

我们还在墙外。

我们在墙外度过了整整一晚。

昨晚，我用先祖母的钻石镐，跟僵尸奋力厮杀。

小小的石头房子里回荡着我肚子咕噜噜的叫声。"又来了一具僵尸吗？"楚格问道，看来他已经脱离了生命危险，我松了口气。

"这是饿鬼投胎。"说着，我伸了个懒腰，坐了起来。托克做的那扇门的四周散发出微弱的光芒。新的一天，新的冒险，我已经迫不及待开启这一天了。

我的世界 怪物小队

从小时候开始，每天的生活都是那么相似——起床、吃早饭、放牛、吃午饭、放牛、跟朋友玩儿、放牛、吃晚饭、睡觉，但今天发生了翻天覆地的变化。墙外的每一天都有不一样的事。第一个变化就是几乎看不到什么牛了。

我在口袋里翻找羊肉和面包，这才发现托克昨晚拿走了什么东西，我相信他不会拿走太多吃的，但我还是对他拿走的东西很好奇。蕾娜和楚格也醒了，但托克不见了，床上只有康多盘成一个圆乎乎的橘色毛球。走到门外，我发现了一件特别奇怪的事。

托克把楠的旧鞍放在了小猪背上。

这家伙——我说的不是猪，而是托克——他的样子，怎么说呢……看起来对自己的成就无比自豪。

还没等我想好说什么的时候，楚格跟着我走出门，来了一句：“兄弟，你昨晚脑袋没被打爆吧？那可不是马。”

“当然不是马，就因为咱们没有马，可咱们有猪。我找到了骑猪的窍门，你们骑上去不会因为它跑得太快而累着或者伤着自己。”托克微笑着说道。

他扶楚格骑了上去。楚格坐上去后显得手足无措，既然弟弟这么要求，就算有危险他也不能尿。他骑着那头肥墩墩的粉红色“战猪”，显得非常滑稽。

“呃，接下来我该怎么办？”

托克递给他一根棍子，一头拴着根胡萝卜，小猪兴奋地哼哼着。

"只要把胡萝卜指往你要去的方向，他就会努力去吃食物，这样就可以四处移动了。他可馋啦！"

"这一点上，他和我倒是挺像的。"说着，楚格接过了那根棍子。

果不其然，小猪看见胡萝卜，眼睛马上亮了，朝胡萝卜的方向挪了过去。当然了，因为楚格拿着棍子，小猪永远都吃不到胡萝卜。

"你们觉得怎么样？"托克问道，语气有点儿心虚。我知道什么原因——像楚格这种人高马大的硬汉绝不会骑着猪这种滑稽的动物在村里丢人现眼。

然而，楚格笑得很开心，他嚷嚷着："你真是个天才！我们现在有了这个小家伙，还要什么马？"

楚格训练小猪时，我们收拾好行李打算出发了。庇护所就留着吧，说不定以后哪个旅行者会用得上，而且我们回来的时候也能用。等康多老老实实地蹲在托克肩上后，我们朝着远处的信标走去。这些歪歪扭扭的小山包就是楠那本书里所谓的"山峰"，信标刚好就在那些连绵起伏的山脉中间。

昨晚的经历使得我们提心吊胆，生怕再遇到什么危险。我戴上多出来的那顶头盔，攥着僵尸掉落的剑。这剑在僵尸手上看着很漂亮，但在我手里却又重又危险，远不如镐那么趁手。不过，我发现楚格挥起剑来敏捷迅猛，虎虎生风，所以要习惯这把剑还需要点时间。托克肩上扛着康多，读着一本关于合成的书。他肯定不会再让小猫咪离开自己半步了。

蕾娜还是走在最后，时不时落下几步，扫视我们身后的草丛，警惕有怪物出现。这项工作太适合她了——弓箭就像是专为她定做的一样，蕾娜从未像现在这样如此平静满足。可能是因为摆脱了那个对她不屑一顾的家庭，可能是因为有了一个正经事做，也可能是二者兼而有之。

我有点儿想家，也对爸妈发现我失踪后的反应忧心忡忡。全镇的人又该说我们是害群之马了，其实我一直都想当个好孩子，尽自己的本分。要是没有我捣乱，爸妈就可以集中精力干活儿，牛可能会想我，但千万别影响它们产奶。想着想着很容易就陷入了内疚和担忧的恶性循环中，所以我把注意力放在眼前。信标在遥遥地召唤我。朋友们一如既往地紧跟我的脚步。没有他们，高墙外的世界充满危险，但跟他们一起，就变成了冒险。更重要的是，这是我们团结一心拯救聚宝盆镇唯一的机会。

山丘越来越近，也变得越来越大，我的脚走得火烧火燎。午饭时间已过，但我想在天黑前尽可能地多赶路。在爬上那座最大的山后，我们几个人全都累得气喘吁吁。我让大家停下来休息并分发食物。楚格把胡萝卜从小猪的眼前拿走，于是小家伙停了下来，满怀希望地用鼻子拱着旁边的花朵。托克弯下腰，康多冲进高高的草丛，忙她的猫咪任务去了。蕾娜和我们一起，用手遮住阳光，仔细观察着我们上山的小路周围。

"安全，"她说道，一边抚摸着小家伙的屁股，"今天没人盯着我们。"

然而我发现远处有个东西动了一下，不知道是什么小玩意儿在岩壁那儿上蹿下跳。开始我还以为是匹马，于是立刻打起了精神，后来才发现它跟楠书中的图片不太像，如同有人把马脖子抻长了似的。

"你也看见了是吗？"我问蕾娜。

她眯起眼睛："如果是马的话，样子也够傻的。"

我抽出那本书翻到一幅图，看起来最像的就是羊驼。这家伙不能骑，但还有别的用处。其他人还在吃东西时，我翻遍整个袋子，找到楠给我留下的一根绳子。

"我去抓只羊驼回来，"话一出口连我自己也觉得很可笑，"帮我放风好吗？"我问蕾娜。

蕾娜立刻拧紧双眉："不好吧。它们那么高，万一你摔下来……"

"没事的。"我给了她一个灿烂的笑容，"我肯定会小心的。"

"能行吗？你从没上过山，爬过最高的地方就是谷仓。"

"这对我来说太简单了，一点儿问题都没有。"

"可是玛尔——"

"放心吧蕾娜，可以的。"

她皱着眉头，掸掉了衣服上的碎屑，二话不说抄起弓箭。她的样子很明显不赞同我的行为，而且有点儿生气，但还是会竭尽所能地帮助我——蕾娜就是这样的朋友。由于楚格的身体还没完全恢复，所以我想在我逮野生羊驼的时候，旁边还有个擅使武器的高手坐镇。

　　爬山真的不容易，但我跟蕾娜说的倒也不是在吹牛。我的脚很灵活，一点儿都不恐高。羊驼特别喜欢到处蹦来跳去，有一只瞧见了我，发出一声挺吓人的叫声，跟小猪的呼噜声比特别刺耳。不过它也不害怕，这是好事。离我最近的那只是灰白色的，下巴颏的牙齿七扭八歪。我攥着一把麦粒偷偷靠过去。我敢打包票，楠把所有的东西都给我们带上了，就差连厨房水槽也搬给我们了。虽然她连口袋里一半的东西有什么用处都没告诉我们，但很快我们就会都知道了。

　　羊驼诧异地冲我咩咩叫，伸长脖子吃着麦粒。趁它吃东西顾不上时，我一把抓住它背上的毛，搂着它的长脖子一个翻身坐到背上。羊驼跟我一样此时都有点儿蒙，但这是书上教的，而且迄今为止的事实证明，书上的东西全都对，所以我狠命抓紧这个小东西。这头坐骑先是哼哼，然后嘶叫，接着乱蹦乱跳，最后我被甩了下来。

　　我摔在草地上打了好几个滚。因为从小需要随时随地骑牛，所以我对此早就做好了准备。我从口袋里又掏出麦粒放在手心，将刚才的步骤重新来一次。试到第四次时，羊驼终于安静下来，脖子靠着我，用鼻子蹭来蹭去，我从它背上跳下来用绳子套住了它的脖子。

　　我心里的骄傲瞬间喷涌而出——我竟然驯服了一只羊驼！哪怕这动物不能骑，但好歹它能驮行李，托克会做的工具越来越多，口袋的空间也是有限的，我们可以空出手来战斗或者觅食。我拉着刚认识的羊驼朋友走下山坡时，又看见两只羊驼跟在我们后面，一只是棕色的，脸蛋儿上长着金毛，另外一只的毛发和南瓜馅儿饼一个颜色。

"好吧，我肯定是脑袋进水了，"看我牵着浩浩荡荡的队伍走来，楚格又开起了玩笑，"这些马也太丑了点儿。"

我管打头的那只羊驼叫糖心。糖心瞪了楚格一眼，还好没啐他，书里说这是羊驼的拿手好戏。"对糖心好点儿，"我警告那小子，"她一口唾沫就能淹死你！"

等大家都吃完午饭，托克用工作台做了几个箱子，我们把口袋里的宝贝装进箱子里放在羊驼背上，这样我们就可以一身轻松地爬山了。我边走边吃，一只手紧紧攥着羊驼的缰绳。我想象着，这一趟大获全胜，我们威风凛凛地带着别人没见过的两种新奇动物回来，告诉大家外面根本没那么可怕。连四个孩子都能生存，为什么还要日复一日地躲在墙内呢？说不定他们会安上楠家的那种窗户，可以望见外面的美好世界，等习惯以后再出去也不迟。

一切顺利，太阳开始西斜，我发现了一座美丽的山丘，然后叫停了队伍。几个人总算能歇歇了。我们是一群活泼好动的孩子，但今天的活动量确实有点儿多，害得我们全身酸痛。我为羊驼和小猪在地上挖了一道沟，托克插上简单的围栏，这样它们就安全了。托克在干活儿时，康多一直蹲在他的肩头。将动物们安置妥当后，我在山坡上选了个地点开始挖洞。

看着青草、泥土和石头在镐下土崩瓦解，心里真痛快。累是累，但像这样再干上一整天也不在话下。时不时会有新品种的石头和煤炭被挖出来，我将这个留给蕾娜分类。昨晚我干得很慢，但今天我已经找到窍门，很快就挖好庇护所了。

隧道挖开后，我又掘了三格宽的扇形空间。托克溜进来，一路在墙上插火把，我冲他点头致谢。胳膊越干越有劲，隧道向前挖去。我一镐下去，地面裂开，里面露出了……一个洞！

我差点儿掉进去，慌忙向后一闪。谢天谢地，要是没有托克拿来的那些火把，说不定我就一头栽进去了。蕾娜以前曾经告诉过我挖矿的三大原则：不能垂直向上挖，不能垂直向下挖，不能独自一人挖。但她没告诉我就算严格遵守了三大原则，还是会有可能掉进突然出现的无底洞里。

下面伸手不见五指，四周一片寂静，寒冷刺骨。幸好没有熔岩。

我跑出隧道喊道：“大家伙儿，赶快来看看这个！”

蕾娜一个箭步来到洞口面前，楚格和托克紧随其后。楚格虽然没有完全康复，但通过他的行动来看，似乎好多了。

我指着洞口：“这可不是我干的，我正埋头挖着，突然出现一个洞，这应该之前就有了。”

蕾娜歪着脑袋：“嗯，我倒是知道有许多天然洞穴，但好像不记得有这种的。要不你再拿块石头填进去，脚下就踏实了。我们千万别掉进去。”

“可是……”话刚一出口我就顿住了。朋友们把我视为带头人，要是有什么冒险提议的话，他们准会跃跃欲试，所以建议说出前必须再三衡量——哪怕我自己也很想试试。"你们想不想知道下边是什么样子？"

"不想。"托克摇了摇头往后退了一步，"一路上咱们总结出了什么教训？那就是哪儿黑哪儿就有凶猛的怪物。底下冒出什么东西都有可能！"

"我家的矿井里到处是火把，而且我们现在还不知道眼前的洞是就一小段呢，还是永远都没个尽头。"蕾娜也插嘴说道。

"没事，咱们的火把多得很。"楚格满不在乎。趁大家没注意，他从托克那抢过一支火把，点着以后扔进洞里，我们都没来得及去制止他。

我还等着火把一直下坠个没完没了呢，却只掉了几米便落在石头上，无尽的黑暗中闪耀着一点橘色的亮光。

"雷声大雨点小。"托克说道。

突然间，意料之外的事发生了。从地底下某个方位，传来一个声音。

"有人吗？"有个人嚷嚷起来——我猜是个男的，"上面有人吗？"

我向楚格使了个眼色让他别吭声，可是他戏谑地回答："有人啊。"

"谢天谢地，"那个声音大喊道，"救命啊！"

91

10

蕾娜

爸妈说我是在矿里出生的，刚出生时一直哼哼。想想都知道，我小时候肯定惹了不少麻烦，因为后来他们都不带我下矿了。他们说我喜欢到处溜达，从不把安全预防措施放在心上。我似乎还能记起矿井里温暖的火把忽明忽暗，以及我光着脚丫踩在石头上的回声，但当时年纪太小，记忆已经有些模糊了。很显然，我把山洞当成玩耍而不是工作的地方。这在我家可是犯了大忌讳。错过了在地底下的经历，我也没觉得有什么好遗憾的，但对眼前这个黑乎乎、空荡荡的宽阔洞口，我一点儿也不害怕，反而还很兴奋。

托克说得对，下边肯定有凶猛的怪物和很多未知的危险。不只是昨晚跟我们博斗的僵尸，还会有骷髅、蜘蛛和史莱姆，更别提熔岩了。对了，还有无边无际、深不见底的湖泊，谁知道里边有什么？读了楠的那本书，一想到我家的矿井在地下四通八达，我就不由得打了个哆嗦。里面一定有这些怪物，在爸妈和兄弟姐妹奋力地扩展下，每次敲开一块普通的石头都会面临一种新的危险。

想探险，又想平平安安的——这两个念头一直让我很矛盾。然而，听到底下那个绝望的呼救声我就坐不住了，决不能在洞里随手填上一块石头然后踏踏实实睡大觉，必须向下边的人伸出援手。

"我们该怎么做？"玛尔问道，好一会儿我才发现她在看我。

没错。对底下的事情，我比其他人懂得多。

可是，以前从没有人问我的建议或者下一步该怎么走，我的心脏狂跳，思维混乱，过了一会儿说话才利索起来。

"你现在怎么样了？"我向下喊。因为这个人可能需要水，或者一架梯子，他的脚可能卡在了石头缝里，又可能碰上了一步步逼近的蜘蛛。下面没有光线，说明他随身携带的火把已经熄灭了，现在的境况一定很惨。

"发生了滑坡，火把飞了，我被骷髅缠住了——可能还不止一具。箭矢在岩壁间冲撞。我倒没受伤，但是……"他的声音听起来越来越微弱，"我还以为要死在这里呢。"

从他的声音判断，他应该离洞口不算远，但也不是在一蹦就能够着的地方。我看了看身边的朋友们。根本无须去问他们愿不愿意施以援手——大家的想法是一样的。我们才不是见死不救的人。每个人的目光都等着我做出回答。

我深吸一口气。

"托克，带上全部火把。玛尔，在箱子里找找看有没有梯子。楚格，带上你的剑，还有我的弓箭。"大家立即分头行动。不一会儿玛尔找出一架梯子，我接过来，双手颤抖着送进脚下的黑暗中。幸好，它落在一片岩层上。

玛尔把她的镐、几支火把，还有弓箭递给我，我接过来揣进兜里。"扶好梯子。我下到第一层地面后放好火把，这样我们就能看清楚四周了。"

深入地底的感觉一言难尽，我双手紧紧抓住梯子的横档，以防落入另一个虚空的世界。有生以来我还没有过这么恐怖的经历，但没关系，世界上我最信任的三个朋友正紧扶梯子。

"我能行。"我低声说了一句。

"我知道你能做到。"楚格说道。我了解他，这是他的真心话。

我紧抓梯子，一步又一步。越往下走，空气越寒冷。不一会儿我就站在了坚实的地面上。我抽出一支火把，尽量离梯子远点。这个洞比我估计的要大多了，比我们镇子上的墙还高。

嗖！

一股气流从脸上掠过，我一晃火把，只见一具骷髅正拉开弓准备射第二箭。凭直觉，我将火把朝骷髅砸过去，趁它愣神儿的时候，伸进口袋抽出自己的武器。我放了两箭，对方还了一箭，又差点儿射中我。这些家伙没有眼睛，怎么能射这么准？

"看见什么了？"玛尔在头顶喊了一嗓子。

"我正在跟一具骷髅打斗！"我尖叫一声，又放出一箭，正中骷髅脊梁，对方扑通一声倒下了。还没等松口气，黑暗的山洞中又传来一声哀号，地上燃烧的火把照不到。"放开梯子，我要再下一层。"

我把梯子拽下来，到处寻找平坦些的地面。此时我多希望朋友们也在身边啊，好歹有人能帮我扶梯子，但我最近信心倍增，我知道自己一定行。梯子晃得很厉害，我战战兢兢地向下爬，好不容易双脚踩到了石头上，之后立刻拿出一支火把插在墙上。又一具骷髅从黑暗中爬了出来，我飞快地连放四箭，它还了一箭。

砰！

我低头一瞧，一支箭正中我的腿，一股热流涌出。我忍痛拔出箭，以牙还牙射向骷髅，那家伙一命呜呼。

"有两具骷髅，"我冲那个被困在这儿的人说道，"你觉得还有吗？"

没人说话，我隐隐约约感到有点儿不安。

"人呢，你在哪儿呢？"

回答我的是一种诡异的动物，吱吱叫着，还会飞，它们从黑暗中蜂拥而出，瞪着血红的眼睛直冲我而来，我一一闪避开了。我以前不害怕这玩意儿，但现在却有点儿胆战心惊。

"有人吗？"

我又点亮几支火把放在山洞周围。在骷髅倒下的地方，我发现两块石头落下后形成了一个可容纳一人的小空间。很可能就是刚才传出声音的地点，但那个人不见了。只有一些碎玻璃和一摊红色的液体。我用手指头蘸了一点儿，不知道是不是甜莓果酱，然而碰到舌尖后，却是一股怪味，尝起来好像是肥皂和西瓜混合起来的味道。我马上觉得自己真蠢——谁会随便去尝地上的不明液体？

突然我发现腿上被箭穿透的地方不疼了。伤口不大，但感觉很烫，随着心跳，腿上的伤口逐渐愈合，只留下一个粉红色的疤。

"你在下边还好吗？"玛尔大喊着。

我……还真不知道该怎么回答。

"还行，"我说道，"提个有点儿奇怪的要求，你们能不能给我扔下一片面包？"

没一会儿，一片面包掉在石头上，我小心翼翼地用它把那些液体尽量吸干。当然还可能沾上了一些石头粉末或者蜘蛛网，但如果它也能治愈楚格，冒险就是值得的。

不知道是谁——肯定有人来过——他有治疗药水，逃走的时候不小心洒了一地。

我一手拿着染成粉红色的面包，另一手举着火把，在洞里查看了一圈，发现一个奇怪的东西：金属轨道。

是爸妈他们在井下驾驶矿车用的那种轨道。

当然，现场没有矿车，在地底下找矿车有点儿奇怪，这儿又不是矿井。四周看不见有用的矿石，也没有镐在洞穴岩壁上留下的痕迹。只有铁轨，通向黑暗深处。没有发现任何掉落的宝贝，也没有发现那个呼救却又逃走的人。

"蕾娜，你还好吗？"这次，玛尔的声音更加焦急。

"一切顺利，我很好。这就上来。"说着，我回到放梯子的地方，把所有东西塞进口袋，开始往上爬。

到达第一层后，我把梯子向上一拽重新安置好。朋友们又扶紧顶端帮我爬到地面上。在我好不容易站起身后，第一件事就是拿出那片湿乎乎的面包。

"楚格，赶紧吃下去，它肯定是——"

楚格的做派就是这样，根本不用等我详细解释为什么他得吃地上捡的一片黏糊糊的粉红色面包。他只说了一句话："好。"马上就把面包塞进了嘴里。

"楚格，住手！"玛尔大喊一声，但已经晚了。

"玛尔，没问题。"说着他轻轻舔了舔嘴唇，"呃，这是什么东西？味道好像西瓜和岩石粉的混合物。"

我指着自己伤愈的腿："这里中了箭，我只不过舔了一滴那种液体，伤口便愈合了。所以这是那个人落下的治疗药水。"

"这不合理啊——"托克开口了。

还没等他说完，楚格突然上蹿下跳，当然小心地避开了地上的洞没掉进去。"太棒了！我一点儿都不疼啦！我的肋骨，我的腿，还有胳膊，全好了！"然后他清了清喉咙，"可我还想继续骑那个小家伙，因为比走路有意思多了。"

他从一张床跳到另一张床，尽情释放他的快乐。玛尔盯着那个洞口低头沉思："也就是说，你下去后干掉两具骷髅，找到一摊药水，但一个人影都没有？"

"可能是趁我在跟骷髅打得不可开交时逃跑了。我知道他的位置，在他藏身的地方我发现了打破的药水瓶，但我没看见他人。有个拍着翅膀的东西在飞——"

"对，蝙蝠。"玛尔补充了一句。

"一定是了。那人不见了。但下面有点儿不对劲，我发现了矿车用的铁轨，但却没有矿车。我们可以顺着铁轨一路追踪，看看他们去了哪儿，说不定可以找着那个人，问问他为什么要跑。"

可是玛尔摇了摇头："没用的。不论他是谁，只能证明一件事，这人并不可靠。楠花了那么多时间讲解墙外的怪物和动物，但压根儿没提起外面的人。就算你救了他的命，对方也没有心存感激，反而拔脚就溜。不管是谁，我都不想为了他陷进黑暗里。"

我浑身打了个冷战："我也不想。"

我们对望了一眼，心照不宣地提醒自己这个世界不仅仅存在着羊驼、猪和鲜花。托克走到工作台前做了一扇门盖住洞口。将门关严后我们各自上床安歇。玛尔分发食物，大家默默地吃着。虽然藏在庇护所里安然无恙，没有吓人的怪物会伤害我们，但大家心里还是惴惴不安，因为我们都知道脚下有个漆黑的山洞，下面无比空旷，藏着许多奇怪的东西，还有一个特别奇怪的人。

镇子上的每个人都彼此认识，从老到小，没一个生人。

今天，我们头一回碰上了一个陌生人——准确地说是差点儿碰上。现在我有点儿理解当年的开拓者们为什么要建起高墙了——凶猛的怪物一看就知道不能接近，但认清一个人太难了。我救了别人的命，却弄不清楚自己到底该不该这么做。

"我倒想知道他是谁，"楚格边说边扯下一根鸡腿，"听他的声音好像是个大人。"

"那是，小孩子才不会一个人在这儿瞎逛荡呢。"托克拍了拍康多，摇摇头，"就算大家没被困在高墙里，他们也会聚集成一群一群的。我才不想孤苦伶仃的一个人呢。"

"我也不想。"我用指尖抚摸腿上的伤疤。

我让一具骷髅射中了——这又是件新鲜事。

我以前受过最重的伤就是从树上掉下来。我去找了镇上的治疗师蒂妮，她给我的胳膊上了夹板，喂我喝下一勺药水，味道很像山洞里的那个，胳膊马上就不怎么疼了。作为回报，爸妈付给她一颗钻石。因为我闯下祸，害得家产损失，所以好几个星期家里人都对我爱搭不理的。

腿部中箭的伤势并不严重，就算没有药水，只要我多吃肉，一两天后也能自己愈合。但最让我纳闷儿的是为什么骷髅不射我更要害的部位，例如胸口和脑袋？

"谁知道怎么造盔甲？"反正大家也睡不着，我干脆问道。

"说和做完全是两码事。"托克打了个哈欠，"不过，我应该能做的。就是需要准备的原料特别多，需要大量的皮革、铁块、金子——诸如此类的东西。”

“干脆咱们多宰几具骷髅，看它们能掉落什么宝贝？”楚格说道。他现在完全康复了，精神头十足。“小家伙戴上头盔威风极了！”

玛尔一下子坐了起来：“晚上谁也不许出门。为这个冒险太不值了，要是咱们够聪明，随时注意安全的话，压根儿就用不上盔甲。大家白天赶路，只要进了村子，就能换到需要的东西。”

“咱们还得去林地府邸杀唤魔者，”楚格提醒她，“所以盔甲是非常必要的。”

玛尔一头栽倒在枕头上：“爸妈从没教我们该如何防备怪物。虽然我会挤奶，你会给南瓜除草，但在墙外，我们只能摸着石头过河。在家所有事都一成不变，但在这儿每天都会发生各种意外。”

“但现在这样简直是妙趣横生啊！”楚格欢呼起来。

玛尔朝他翻了个白眼：“别看你现在欢蹦乱跳的，还不是亏了蕾娜凑巧在地底舔了一个不知道是谁丢下的药水。就在两小时前，你还半死不活的，动都动不了。”

“话是没错，凑巧舔了药水这事确实很意外，但结果呢，多有趣啊。”

“也可能变成坏事，”她提醒道，“有好药水，也一定有坏药水，对不对？”

我和楚格听到这话，都不由得打了个哆嗦。

家人都叫我疯子蕾娜，要是让他们知道我随随便便舔了在地上偶然看见的药水，非得笑话我一辈子不可。所以这次纯粹是运气好，皆大欢喜。玛尔说得对，就像世界上还有骷髅和僵尸，情况也可能会变得更糟糕。

既然有坏生物和坏药水，就一定有坏人。

洞里的那个男人到底是什么人呢？

11

楚格

告诉你吧，我完全迷上了地上的那种药水。味道有点儿奇怪，有点儿辣嗓子，但起效神速，而且效果拔群！喘气的时候肋骨不痛了，又能做侧手翻了。我现在是一个彻头彻尾的"地板药水"迷。

不知道其他人有什么好大惊小怪的，世界上的事物总是有好有坏。有好吃的蛋糕，也有我特别讨厌的甜菜根；有乖巧可爱的牛，也有当你在玛尔家的农场里愉快骑牛时踢你的坏牛；有善良的邻居，例如因卡总送我们西瓜，也有坏邻居，像贾罗家或者克罗格他们。墙外不仅仅有彩虹和南瓜馅儿饼，这倒不足为奇。神奇的是在最危急的关头，或许地上就有治疗疾病的药水。

要不是我们几个人白天都累坏了，我们非整夜盯着门和地板，生怕像苦力怕那样的怪物会撞门而入。玛尔和蕾娜说得对，下边有个人向我们呼救，后来又不见了，不是正常人所为。我悄悄问托克，地上的门板能否从下面推开，他摇头说不行，于是我们几个人把床压在上边。我睡觉时枕头下还藏着剑。

如果今晚失眠也很正常，但我酣然入梦一觉睡到了天亮，肯定是药水的作用。醒来时，玛尔坐在床上看书，她好似一夜没合眼，蕾娜和托克还在睡梦中。看到康多蜷缩在弟弟身边，我不由得笑了。我们打败了僵尸，真开心！要是猫咪出了什么意外，托克会自责一辈子的。我会懊恼悔恨，玛尔会捶胸顿足，然后就会形成恶性循环。

看见我醒了，玛尔的脑袋向门那边偏了偏，我溜下床跟着她走出去。差点儿忘了拿着剑，以后我一定会牢牢记住。

早晨灰蒙蒙的，我担心会下雨。从小我就特别讨厌洗澡，淋雨就像你再怎么不乐意洗澡，也得洗个没完。不过，雨水能把小家伙的体味冲淡些，也挺好的。

玛尔走过去把羊驼赶到安全的草地上，我牵来了小家伙。现在没有胡萝卜，不过，我走到哪儿他也跟到哪儿。

"我估计今天就能走到信标，"玛尔开口说道。我俩遥望着那道蓝色的光。"那个村子会跟聚宝盆镇一样吗？"

"高墙森严，禁止出入？"我们站在广阔天地之中，听到这个反而觉得很刺耳。为什么镇子上的人不开一道门？为什么不让人们走出去寻找有趣的新物种和开采新矿产呢？

"楠说她去过那个村子，希望那里更加……开放吧。"

"说不定还能碰上洞里那个奇怪的人。"

　　玛尔抚摸着羊驼的耳朵，后者发出一阵刺耳的叫声。"村民可千万别再像那个人一样也跑了。这儿的一切都怪怪的。"

　　"可能这儿才是正常的，咱们家那儿才怪呢。"

　　她诧异地看着我，我嬉皮笑脸道："不就是这样吗？有时候我的话可是很睿智的。"

　　"你刚才说什么了？"托克一边揉着眼睛从庇护所走出来，一边问道。康多从他身边跳下去溜进草丛忙自己的事情去了。

　　"我说的话很睿智。"

　　弟弟看我的眼神像看傻瓜似的。"你哪句话不睿智了，别装得好像自己是个傻瓜。"

　　他这句话的语气让我听起来很不舒服。我们对自己的天性心知肚明——他聪明，我笨。连老爸都叫我俩没头脑和不高兴。

　　"我这么棒哪儿用装？"

　　玛尔过来分发食物，把不太和谐的气氛一扫而光，蕾娜也出来吃早餐。外面灰蒙蒙的，天气凉爽，庇护所里面也是凉爽而灰蒙蒙的。大家默默地吃着东西，对到村子以后可能发生的情况都有点儿担忧。要是那里也有一堵高墙，没有门可进怎么办？要是找不到有地图的村民怎么办？要是我们的绿宝石不够怎么办？

　　在聚宝盆镇这个可以一眼望到头的简单小镇上，我们从没碰上过这些问题。

我们收拾好行李和装备，这次动作比昨天快多了。我最后一个出门，站在庇护所门口，望着地下那扇危机四伏的活板门。在内心深处，我很不喜欢半途而废，如果有足够的时间和充足的装备，我们就能找到蕾娜说的那条矿车铁轨的尽头。但话说回来，我讨厌黑暗和让人毛骨悚然的山洞，而且里面到处是骷髅，我宁愿在地上冒险，至少还能碰上一些长得可爱，并且可能派上用场的动物。

我骑着小家伙往信标走去。说实话，绳子那头拴的胡萝卜已经让猪舔了一天，看起来特别恶心，村里说不定有新鲜的胡萝卜。不知道那儿的人，尤其是大人会不会赶走我们。毕竟，我们只是一群孩子，进村子是为了执行一项任务，这个任务我们并不想费太多口舌去解释。要是我们把难处告诉村民，他们非要把我们几个人遣送回家交给我们的父母该怎么办呢？

我使劲晃了晃脑袋。想太多的楚格会变傻。

我们在路上吃了面包和鸡肉，然后继续赶路。羊驼乐呵呵地跟在玛尔身后，你一声我一声地嘶叫着。接着是我骑着小家伙，这样一来就不用被羊驼啐口水了。再下来是康多和托克，弟弟一如往常一头扎进书里。蕾娜还是走在最后。她的弓箭随时严阵以待，扫视着我们身后的小路是否有危险。我想念平原，那里一马平川，什么都能看得清清楚楚。群山渐渐靠近，漫山遍野都是同一种树，好像比镇子上楠的森林中那些齐刷刷的小树更加粗大。毫无征兆地，我又有一种被监视的感觉，但这次应该不是猪。

　　当我们看见村子的时候已经是傍晚时分了。我的眼神不好，映入眼帘的是零零星星的房子和小块农田，它们杂乱无章地分散在山脚，没有高墙，没有严格的规划，就好像是随心所欲，想怎么建就怎么建，想在哪儿建就在哪儿建似的。这一切在我看来，如同有人把裤子当帽子，把袜子当手套一样奇怪。但话说回来，把裤子当帽子戴感觉好像很好玩儿。

　　村子前方就是信标，我已盼望这个奇特的装置很久了。我们越走越近，它就像是清冷的月亮与热情火焰的结晶。我拔腿向它飞奔过去，不知怎么的，离得越近，感觉自己速度越快，身体越强壮。

　　"兄弟，千万别去舔它。"托克告诫我，一听这话我乐了，不愧是亲兄弟，真了解我！

　　"我不舔，我就想在四周逛逛，这感觉真棒！"

　　朋友们围拢过来，他们的速度也加快了。我们四处跑动，放声大笑，一时间我忘记了肩上的重担——枯萎病，离开镇子逃难，还有僵尸，等等。连蕾娜也在笑，小猪的尾巴疯了似的拼命摇摆。

　　"这个信标能影响周围的一切。"托克说着做了个实验，他先靠近信标再远离。离信标近的时候速度更快，超出了某个范围就又恢复了正常。"不知道楠有没有一本书是解释这个的？我得研究研究。"

　　"我想抱抱它，"蕾娜说道，"它发出的光简直就是世界上最灿烂的阳光。"

玛尔离开信标走向村子，看得出来她忧心忡忡。接着，她向我们招手，几个人不情不愿地走出信标的亮光范围，跟了上去。

"让我跟信标玩儿一整天我也愿意，但别忘了我们还有任务。现在已经很晚了，我们没时间既和村民交易，又建个合适的庇护所。"她抬头望着躲进了乌云里的日头，"所以要么咱们进村试试，要么盖个庇护所，等明儿一大早再进村。"

村里一个活物都没有，有点儿……不同寻常。虽然暴风雨来临前大家一般都会躲进家门，但一片死寂确实很怪。

"咱们还是盖庇护所吧，"蕾娜提议，"为了安全起见。"

"这个办法好，"托克表示赞同，"万一下雨，视野会受到限制，而且不知道雨水对咱们的武器会有什么影响。"

"盖起庇护所，我们还能安心吃东西，人是铁饭是钢。"我插了一句。

玛尔摇了摇头："不行，我们必须要积极点儿，不能又浪费半天时间。多耗一分钟，聚宝盆镇的家人们离危险就会又近了一分钟。我们胆子得大点儿！"

"可要是他们不欢迎咱们呢？"蕾娜反驳道，"我宁愿找个晴天出现在陌生人家门口，也不愿意在狂风暴雨中吓他们一跳。"

"你以前从没见过陌生人。"玛尔呛了她一句。正在这时，倾盆大雨从乌云中倾泻下来，马上我们就成了落汤鸡，难受极了。多希望楠已经为我们准备好了毛巾，我可不想睡在湿毯子里。对玛尔来说现在挖个庇护所难于上青天，何况在雨中修建可不是什么好玩儿的事。只有信标在暴风雨中不为所动。

"我们去村子里试试吧。"玛尔说着瞟了我一眼。

她需要得到我的支持，于是我顺势点点头："宝剑哪怕淋了雨也很锋利。"还有一句话没来得及说出口——我闻到前面飘来一阵烤肉味，这谁能抵抗得了。

"要是不安全楠也不会派咱们来这儿。"玛尔又加了一句。蕾娜冲她翻了个白眼，改口说："现在还算安全。"

"随你怎么说吧。"这是我第一次看见蕾娜反唇相讥，也是我第一次看见玛尔摆架子。蕾娜警觉地往我们身后的路观察着："我老觉得有人跟踪咱们。"

"村子里就是比外面安全多了。"玛尔嬉笑着走在雨中，后面跟着羊驼。我回头一瞧，要是有人跟踪我们的话，得益于茂盛的树木和山上的灌木丛，藏身很容易。大雨滂沱，连鼻子前一格的范围都看不清。我从小家伙背上跳下来，收起胡萝卜，戴上头盔，握紧宝剑。希望进入村子里以后一切顺利吧，但也必须随时做好两手准备。

村子没有围墙，也就没有挂着的横幅上面写着"欢迎你，远道的客人"。玛尔走向距离最近的一座房子。外面一个人影都没有，也难怪，毕竟这种鬼天气谁会出门？眼看玛尔就要走到门前，突然间一个巨大的身影从旁边闪出来挡住了我们的去路。

这是……

说实话我也不认识。

它就像一块蹒跚学步的铁疙瘩，长得特别难看，又大又笨重，像一块长鼻子的巨石。它堵在我们面前，居高临下地审视着我们。我大步走上前去挡在玛尔和羊驼前面。小家伙吓得瑟瑟发抖躲在我身后，我举起了剑。但其实呢，我的膝盖已经抖得站不直了，但雨很大看不出来。我才不管这玩意儿是不是钻石做的，反正不可以伤害我的朋友。

"我们是来做买卖的。"瓢泼大雨中，玛尔抬头喊着。

雨水顺着铁疙瘩流下来，它好像听不懂。

"要么做买卖，要么别挡道，铁疙瘩。"我气势汹汹地喊道。

它朝我一扭头，伸出一条胳膊，看样子是想推倒我。

玛尔挡在我面前，碰上危险我可不愿意她乱出头。"我来吧，"她说道，"它好像不喜欢让人吓唬。"她提高音量，平常牛们赖着不进围栏时她也这么嚷嚷，"你们村子真美，带我们去找制图师好吗？我们不会惹麻烦的。"

铁疙瘩歪了歪脑袋，旁若无人地走开了，身影消失在大雨里，我赶紧打量四周，生怕全村都是这玩意儿。它不是人类，也不是动物，也不像被制造出来的机器。

"真不可思议啊！"弟弟惊叹道，"铁做的，但有意识。它不会动不动大打出手，看上去像是在巡逻，太厉害了！"

看他的样子好像马上就要冲进雨中，追上去向铁家伙讨个粪便样品了，我赶紧说："找到村民就能问个一清二楚了，兄弟。"康多早就钻进他的衬衫里了，猫咪最讨厌湿乎乎的。

铁疙瘩的脚步声消失后，玛尔敲响了最近的那栋屋子的房门。没人应声，玛尔透过门上的玻璃往里面张望。

"这儿好像是个店，"她在雨中喊着，"里面有灯光，有柜台，托克和蕾娜，你们在外边等着。"

只有玛尔才有这种勇气，所以我们都听她的。她把羊驼拴在附近的柱子上，推开门走进了这座房子。里面不大，可能猪会不太受欢迎，所以我把胡萝卜和小家伙交给托克，然后跟着玛尔走了进去。

我第一个念头是，这里面没那么湿冷真是太好了。

第二个念头是，这里跟我们那儿的房子完全不同。格局很怪异，外观也前所未见，连气味都截然不同。

但最奇怪的地方在于柜台后面的人一转过身，我们才发现跟我们完全不是一个物种。他们的语言只有一个发音"嗯"。

"你好，我们找制图师。"玛尔开口说道。

"嗯。"他又说了一次，双手紧紧笼在长袍的袖子里。

"地图。"玛尔比手画脚地说道。

"嗯。"

我看不下去了，来了一句："我们要买四百只鸡，训练成超级大鸡，然后干掉你们的铁人。"

"嗯。"

"玛尔，咱们这是在对牛弹琴啊。"

她叹了口气把手伸进口袋里，掏出一袋子绿宝石。

看到这个，村民好似明白过来了。他变出一大堆书，但上面的字我俩一个都不认识。"地图。"玛尔说得很慢很清晰。

"嗯。"村民简短地回答道，还有点儿不耐烦。

玛尔做出摊开一张纸的动作，指了指，然后做出眺望的手势，好似看向远处。村民又指了指架子上的书，玛尔用手指在桌子上划来划去，村民又气急败坏地指了指书。老听他没完没了地说"嗯"，我快被烦死了！最后玛尔掏出一把麦粒。

我俩没想到的是，村民居然拿出了一颗绿宝石。我和玛尔面面相觑。有这么好的事？她递过麦粒，村民给她绿宝石，充满希望地说了一声"嗯"。

"玛尔，我觉得这个怪人没有地图。"

"我也这么想。去别处看看。"

"再见。我们走了。"玛尔说着挥挥手。村民没有挥手或者说谢谢，只是嘟囔了一句："嗯。"

"我决定将这个村子命名为'嗯'。"我们一出大门，立刻被雨淋得浑身湿透。

"嗯。"玛尔回答道，我哈哈大笑起来。

"你们拿到地图了吗？"托克迎上来问道。

"没有，但用一把麦粒换了一颗绿宝石。他们跟咱们长得完全不同，语言也不通，但起码很喜欢做生意。"

我们又进了另外两座房子，发现一个村民造箭，另外一个制造药水，幸好托克在外面等我们，要不然被他看见制造药水的神奇装置，魂都得飞了。我们用绿宝石换了一瓶再生药水，因为早晚会用到的，况且今天这颗绿宝石得来不费吹灰之力，算是意外之财。

奇怪的是，下一栋房子里空荡荡的，没有柜台，没有桶，没有家具，什么都没有。我和玛尔对望一眼，不约而同点了点头。我们支起四张床，一打开门，托克、康多和蕾娜就冲了进来。我们将羊驼和猪拴在外边，只把箱子拖了进来，屋里的家具就只有这两样了。

"这是谁家的房子？"蕾娜问道。

"眼下就是咱们的。"玛尔回答。

蕾娜坐在床上，一脸困惑。不怪她想不明白，这个村子跟我们的小镇没有一处是一样的。我们盼望这里会有舒适的房子、热情好客的人们和温暖的饭菜，但现在却浇了一头冰冷的雨水，遇到了语言不通的陌生人，还有变质的面包。在我们镇子，全都是熟人，要是有人在暴雨中求助，每户人家都会热情相待，让他们安安稳稳地坐下来，吃点热乎的食物，还会备好舒服干爽的床铺。

唯一希望的就是这个村子跟我们镇子一样，不会有什么人突然闯进来把我们大骂一顿——当然我们也习惯让人骂了。

太阳快要下山了，我和玛尔跑回雨中，她用镐在地上给动物们挖了个小小的围场，我在四周加上围栏。我俩就像开足马力的机器——起码是雨水充足的机器。天一擦黑，我俩赶紧进到房子里。我的体力已经完全恢复了，真开心！这样托克和蕾娜的担子就不那么重了。

哪怕在这金碧辉煌的墙壁上插再多的火把，我们也没有宾至如归的感觉。这里的木头不一样，房顶也不一样。我们默默地吃完晚饭，然后蜷缩在又冷又湿的床上。之前面对僵尸、骷髅、洞穴和其他一切困难的时候，我们眉头都不皱一下，但现在看着这个不像家的地方我们特别想哭。

"你们说咱们明天能找到地图吗？"蕾娜问道。

"咕噜。"有人回答。

但不是我们几个回答的。

声音是从门外传来的。

12
托克

现在我们知道那个声音是谁发出的了。

僵尸。

康多也明白了过来。她浑身炸毛，发出嘶嘶声，在我床下横冲直撞。这不怪她，我也想跟她一起狂奔。这种每天都要打个你死我活的日子，啥时候是个头啊？

"它进不来吧？"蕾娜问道，"因为有大门还有——"

"火把，"玛尔哀号一声，"但火把只能阻止怪物生成，没法儿阻止对方进攻。况且这个村子没遮没拦的。"

这时，两条黏糊糊的绿色胳膊从门上的装饰孔里伸了进来，黑漆漆的指甲抽搐着向我们逼近。楚格抄起剑刺穿了门板扎向僵尸，那个家伙跑了，但后面又来了一个。虽然大家都很紧张，但现在远没到生死攸关的时候，就是有点儿烦。僵尸将爪子从门外伸进来，但也只能这样了。它还能干什么呢？

"我就不明白了，"我把自己的想法说出来，大家一起集思广益能更快解决问题，"村民生活在这个村子又不是一天两天了，但他们连个防护墙都没有。僵尸和其他凶猛的怪物肯定没完没了地生成。村民们为什么不——"

出乎意料地，伸向我们的僵尸魔爪竟然倏地消失了，随即发出一声"咕噜"。

离大门最近的楚格眯着眼睛从窗户往外看。"那个铁家伙正在狠揍僵尸呢，加油，铁疙瘩！"

雨渐渐小了，我们听到僵尸被之前见过的那个铁疙瘩揍得七零八落，动静很大。多希望光线亮一点儿，好让我们看清楚僵尸最后被打得滚到了地上。

"托克，拿火把来，"楚格说道，我递给他两支。他想干什么我一瞄就知道了。他打开门，一手举一支火把，停了一会儿，然后凝望着黑暗处。"铁家伙有两个。它们盯上了一具僵尸，准能把僵尸砸个稀巴烂！"

"咱们待在屋里，把其他的交给可爱的铁家伙就好了。"玛尔将楚格拉进来。她扭头看着我，我已经先一步用工作台制作了一扇没洞眼的门。这儿的主人应该感谢我，以后再也不会被突然伸进来的绿胳膊吓一跳了。

把新门一换上，我们安心多了。玛尔从楠的袋子里抽出一本书，我和蕾娜不约而同伸手去拿另外一本、对于眼前的情景我们都很想做进一步了解——怪异的村子、巡逻的铁怪物。建高墙并不难，但他们为什么放弃了？他们明明可以建

115

造坚固的高楼大厦，却让自己暴露在危险中。我们看书的时候，楚格靠门坐着，将那把剑横在膝头。我的亲兄弟无论如何都会保护我们平平安安的。我扔给他一张暖和的毯子，这是楠给的，他朝我挤了挤眼睛，继续吃苹果，这是刚才我们拿书时，他趁机从口袋里掏出来的。

　　我看着看着睡着了，醒来后发现康多压在我的胸口。我一个鲤鱼打挺起身，看见楚格还坐在地上熟睡，看到一切都很正常，我这才放下心来。这间借来的房子里充满阳光，光线从两扇玻璃窗透进来。蕾娜和玛尔刚醒，她们正揉着眼睛。在墙外的世界，一大早就能看见阳光让我们有点儿不习惯。我们几个人迅速收拾好，但玛尔却在皱着眉头掏口袋。

　　"咱们的食物不够了。用来交易的小麦还有，但我们必须拿到地图，然后考虑补充储备。"

　　楚格不停地嗅着空气，我也闻到了——烤馅儿饼的香味。"把全部绿宝石拿来换馅儿饼吧。早饭吃绿宝石不合适，容易崩掉牙。"他建议道。

　　我们收拾好行装，小房子里压根儿看不出昨晚有人住过的痕迹，除了那扇结实得多的新门。外面阳光明媚，暴风雨过后天空湛蓝，村子里的人川流不息地忙着自己的日常工作。大部分人行色匆匆并且一脸专注，也有几个看起来游手好闲，漫无目的地到处闲逛。铁家伙经过我们身边的时候并没有停下来，我对它们很好奇，但不论如何我都很感激这些家伙。僵尸掉落了一个马铃薯，我将它捡起来放进了玛尔的袋子里。

"托克，你怎么不跟上来？楚格和蕾娜，你们能不能在这里看着动物们？别惹麻烦行吗？"玛尔发牢骚道。

楚格看样子有点儿生气了。"惹麻烦？我？还是我们？怎么回事？我从不给人惹麻烦！"蕾娜掉转了箭尖，有点儿恼火，"玛尔，我会管好他的。"

玛尔冲我微微一点头，然后走开了。我把康多交给楚格和蕾娜，然后跟上了玛尔。可我心里有点儿想不明白：楚格是她最好的朋友，昨天不就是这样嘛，一般有什么计划他俩都是一起商量的。

"有什么计划？"走到外面避人耳目的地方我问道，"是这样……我一般不……楚格应该更……嗯……"

"我真不明白这些村民，"她开口说道，"他们跟咱们语言不通。尽管他们可以做交易，但我不知道该怎么去找制图师。我们几个人就像……无头苍蝇。你说咱们该怎么找呢？"

她带我们走到小山坡上，在这里可以将村子全景一览无遗。我的大脑开始高速运转，我能通过这些建筑的外观特征辨别居住者的职业。冒出大量黑烟的一定住着铁匠，有臭味的一定是皮匠，臭味完全不同的一定是鱼贩子，我能认出面包师、牧羊人和农民，此外，发出叮叮当当敲石头声音的一定是泥瓦匠。

"我们要找的制图师不会发出任何声响。"我指向三栋辨别不出的建筑物，"你看，一个没有烟囱，一个没有小花园，还有一个没有孩子。我们要找的地方肯定是三个中的一个。"

玛尔点点头笑了："我就知道你有办法。"照玛尔的一贯风格，她冲最近的那栋建筑走过去，我跟在她身后。我也习惯了等她先敲门，否则很别扭，可一旦开了门就要打起十二万分精神。

柜台后面的村民……怎么说呢，确实一看就知道是村民，但长得跟我们没有一处相似。他们外貌奇特，双手攥拳，身后是琳琅满目的工具，这里类似斯图的店面，只是斯图不会把我们当成顾客，而是不由分说地将我们几个赶出去。

"嗯？"他们问道。

"呃，不用了，谢谢。今天还不需要工具，再见。"玛尔摆摆手让我们赶紧退出来。

第二栋房子里是个造箭的，各式各样的箭、尾羽、弓把蕾娜迷了个晕头转向。终于，我们在第三栋房子里找到了那个人，他的房子也是三座里最气派的。玛尔推开门，迎面扑来一股特别好闻的气味。不是哥哥喜欢的烤馅儿饼的香味，而是我的最爱：旧皮革、清爽的纸张和新墨水的味道。这是知识的香气！书架上摆满了书籍和卷轴，墙上挂着彩绘横幅，还有一个村民戴着精美的金色单片眼镜。

"就是他！"玛尔低声说道。

"嗯。"村民点头认可了。

玛尔走到制图师桌前，把手伸进袋子里。我知道她正进行激烈的思想斗争。她没有把整个袋子的家底都掏出来，只拿出来一颗，村民摇了摇头。她拿出来两颗，村民又摇了摇头。就这么一颗一颗又一颗，我真担心交易还没完成我们几个就被踢出来了。当她掏出第七颗时，制图师终于点了点头，取出一个破旧的皮革卷轴。钱货两清后，村民往后一靠，嘴里嚷嚷了一声："啊哈！"特别心满意足的样子。

玛尔低头看着卷起的地图，低声问："现在看没关系吧？"

"当然没关系啦！要是他给错了，我们还得换一个呢！"

她打开卷轴，一开始还没什么感觉，后来我们才恍然大悟。虽然我对这个村子有个印象，但却从没真正好好观察过这片土地。我花了点儿时间才找到我们现在的位置，然后找到了我们小镇的高墙、山脉、山那边一片黑乎乎的森林和我们要找的地方：林地府邸。那是当地最大的建筑，周围环绕着阴森森的树木。

"谢谢你。"玛尔说道。

"嗯。"村民回答。虽然只有一个字，但蕴含着无比的快乐。

回到门外，我们和其他队员会合了。楚格和小家伙迫不及待地往面包房走去，窗框上放着几个金黄色的正冒着热气的馅儿饼。"拿到地图了吗？"蕾娜问道。

玛尔扬起手点了点头："还剩下几颗绿宝石，可以补充一下装备。"

"咱们要不去——"楚格开口道。

"想多买点甜菜根吗？想要多少有多少！"玛尔帮他说完下半句。楚格先是做出一副吓坏了的样子，然后朝她坏笑着说："原来如此，好吧，我已经把你的一只羊驼换成了三文鱼。你不是一向喜欢吃烤三文鱼吗？"

"我来做个甜菜根和三文鱼砂锅菜吧，"蕾娜提议，"我的手艺好着呢！"

大家哄堂大笑。谁都知道蕾娜连吐司都不会做。出门到现在，我们第一次树立了明确的目标，哪怕排除万难也要完成！

不用说，下一个目的地是面包店。玛尔用麦粒换了馅儿饼，然后又从造箭师那儿给蕾娜换了箭，从屠夫那儿换了肉。村民们对绿宝石的痴迷，让我们想起聚宝盆镇，大家都把绿宝石当成稀世珍宝，滑稽透了。这些纯朴的村民手里大概有几百颗，因为他们没事就在手里倒腾这些闪着绿光的小玩意儿，一边快乐地说着"啊哈"。这玩意儿到底有那么珍贵吗？这又让我想到，我们镇子上每个家庭都必须垄断一种独特的资源，才能换到其他东西吗？

我们巴不得可以用一天时间来买东西，但离家在外的时间每多一分钟，就离家人抛弃我们近一步——说不定逃难的时候就不带上我们了。每一天都有田地被毁，牲畜的饲料也快用尽了。我知道老妈的储藏室里装满了吃的东西，但我更知道楚格一顿就能吃两张馅儿饼，况且别人家可没这么多储备。买新装备、吃新鲜食物当然充满乐趣，但我们的最终目的是完成任务。根据地图和我精密的计算，我们距离林地府邸还有大约两天的路程。

这个村子没有围墙，我们离开的时候也不知道哪儿是边界。向铁家伙挥手告别后，我们爬上陡峭的山坡。羊驼背着我们的箱子，楚格全副武装，手握宝剑，比骑在小家伙背上那副熊样可威风多了。蕾娜现在一定走在队伍最后，确保没有其他东西跟踪我们。她落后一些，随时警惕地扫视野地。我觉得有点儿不对劲，具体是什么也说不上来。康多也有感觉，她靠在我的肩头，爪子牢牢地抓着我，很疼。

玛尔一定也感觉到了我的不安，她把缰绳交给楚格，走到队伍末尾跟蕾娜聊天儿。我装成看书的样子，其实边走边竖起耳朵听着。这就是聪明人干的事：其他人都以为我神游物外，其实一半时间我都在偷偷留意别人说了什么，做了什么——而且专门趁他们以为我不注意的时候。

"什么东西？"玛尔问蕾娜。

"不清楚，一直有东西跟踪我们。从进村前就有，现在又来了。不像之前小家伙跟得那么明显。不论是个什么东西，反正很狡猾。它很隐蔽，所以我还没看见。只留下……断裂的树枝，或者沙沙响的树叶。"

"你觉得是什么？"

蕾娜摇摇头："我也想不出来。按照书里说的，能跟许多东西对上号，还可能是想害咱们的人类，也说不定是山洞里那家伙。被蒙在鼓里真讨厌。在家乡，有什么是咱们不知道的，对吧？"说着她耸了耸肩，"不过，至少知道这次不是僵尸，也不是溺尸。"

玛尔顺着蕾娜的目光望去。那儿是石头、树木和灌木丛，藏个什么人很容易。但玛尔跟蕾娜不一样，她一向都是十分

121

大胆的。"出来！"她大喝一声，"我们早看见你了。"

　　玛尔如此莽撞，蕾娜只能恼怒地摇摇头，接着举起弓，扫视着地平线。除了树枝微微摇动外没有其他动静。我屏住呼吸，她俩此时肯定也一样。

　　突然间，灌木丛动了，有个硕大的灰色身影冲了出来，号叫着。

　　蕾娜嗖地放了一箭。

13

蕾娜

箭偏了，只差一点儿就可以射中那家伙。我定睛一看，它浑身毛茸茸的，通体灰色，鼻子很长，一双黑黑的大眼睛骨碌碌地盯着我，好像也有点儿不知所措。

"这是什么东西？"我问玛尔，又搭上一支箭。除非对方先动手，否则我是绝对不会伤害它的。

"一头狼，"她惊讶地说，"我在楠的那本书里见过它们。有人把它们当宠物养，它们就像……大猫，跟人很亲近。"

托克走过来，但没见着康多。"那就不是猫咯，它们看起来没有一点儿相似。"我扬起眉毛正要反驳，他又补充了一句："康多一闻到那家伙的味，马上嘶叫一声，一溜烟跑到前边躲在羊驼身后了。"

"也就是说它不会伤害我们了？"玛尔问道。

她掏出书，翻到有狼的那页给我们看，书里画的跟眼前的动物确实很相像，只不过书里的那只很漂亮，还戴着项圈。

"给它一块骨头，就能跟它交朋友了。"

玛尔笑了，在口袋里掏了半天之后竟然递给我几块骨头。

"多亏了楠的书，我们才知道它是什么，"她解释道，"所以我不想杀它们。"

"我也不想。"话一出口听到一片笑声，但我的眼睛一刻也没离开狼，生怕它攻击人。托克把康多当成女孩，楚格把小家伙当成男孩，我也打算把狼当成女孩。

我给狼一块骨头，她轻轻叼起来，用大牙咬开，看起来跟我亲近了许多，我和她不一定就是天敌。吃完这块后她更加摇头摆尾，舌头不住地舔嘴唇，我笑了，又递给她一块骨头，她津津有味地啃了起来。吃到第四块，她坐了起来，一双圆溜溜的眼睛很友好，舌头耷拉着。骨头被她吃个精光后，她舔了舔我的脸，舔过的地方留下一道黏糊糊的印子。刚才我差点儿射死她，这个举动证明她已经原谅我了。我伸手抚摸着她，发现狼脖子的下方有一个红色的旧项圈。

"羊驼吓坏了，康多抱着我的大腿死不松手，"楚格在远处嚷嚷着，"谁过来帮个忙……解救我一下？"

我们一抬头，刚好看见他的狼狈样。康多把他的腿当成树干死死地抱着——多亏了托克用皮革给他做的盔甲，羊驼们挤在一起，紧紧盯着我们这儿，像在人背后说三道四的邻居一样警觉。托克拍了拍狼的脑袋，让她乖乖地不要动，然后跑去给哥哥帮忙了。

"现在知道谁在跟踪我们了吧。"玛尔站起来把楠的那本书塞进口袋，"看样子这家伙不饥饿也不凶残。"

"我觉得她就是好奇，也可能她以前跟过一个人类，后来那人发生过什么不幸。现在看起来她开心多了。"我抚摸狼的后背，她乖乖地摇着尾巴，连眼神里都带着笑意。

玛尔伸手把我从地上拽起来。我曾经因为她冒着大雨冲进村子而生气，但没一会儿我的气就消了。我注视着身后的地方，生怕又冒出来几头狼，但那种萦绕心中被人跟踪的感觉不见了。没什么好担心的，谁也不能阻挡我们继续前进。这时，我心里有点儿内疚，因为之前白白浪费了时间——好吧，也因为楠说过要相信自己的直觉，直觉告诉我既然身后有东西跟踪，必须要将其解决。这头狼一点儿也不危险，但书上说还需要小心，而且狼一般都是四只以上成群结队狩猎的。不过我觉得附近应该没那么多狼了。这头狼——也是我的狼——一定是形单影只。

我和玛尔动身了，我频频回头看那头狼在干什么。书上说喂她骨头就能驯服她，但我也不清楚"驯服"的意义。我认识的猫都算不上被驯服，她只是在人身边生活罢了。玛尔的牛也不算被驯服，都有自己的个性，我经过的时候会喂它们点儿麦粒，有几头从此看见我就很亲近。

狼紧紧跟在我们身后。她快活雀跃，摇头摆尾咧嘴笑着，舌头也到处舔。我一停下，她就停下坐在我身边，崇拜地望着我，压根儿忘了我差点儿因为无知而没头没脑地射她一箭。

"哇，她眼里只有你，"玛尔说道，"假如书上说的是真的，她会一直跟着你。要是跟怪物动起手来她还能帮上忙呢。"

"我可不想让她因为我而受伤。"我不假思索地回答。

"她只是动物，不管喜欢不喜欢，所有行为都出于天性。照我说，只要你时不时喂她点儿肉和骨头，她就会紧紧跟着你了。"

"说不好。要是……"

玛尔停下脚步，一只手搭在我肩头。我要是焦虑过头，大脑里的负面思想陷入恶性循环，她就会做出这个举动。"你是为了大家的安全，才差点儿射中一只野生动物，狼不会怪罪你的。原谅自己吧，想开点儿。她是自愿跟过来的。"玛尔微笑着说道，"趁还没赶上楚格，赶快给她起个比'小家伙二世'更好的名字吧。"

我们又出发了，狼步履轻松地跟在旁边。我还从没给动物起过名。之前家里也没养动物——矿井里到处是尘土，对动物并不友好。靠着跟别人做交易我们什么都不缺，鸡蛋、肉、谷物，一应俱全。给动物起名字是件大事，还好没有截止日期，也不必太着急了，我必须好好想想。

我们追上楚格，他虽然被康多挠出一道道伤痕，但还是兴高采烈的。果然他说："哇，你们驯服了一头毛茸茸的大猫，干脆给她起个名叫——"

"就叫波比。"不知为何，我嘴里突然蹦出这个名字，但这名字真的太……形象了。她总是乐呵呵的，上蹿下跳，性格外向火热地让人想起虞美人（译注：虞美人的英文是 poppy bloom，音译为"波比"），再加上她的红项圈和粉红色的舌头，简直和虞美人一模一样。

"波比。"楚格重复着这个名字，"听上去不如小家伙顺口，起这个名字，远远比不上小家伙。"

波比目不转睛地看着康多，尾巴摇得像风车。托克弯下腰把猫咪从他哥哥腿上扯下来，康多一直瞪着狼，现在她喘气没刚才那么厉害了，尾巴却还在抖动。她们互相闻了闻，康多竟然蹭了蹭波比的腿，这让我吃了一惊。羊驼们慌里慌张地撞到一起，但波比一点儿不害怕。领头的羊驼低下头想和狼碰鼻子，波比舔了舔她，羊驼打了个响鼻叹了口气，好像很懊恼自己要和一群傻瓜结伴旅行了。小家伙倒是相当平静地旁观整个过程。五分钟后，动物们总算习惯了彼此之间作为不同物种的差异，我们准备停当后继续出发。

玛尔拿着地图，不断地对照前方的景象修正方向。要是我们能飞上空中俯瞰大地就好了，但眼下只能观察周围的山脉和地形，同时在地图里寻找对应的地方。

"我们即将穿越水面。"玛尔提醒道。她指着地图上一条蓝色带状物，两边是绿色的。我之前从没见过面积这么大的水域，她准备用什么方法穿过去呢？

她跟托克商量有什么办法时，我走到队伍后面，这才是我的位置。波比总是跟着我，有时候她也会四处溜达，去查看特别好玩儿的一棵树或是一朵花，对此我感同身受。有时她会追着蜜蜂跑，她的快乐仿佛有强大的感染力。我很好奇，为什么祖先们不带狼进高墙呢？养猪的话，缺点明摆着——它们身躯庞大，浑身臊臭，还特别吵，养在身边真的不合适。羊驼也好理解，虽然搬运货物确实是一把好手，但也没其他用途。一旦城镇居民定居下来，也就没有搬家的必要了。

　　至于狼嘛……其实我对它们并不十分了解。要么是因为它们发怒或者饥饿时号叫连连，要么是因为它们祸害小鸡。还有可能是因为它们不适合养在家里或者围栏里，而是天生喜欢自由地奔跑和探索。

　　我有点儿理解这个观点了。

　　以前我喜欢步行回家，这一路上就是属于我的个人空间，我可以在路上思考消化今天碰上的新事物。但现在有波比在我身边蹦蹦跳跳，我于是更喜欢这段冒险旅程了。在家里总是闹哄哄的，但在这里我能自由自在地深呼吸——不用闻拉夫的臭脚丫子味。

　　我正回想着以前，突然发生了一件不可思议的事：不知道打哪儿来了……一个人。不是个普通人，它的个头儿非常高，浑身漆黑，眨着紫色的眼睛，胳膊细长细长的。像是个人，但也可能是一只动物或者一个怪物。它的行为也不像人类，只见这家伙弯腰摘下一把青草和鲜花。亮黄色的蒲公英在它黑皮肤的映衬下格外鲜艳。它拿着花草走着，好似目标明确，有正经事要忙。其实呢，它只是手脚没地方搁，于是随意抓起一块土，底下还带着植物的根。

波比没注意到眼前的一幕，她正忙着挖东西，身后堆起高高的土。玛尔和其他人向前走着，他们的注意力集中在等下要穿越的山口和山那边的河流。眼下，只有我和那个拿着花的家伙。

我连弓都没拉。

波比教会我一件事：世界上有可怕的东西，也有令人愉快的东西。这个人并没有攻击我，甚至都没注意到我的存在。我只是在一旁观察，既不咄咄逼人，也不居高临下。我蹲在草丛里，看见那家伙把手里四四方方的花放下来，像张小桌子。它倏地消失了，紧接着在远处再次出现，又捡起另外一朵花，这朵是虞美人。它没有把花吃了或者揉碎，而是拿着花到处逛，像是有什么任务要完成似的。

那个人和花突然再次不见了，波比莫名其妙地抬头看了看，接着又挖坑去了。我傻站了半天才发现朋友们已经走了老远。一时间，我的心头涌起一阵锥心的思乡之情，好像离开了安全舒适的空间，于是我拔腿去追赶他们的脚步。波比丢下她挖的洞，吐着舌头紧跟我一溜小跑，我渐渐放心下来，伸展手脚开始快跑，这种风驰电掣的感觉真好。

我体力越来越充沛，真喜欢这种飞奔的状态。我们朝着两座山之间的隘口前进，下午准能到达。站上峰顶，向下俯视世界是一种什么样的感觉呢？从山上能看见聚宝盆镇吗？小镇和墙外这些气势磅礴的万物一比，会不会显得渺小可怜呢？

我追上了朋友们，波比停下来抖了抖毛，尘土飞扬起来。

康多看她不顺眼，小家伙对她很好奇，羊驼的样子就像城里的踮妹子，就算她是我姐姐，也不愿意搭理我。玛尔还在研究地图，想到我们旅途的下一步，她不禁皱起了眉头。

"在后面看见什么好玩儿的东西了吗？"楚格问道。他一条胳膊搂着我的脖子——胳膊特别重，因为他现在整天套着盔甲。

我想把自己看见的生物跟他说，但不知该如何去描述。看着像个人，但又不完全是。你说它在那儿吧，有时候又不见了。没有明确的目的，逛街似的把花挪来挪去。

"除了好多屁股还能看见什么？"我用楚格的口气跟他说道。

"哈！那不错！我可是看够了羊驼的便便，它让我想起——"

"大家伙儿，快来看看这个！"玛尔大喊一声，真是时候。

我带着楚格跑向玛尔和托克他们，四周怪石嶙峋，群山环抱。

我们离峰顶还远，但这里的海拔已经很高了，以前我上过最高的地方不过是谷仓屋顶，所以现在我有点儿晕乎乎的。俯瞰大地，景色壮观，令人目不暇接。可惜我们还得翻过这座山头才能到达目的地。

一条陡峭的小路从隘口蜿蜒而下，仿佛没有尽头，一直延伸到一片无比阴森的树林中，茂密的绿色树叶里隐藏着圆形的红色建筑——难道是个小屋？枝叶繁茂，我们根本看不到里面是什么样子。

我的大脑飞速运转起来，开始衡量利弊和风险。

阳光没法儿穿透树枝，这就意味着凶猛的怪物随时可能会从黑暗中蹦出来。我们进去后，每时每刻都很危险。密密实实的树叶中只露出一座庞大的建筑物屋顶，突然我打了个冷战：这不就是林地府邸吗？

紧接着我低头一看，瞧见了更可怕的景象。

14

玛尔

　　在地图上，河流是一条美丽的蓝色丝带，傍着险峻的悬崖峭壁从一侧山坡蜿蜒而下，另一边是墨绿色的黑森林。这段河流在地图上只是画家笔下的一抹颜料，一条静静的曲线。

　　但在现实中它是活的，怒吼咆哮，泡沫堆积，波涛翻滚，一路向上攀登。巨浪砸向岩石发出轰鸣声，迸出滔天的白色浪花。一条棕色细线从狭窄的河口穿过，那是棵倒下的大树，架起了通往对岸森林的道路。我向身后的队伍瞥了一眼，不禁皱起眉头。康多和狼过去肯定没问题，但羊驼和猪过不去。大家都眼巴巴地望着我，希望我想个办法出来。但是眼下的形势太复杂了，我束手无策。

　　当然，首先我们必须先到那儿，但脚下的山路险峻又陡峭。我环顾左右，想找条别的道，然而地面上的足迹证明，多年来无数旅者前赴后继踩出来的这条翻山的小路一定是最容易走的。

这是通往林地府邸唯一的道路，也是拯救我们镇子唯一的道路。我胆战心惊，但以前也不是没被吓唬过。后面的队形一下子乱套了，大家看着脚下的路没有一个不惊恐万状的。我的任务就是让他们振作起来。

"一定能克服！"我坚定地说道，"既然大家能溜进苹果园不被抓住，越过托米的房顶，顺利从谷仓旁边的树上跳下来，那我们也能过了现在这一关，绝对没问题！"

楚格想起那些日子嘻嘻笑了，他摸着自己前额的伤疤。"确实很好玩儿，"他赞同道，"这跟我们在克罗格的甜菜地里放火有得一拼。不过，现在咱们长大了，动作应该更加灵活了。"

"水里可能还有好玩儿的生物呢！"托克来了兴致，"在这里到处都能发现没见过的动物，水里除了三文鱼肯定还有别的。"

"因为我们也没有其他路可走，"蕾娜把手搭在石壁上，"要不咱们就往下挖，但那要好几天。"她说着打了个哆嗦，我知道她想起那次在地下的历险。那个神秘的陌生人在蕾娜救了他之后就溜之大吉，我也觉得奇怪。要不是为了完成这项重大的任务，我们说什么也要在洞里探个究竟。

但我们现在既然来了，眼下最迫切的任务就是尽可能快速并且安全地到达目的地。

羊驼很灵活，就算过不了桥，也能驮着我们的箱子走下边陡峭的小路，可以帮我们节省不少力气。于是我们把口袋里用不着的东西全都掏了出来。过去几天，楚格穿戴着整套盔甲，现在一脱下我们几乎认不出他了，但他仍戴着头盔——我猜没头盔他反而不舒服了。

我带头走在最前面，第一步脚下就打滑，小石子儿哗啦啦地蹦下悬崖。托克回头冲向森林，然后带着四根木棍回来了。他递给我一根，我先是像火把一样举着，然后醒悟过来其实这是一根手杖，能帮我在满地的碎石中开辟出一条道路。他给我们每个人都备了一根，我笑着感谢他。稍有不慎走错一步，就会掉进水里。

头几步是最可怕的，但不一会儿我就掌握了行走的节奏，脚下越走越顺。羊驼们好像没有意识到危险，它们在山坡上上蹿下跳，身体两侧的箱子摇摇晃晃，这样一来我们就能空出双手，一旦有危险，可以马上抓住个东西保持平衡。没想到小家伙还很灵活。波比喜欢探索，但总是紧张地嗅着空气，她低头望着小路咆哮，然后看看蕾娜，发出了呜咽声，可大家都不知道狼这些话代表什么意思。康多紧靠在托克肩头，看她的表情就知道她正用爪子狠狠抠着主人。

第一次转弯时，我差点儿摔下去。这地方实在太窄了。

"经过这儿要当心点！"我朝后面喊道，一个一个传话下去。我把羊驼拉到安全的地方，等大队人马全都平安转过弯后，再加速前进，此地不可久留。

直路的时候快速通过，拐弯时要慢——这就是窍门。脚下的河流翻着泡沫发出嘶嘶的声音。每过一个弯，我们就离水面更近一些。大河浩瀚奔腾，令人叹为观止。地图上美丽的蓝色丝带与这片汹涌澎湃的水面完全对不上，巨浪拍打岩石激起的水雾直扑面颊。我停在一棵斜出的树下，楠留下的曲奇还剩一些，我将曲奇全都分发出去，在走最后一个陡峭弯道前给大家打打气。

最后，我牵着羊驼来到河岸，边等同伴边打量这座桥。一根倒下的大木桩正好架起一座天然桥梁。一端的颜色比较浅而且很平整，肯定是有人使用工具才把粗大的树干弄成现在这个形状的。有人走过这里，而且还不少，也就是说这座桥还算安全，起码不会走上去就断掉。水面距离桥底大约有十英尺，波涛汹涌，溅起阵阵水花，要是哪个倒霉蛋不小心掉下去，肯定会磕在巨石或者岸上，摔得粉身碎骨。

走到最后一个弯道时，楚格脚下一滑，他呼哧呼哧的喘气声盖过了水声。他踩在石子儿上向前摔了一个趔趄，幸好托克眼疾手快一把抓住他的衣领，用尽力气往后一拽。楚格一屁股坐在地上，小家伙号叫起来。托克在悬崖边上摇摇欲坠，差点儿栽了下去。康多全身的毛都乍了，喵喵直叫。托克抡着胳膊好不容易稳住了身体，瘫倒在地上。

刹那间，我屏住了呼吸，却根本来不及上去搭救他们俩。我呆住了，看到两个人都坐在泥地上呼呼直喘，我才放下心来。他们身后的蕾娜跪在地上，面对这个弯道她根本不敢走了。

"小心点儿！"虽然我知道这句话挺傻的，对一个被吓坏的人来说也许只会雪上加霜，但还是脱口而出。

"不怕，我就是想下去游个泳，"楚格说道，"水看着挺干净的。"

"什么时候了还在开玩笑。"我厉声说道，可是看见他脸上闪过的伤心表情，我马上就后悔了。

他摇摇晃晃地起身，托克也跟着站了起来。他俩紧紧地靠在墙上一点儿不敢动弹。康多现在完全不相信托克的平衡能力，她蹲在地上，浑身被溅起的水花湿透了，看起来特别难受。蕾娜爬过拐弯处站了起来。一只羊驼不耐烦地咕哝着，可能在嘲笑我们这些两脚兽的窝囊样子。

我望着木桥，心想要等等。几个人都瑟瑟发抖，而且木头一定很滑，暂时没法儿过桥。我们得找个地方休整一下。岸边有一小块空地，好像是专门为疲惫的旅行者喘口气或者提振精神用的。有一处熄灭的篝火，周围还有几块柴火，我松口气走了过去。幸好在村子里买了南瓜馅儿饼，光靠着冷鸡肉和酸面包过河是远远不够的。

"有意思。"我说了一句。

"等会儿还会更有意思呢。"一个陌生的声音响起。

我还没反应过来，就看见几个人从藏身的灌木丛和空地四周站起身来。都是大人，看样子来者不善。刚才说话的男人是个领头的，手里拿着剑，脸上挂着冷笑。头盔遮住了他的脸，只能看见牙齿，他的指甲里全是黑乎乎的泥。我数了数对面一共有五个人，个个手里都有武器，一副熊腰虎背、很善战的样子。他们的武器有剑、斧子，还有一张弓，比蕾娜的那张大多了，也更结实。

波比咆哮着，蕾娜低声对她说了一句什么。

"要是那头狼敢咬人，你们一个都活不了。"那个领头的警告道。

我紧张地回头看了一眼。我们没法儿预测狼的行为，也没法儿阻止它咬人，但这个人不像是在开玩笑。这些家伙看样子是惯犯了，可以说是一帮刀口舔血的人。

"你们想要什么？"我问道，手悄悄伸向钻石镐光滑的柄。

"没多少，你们有什么就要什么。"那个人用剑指着我们，"把棍子扔了，羊驼缰绳递过来。东西全给我们，老老实实地别要花招儿，否则你们别想过河。"

我太天真了。这些人都是坏人，他们提前埋伏在这儿，等无辜的旅行者通过大山隘口过河的时候，猝不及防地跳出来，把他们洗劫一空。

一想到身上所有东西就要在此拱手送人，我火冒三丈。楠的书、我们的武器、食物、那瓶再生药水，还有托克的工作台……楠送我们的东西，我们制造的东西，还有做交易换来的东西，全都要没了！凭什么？只因为这帮五大三粗、残忍嗜血的人的一句话？

"玛尔，这是牛肉饼啊，我们可不能——"

"照他说的做，楚格。大家伙儿，你们……把所有东西都放下吧。"

楚格没看见这些家伙的剑上那些斑斑锈迹——可能是血迹，没看见这帮土匪眼里狰狞的眼神，好像盼着我们逃跑或者还手。楚格一向不打无把握之战，这场战斗我们是赢不了的。我们只是一群孩子，干掉一两个僵尸或者骷髅没问题，但我不想刺伤一个人类，哪怕是自卫也不行。我也不想害得同伴受伤。

我把羊驼的缰绳扔给那个人，往后退了一步，举起双手。羊驼顺从地走过我身边。虽然糖心不愿意过去，扭头朝我哀叫起来，但也还是任凭别人把自己牵到了空地上。其他羊驼则乖乖地跟在糖心后面，因为这是它们的天性。

"就这些了，"我说道，扭头看到楚格咬紧牙关双拳紧握，"楚格，别这样，让他们拿走吧，把棍子扔了。"

他不愿意，但他应该看见了我眼神里的绝望和恐惧。楚格扔了木棍。"这样开心了吧？"

"想得美。把头盔给我，猪也归我们了。"领头的朝同伙瞟了一眼，"伙计们，今晚吃猪排，好吗？"

"万岁！"他们嚷嚷起来。

"看谁敢吃我的小家伙！"楚格咆哮起来。

"楚格。"我哀求地望着他的眼睛，"他们可不是贾罗，这儿也不是聚宝盆镇。按他说的做吧。"

楚格自言自语地扯下了头盔，一扬手想扔进水里，那个领头的见状将剑抵在我的肚子上。

"小孩，扔地上，这一点儿也不好玩儿。"

我不想哭，但实在忍不住。他的剑锈迹斑斑，但还是很锋利。

我听到身后楚格的头盔扑通一声掉在地上。

"说你们呢，那个小瘦子和那个女孩，把棍子扔了。"

胸前抵着剑，我没法转身，只听见东西纷纷扔在地上的声音。这对托克的打击简直是毁灭性的——他的工作台、书籍，还有之前苦苦钻研的众多发明全没了。至于蕾娜，就算她对那些物品不感到特别惋惜，我只希望强盗们别抢走她的波比，这会让她心如刀割。

"手脚快点，一个个过桥。"领头的说道，"要是害怕的话就坐下来。第一次过难免紧张。"这家伙的语气尽管和蔼，听起来却很怪异，我真希望楚格朝他肚子来上一拳，可眼下最重要的任务是让大家都平平安安的，一个也别有事。白白去送死没有意义。

我点点头走向那根大木头。现在再看这个木头可比之前从山顶看着大多了，但未必一定能稳稳当当地从上面走过去。我望着每个朋友的眼睛，绽露出一个暖心的微笑，然后迈着坚定的步伐上了桥，我采用跨坐的姿势，将腿搭在两边，就这么蹭过去。我不放心朋友们，他们还在强盗手里，我想回头看看他们，但我必须集中精神过桥。哪怕坐着，木头也滑溜溜的，裤子粘在树皮上。我尽量不低头看水面，否则越看越怕。

"让我最后一个走吧。等我弟弟和朋友们平平安安过了

139

桥之后我再过。"楚格自告奋勇，我唯一的希望就是他千万别惹恼了那个头目。

楚格不拘小节，跟人打交道时也不够圆滑，但我钦佩他的仗义。他绝不会让托克和蕾娜独自抵挡凶相毕露的暴徒。他是我最好的朋友，浑身都是闪光点，而我对他这种难能可贵的勇气尤其佩服得五体投地。楚格甘愿把弟弟挡在身后，自己面对坏人那把凶残的剑。

"别耍花招儿，"那个头目一点儿没放松警惕，"手举着不许动。"

过了一段桥后我终于稍微松了口气，托克踏上来的时候，木头一阵晃动。终于我到达了对岸，触到了坚实的土地，我恨不得马上拥抱大地，亲吻泥土。但为了朋友的人身安全，我还得盯着对岸的一举一动。托克也学着我的样子顺着木头快速通过，康多蹲在他的肩头，但很快就对笨手笨脚的人类不耐烦了，沿着托克的胳膊跳到木头上，接着跳到对岸，然后悠然自得地洗起脸来。轮到蕾娜了，过桥时她双手颤抖，眼睛紧闭。她的嘴唇不住地动着，就知道肯定是跟波比在絮絮叨叨地打气。波比姿态优雅地站在主人身后踮着脚，没想到一头狼也能这么有气质。

楚格一个人落在后面，关切地望着我们，小家伙依偎在他的腿肚上。

"小屁孩们快点，"强盗们催促着，"东西到手了。"

"我必须等蕾娜安全通过，"对岸传来楚格的声音，"她很害怕。"

我把蕾娜拽到地上，波比轻轻一跃来到我们身边。

头目忙不迭把楚格往桥那儿赶："好啦，你们这些孩子要小心，黑乎乎的森林里，有好多东西比我们还坏呢。"

"黑森林里的味可比你们身上的要好闻多了。"听了这话我倒吸一口冷气。只见楚格双手抱起小猪，接着……

我的天哪！

他想跑过桥去。

头目大喝一声："站住！那头猪是我们的！"他以为这么一嚷嚷，楚格准得回头乖乖地把小家伙送回来，没想到他就像蹦上了托米家的屋顶，屁股着了火似的飞奔过桥。小猪在头顶号叫，但好歹没有乱动，也不知道小家伙挡着他看路没。强盗们放了几箭，都落进了水里。楚格嗖地跳下木头，把小家伙稳稳当当地放在地上。

"休想吃了他！"楚格扭头吼了一声。

头目跳上桥，比我们几个的身手敏捷多了，而且胸有成竹——唯独楚格可以一拼，我知道他非得和同伙一起过桥收拾我们不可。

我们手无寸铁。

"楚格，今天有力气吗？"我明知故问。

他龇牙一笑："那可不，我每天都充满了干劲！"

他摇摇头哼了一声，蹲下身子用两手环抱住大木头，头目脸上掠过一丝恐慌。但楚格推不动那根大木头。我也跑上

141

前搭把手，托克抱住了一头。

"我看你们谁敢！"头目怒喝道，一边赶紧后退到地面上。

说时迟那时快，我们仨齐心协力一起把木头推进了河里，把强盗同伙困在了对岸。

我们的东西全都在对岸。

这是我们回来的必经之路。

"哎呀，我们怎么回家呢？"托克小声问。

"车到山前必有路，放心吧。"楚格回答。

虽然我们全身上下一文不名，而且还可能堵死了我们回家的唯一道路，但我们坐在地上笑得眼泪都出来了。不然还能怎么办呢？

必须想个对策出来。

15

托克

我哥哥真是天下第一大白痴，但他有无穷的爱心和不输舞者的优雅敏捷。他扛着一头猪，在滑溜溜的木头上飞奔而过，脚下是湍急的河水，瞧得我目瞪口呆。要是我们只能有一个人平安回家，我肯定投哥哥一票，但他这种行为也太冒险了。不过这也说明只要愿意，他会全力以赴完成不可能的任务。

可他现在也无能为力了。

因为现在我们一无所有。

我还坐在泥地里，康多在身边绕来绕去，用脑袋蹭我的肩膀发出呼噜呼噜的声音，好像想安慰一下我低落的心情。她总是那么体贴，但我心里的绝望她永远也体会不到。我一辈子都在发明东西，但从没成功过——直到我终于得到了那张工作台和那本配方书。在那之后就像整个世界对我敞开了大门，一切都变得意义非凡。但现在它们都不复存在了，我感觉那么的……空虚。

楚格的肚子咕噜噜叫了起来，沉浸在绝望中的我回到了现实。

"要不咱们……"他兴高采烈地刚一开口，马上变得垂头丧气，"强盗们把吃的也抢走了，是吗？"

他扭头看着对岸的强盗，他们早就不再指望收拾我们，而是开始坐地分赃，翻箱倒柜。从四个傻孩子那儿抢来的东西让他们乐不可支。

"咱们另外找个地方吧。"玛尔说道。一个强盗举起楠给她的钻石镐，幸灾乐祸地嘲笑我们。

黑乎乎的森林就在不远处，树冠洒下的阴影让周围显得阴森恐怖。我们朝山坡附近的一块空地走去，那是一片开满鲜花的草地，多亏了巨石和灌木丛的遮挡，强盗们看不见这里。我和蕾娜并肩坐下，浑身软塌塌的，好像所有力气都被抽走了。楚格还因为过桥的兴奋劲安静不下来，但玛尔脸上的表情我们再熟悉不过了，她已经领先我们好几步在考虑怎么让大家活下去。

"得找点儿吃的，"她说道，"但附近好像看不见能吃的东西。"

楚格拍了拍小家伙浑圆的后背："就是，你也没吃的。"

"没办法，"蕾娜仰面朝天躺在地上，波比轻轻舔了舔她的额头，"这地方太荒凉了。我们连个工具都没有，没法儿挖庇护所。他们把所有东西都抢走了，一丁点儿都没留下。"

"我们的床，"楚格哀号一声，终于知道我们的处境有多难了，"我们的武器，我的盔甲，我现在感觉自己一丝不挂。连口吃的也没有，我快饿死了，前胸贴后背。"

"谁都不会饿死的，"玛尔淡定地说道，"想个办法就成。"

楚格不屑地问道："什么办法？怎样在这可怕的森林里死得更快？"

"怎样在这可怕的森林里活下来。"玛尔纠正他，"我们能做到，我们一直在努力。只要……"她叹了口气，好像残存的最后一点点体力也耗尽了，"咱们商量一下该怎么活下去。"

我打量一下四周：只有杂草、土块和石头，没有庄稼，没碰上鸡，更不可能有一口箱子恰好装着我们需要的东西。他们说得没错——真绝望。

但我看到了别人没注意到的东西，这让情况多了一丝转机。

"我们可以在河里钓鱼，"说着我看了看雪白的泡沫下面一闪而过的那些滑溜溜的灰色身体，"只要有根棍子和蜘蛛网就行。我们的蛋白质就有着落了。进了森林，那些红色的大家伙肯定是蘑菇。"

"蘑菇汤，"楚格说着点点头，"我喜欢。"

玛尔向四周看了一圈，脸上现出一丝微笑："木头真多，你看能不能再造一张工作台？"

我的下巴都快惊掉了。

我真的从没想过这个，但……现在我确实知道怎么造工作台。有了工作台，我就能造出新武器，还有挖庇护所的工具。

"试试吧。"我胸有成竹地说道。

"我应该能找着钓鱼用的蜘蛛网。"蕾娜自告奋勇道，"而且弓弦也用相同的材料。"她一头扎进森林，波比紧跟在她身后。

"我还能把树枝拽下来。现在跟那个生锈的铁疙瘩打一架都没问题，三十秒就能把它揍趴下！"楚格炫耀着自己的肌肉，大家都笑了。

我站起来大步向森林里走去。血盆大口一般的黑影看得我有点儿发怵，但那边有好多木棍儿和树枝。"楚格，帮我多弄点儿木头来，尽可能一样大小。"

他向我敬了一个礼，然后走进森林，只听见他冲树木大声嚷嚷，夹杂着树枝被噼啪折断的声音。小家伙跟着楚格兴奋地尖叫着。没一会儿，我手边的橡木原木越堆越高，我忙着造工作台。虽说不完美，但现在顾不上这些了。

"玛尔，要是有一把木镐，你能找着铁块吗？知道怎么挖矿吧？"

玛尔歪着脑袋露出惊奇的表情："嗯，应该没问题。"

我拿了几块木板和几根木棍子，很快就造出了第一把镐交到了她手里。"要是你和蕾娜能挖个庇护所出来，说不定就能找着比木头更硬的材料造出更好用的镐。楚格也得有一把剑。"

她笑了:"还有蕾娜的箭！看样子还得找些燧石。"她一边叨叨着最近发现的各种矿石，一边拿起镐走开了。

"也别忘了找些做火把用的煤炭！"我大喊一声。

楚格源源不断地运木头过来，我则一门心思把它们变成过夜需要的东西。我太累了，筋疲力尽，很想做一张床但没有羊毛。这件事我就无能为力了。干脆只做木头能做的东西吧：一把剑，还有好几把镐——这东西真的不耐用，一下子就坏了。蕾娜带回了蜘蛛网，我做了一根钓鱼竿交代楚格去捕鱼，为了把那堆木头拖回来他已经奔波了好几里地。不一会儿，楚格就钓上一大堆亮闪闪的鲑鱼，跟家乡那些鱼比起来，它们膘肥体壮，鱼鳞亮晶晶的。还有一只八条腿的黑色怪物，简直匪夷所思。波比猛地扑上去大快朵颐，我看不得这种场面赶紧避开，尽管之后捡起了怪物掉落的一小袋墨囊。

玛尔用手里那把木镐挖矿的声音砰的一声停了，她使尽力气拖过来几块铁和一块煤，浑身大汗淋漓，然后举起木镐，上边的镐头不翼而飞。我咧嘴笑了，一把拿过铁块马上开工。我递给她一把新的铁镐时，玛尔脸上的表情又惊又喜，这让我心满意足。接着她马上又干活儿去了。我听着铁家伙砸在石头上的叮当声，自豪之情溢满心胸。以前我总是绞尽脑汁搞创造发明却没一次成功过，那些伟大的理想从没实现，只是白白让爸妈叹气——现在，事实证明我仅仅凭自己的双手就能造出各种工具来。

只要我埋头苦干，就能把今天损失的东西全都弥补回来！

没一会儿，玛尔带来些煤炭，我做了一堆火把。根本无须交代，楚格就点燃一座篝火，把鲑鱼放在木头上用火苗烤熟。看得出来，他想回去钓鱼伐木，但猫咪和狼饿极了，在我们的食物旁边嗅个不停，暴脾气的哥哥变成了体贴的保姆，心平气和地说："康多不行，这个不是给你的。波比你又来了，下一个再轮到你。"唠叨了一遍又一遍，像带孩子似的。

蕾娜抱着一大捧蜘蛛网和羽毛从森林里回来了。她从玛尔那堆石头、矿石和粉末中挑出几块小石子儿。我的工作告一段落后，她向我借用了一会儿工作台，在上面聚精会神地做起了箭，以前可从没见过她这么认真，仿佛头一回碰上自己感兴趣的事。蕾娜全神贯注聚焦在她手头的工作上，进入了一种浑然忘我的境界。

趁她忙着，我去看望玛尔，她在山坡一侧挖洞。我们往常那种窄窄的庇护所只要能装下所有人就行了，舒服不舒服无所谓。而这次的庇护所入口虽然也窄，但进去便豁然开朗非常宽敞，因为里面同时也是矿井，玛尔正跟着一条铁矿脉挖着制造武器需要的原料。我又为她拿了几支火把插在矿井四周，她笑着跟我道谢。

"蕾娜说要顺着矿脉走，"她一边凿一边说道，"东西都齐全了吗？"

"跟我们损失的比还差得远呢，"我实话实说，"已经造好一把剑了，但还必须准备足够的原料帮楚格打造一身盔甲，给你一把剑，还有大量的火把。蕾娜正给自己造弓箭呢。要是咱们手头有羊毛的话，我还能做床，但是……没事，咱们努力。"我耸耸肩，"鱼应该很快就烤好了，这地方真够宽敞的，材料预备齐之后，你就能歇歇了。"

玛尔靠在镐上累得呼呼直喘气："采矿不适合胆子太小的人干，我觉得比养牛有意思多了。牛都长得差不多，但这个活儿……"她环顾了自己挖出来的山洞一圈，脸上满是自豪的微笑，"不知道啥时候就给你个惊喜。第一次发现铁矿时，简直就跟生日早晨醒来碰上个惊喜一样，你理解那种感觉吧？"

我热切地点点头："跟我用工作台干活儿一个感受。感觉我天生就是应该干这个的。"

"鱼烤熟了！"楚格在外边大声嚷嚷，"趁还没落进动物们的嘴里，赶紧过来吃！你别动！他们不会生气的！大家都知道我已经吃饱了！嗝！"听得出来他乐不可支，那一声"嗝"跟唱出来似的。

大家围拢在楚格点燃的篝火边，鲑鱼的香气直钻鼻孔，我在聚宝盆镇的时候为什么没那么喜欢鲑鱼呢？不过这些鲑鱼确实新鲜美味，也可能是我们又饿又累，所以什么都觉得好吃。我们边吃边把鱼肉扔给波比和康多，对每个人的成就啧啧称赞。蕾娜手里多了一张很棒的新弓和一大捧箭，可以在碰上怪物的危急关头救大家一命；玛尔给大家造了个庇护所，还挖了一大堆原料足够我做出各种好东西；楚格把木头拖回来，钓到了鱼还烤得香喷喷的，没想到他还有这个本事。

我也做出了贡献：挖矿井和庇护所的工具都是我造的，我做了火把用于照明，还给楚格做了钓鱼竿。生平头一次，我感觉自己像个英雄！

在平原上，一抬头就能看见太阳，可是很快太阳就落山了。黑乎乎的森林若隐若现，传来各种声响。听到第一声哀号后，我们赶紧收拾剩下的鱼、武器和工具，跑回庇护所。

"哎呀不好，忘了做扇门！"我大喊一声，拍着自己的脑袋。我把康多放在玛尔怀里，一溜烟跑到工作台前。一句话都不用交代，蕾娜和楚格也挺身而出。一个持剑站在我身边，另一个稍远一点儿，张弓搭箭随时警戒。我则对付余下的木头。

第一具骷髅出现，还没等它走近就一命呜呼了。豆大的汗珠顺着我的额头滴到鼻尖上，我加快了速度。这时又响起一阵呜咽声，来了一具小僵尸，摇摇晃晃地走出森林直冲我们而来，楚格差点儿让它咬一口——肯定是因为觉得它可爱，不忍心给它一剑。我拼命工作，心里很明白动作要快，但如果不仔细，门做得不结实也没法儿保护我们的安全。

"做好了！"终于我大喊一声，向庇护所飞奔过去。

楚格从小僵尸身上一跃而过，蕾娜断后，掩护我们撤退。她嗖地射出一箭正中一个东西，但我没回头看。安装大门时，哀号声依然不断而且越来越响。

"兄弟，快点儿。"楚格嘟囔着。

蕾娜一言不发，但手里的弓嗡嗡地响着，箭唰唰地飞了出去正中目标，她脸上的表情严峻而专注。

门一安好，我大喊一声："行了！"于是几个人一窝蜂挤进庇护所。我砰的一声关上了身后的门，外面不知什么东西狠狠地挠着门，害得我寒毛直竖。

幸好大门很结实，我们几个人安全了，我的心终于放了下来。就算今晚睡在冰冷坚硬的石头上，没有床、没有曲奇也没关系。

眼下，大家团结一心，安然无恙。

明天，我们就要出发前往黑森林进行冒险了……谁知道会碰上什么呢？

16

楚格

　　累了一天，躺在冰冷硌人的石头上真难受，但总好过让几个混蛋把所有东西都抢走，还吓唬说要吃了我的猪。小家伙蜷缩在我身上，虽然有点儿臭，但好歹比让他孤零零地待在外头安全多了。以前我从不担心他，但现在他却成了我的心病。

　　最近我的心里滋生出各种各样新奇的感觉。看见了墙外的世界，离家出走，与非人类的暴徒搏斗，经历了好几次生死攸关的时刻——随便拿出来一件都比在家里发生的最刺激的事还要惊心动魄一万倍。跟现在相比，我们以前的日子太舒服、太顺心了。

　　就在几小时前，我和朋友们完成了以前想都不敢想的事——托克用树木制作工具，玛尔在石头上挖了个庇护所，蕾娜用亲手制作的武器干掉了一具吓人的小僵尸，我钓了好多鱼，还一股脑儿全烤熟了。这可是我这辈子做过的最好玩儿的事了。在镇子上，艾德他们家经营着鲑鱼养殖场，用他的话说，那地方糟透了——到处是一股特别特别难闻的味道。碰上南瓜长势不好时，妈妈就用它们换点儿瘦骨伶仃的小鲑鱼来，因为已经过了保鲜期好几天，所以都臭了。我没觉得鱼这么好吃，也没想过我烤的鱼能这么美味。

我不是特别喜欢南瓜，南瓜馅儿饼还行，可我来世界上走一遭不单单是为了种这玩意儿的。当然我家是种南瓜的，我以后少不了要接下这份祖传的行当。我和托克会继承农场，可能一人一半——现如今，这些农场都被孩子们或者堂兄弟瓜分了，但我们很少看见一道圆石墙之隔的贝卡姨妈家人。我猜托克也不喜欢南瓜。不过我们也没聊过这个——干吗聊那些我们不感兴趣的事？反正早晚会发生。但现在不一样了。世界如此广阔，有那么多工作可做，无数道路可走，也许我不是命中注定非得跟南瓜死磕。

我们边吃鲑鱼边聊天儿，我吃撑了，很困。不管身子底下是不是硬石头，我倒头就睡，梦里一条条银光闪闪的鲑鱼跃过横跨水面的木头，我数也数不完。

第二天一早，我们几个都冻醒了，浑身酸痛，特别想有张床。早餐还是吃鱼，虽然冷鱼不好吃，但总比挨饿强。我们收拾剩下的一点点行李时，托克给玛尔做了一把剑，可是运气不好，铁已耗尽，所以我的盔甲落空了。更难受的是，空荡荡的围栏里没有羊驼鸣叫着迎接我们。托克做的门上全都是抓痕，就让这扇门和庇护所留给下一批疲惫的旅行者吧，他们被强盗洗劫一空后正好需要，但不知道他们能不能顺利过河。我把剩下的鱼用鱼线穿起来，这样就能搭在肩上了。

今天阳光明媚，我们在黑森林的边缘地带踟蹰着。这儿的树比普通的树更高大、更可怕而且……对，更阴暗。所以我猜这就是为什么叫它"黑森林"的原因吧，但是这根本吓不住我。我们都举着火把，可是心里也清楚对想攻击我们的怪物来说，点燃火把无济于事。话说回来，身陷在厚重阴森的黑影里，一手举着明亮的橙色火把，一手攥着把新打的铁剑，也比赤手空拳好多了。玛尔下定决心点点头说道："好，我们出发吧。"好似她在给自己打气。我走到她身边充满信心地一笑："呸，什么黑森林？这有什么黑的？"

"我说什么来着？"托克走上前来，"只不过是曙暮辉的颜色罢了。"

"嗯？"

他哼了一声："曙暮的意思是'光线昏暗。'"

这真是头一次听说，他也知道我丈二金刚摸不着头脑。"兄弟，这词怎么听着像红薯，红薯木头？"

蕾娜咯咯笑了起来，波比咧开嘴呼哧呼哧地喘着，好像也在哈哈大笑。我们没变，仍然是当年的"害群之马"，哪怕我们被吓得瑟瑟发抖，仍然毫不犹豫地冲进前方无比凶险之地，完全不在话下，这就是我们！于是，玛尔一头钻进森林，手里紧握着剑与镐，我冲托克微微一笑，意思是"没什么大不了的”，然后跟了上去，小家伙紧随左右，小心地打了个响鼻。

我走进森林的那一刻，眼前的一切都显得变幻莫测。

空气变得又冷又湿，森林像是在吞云吐雾。脚下软塌塌的，好像从没干过。就连耳边的声音都完全不一样了，本来是水流的哗啦声和鸟儿的鸣叫声，现在……一片万籁俱寂，透着诡异。

“要不咱们投票改名叫唠叨森林吧，”我提议，“一进来我就想说话。”

“它们能听见你的一举一动，”蕾娜悄悄地说道，“别惹恼它们。”

玛尔惴惴不安，如临大敌般地紧紧攥着那把新打的铁剑，警惕森林里的一切动静。我身后是托克，他胸前抱着康多，猫咪橘色的尾巴扫来扫去，耳朵压得很低。就连跟在蕾娜身边一溜小跑的波比也充满戒备，俯下身子龇牙咧嘴。我们现在已经深入森林的腹地，但怎么张望都没有发现林地府邸的影子。好在玛尔方向感特别好，看样子我们的方向没错。

“地图显示咱们前方有一块小空地，”玛尔告诉我们，“我记得那种绿色和其他地方的截然不同。”目的地越近，她反而越来越紧张，我却巴不得赶快到，多希望灿烂的阳光和其他低矮的植物别再被这些茂密的大树遮挡得严严实实啊。

一开始我们感觉这座黑乎乎的森林并没有什么特别，就是比其他森林暗一些罢了。可是紧接着耳边传来了号叫声，四具骷髅从暗处钻了出来。其中一具戴着头盔，举着剑，穿着胸甲。我和蕾娜对望了一眼，两人心领神会，不约而同一起对付第一个家伙。我撂下鱼，一剑刺了出去。这次我可一点儿不发怵了，可能是因为我已经将一切了然于心。而且僵尸其实傻乎乎的，跟没头苍蝇一样，还特别死板，来来去去就那么几下子：哀号着，漫无目的、趔趔趄趄地走着。我挥着剑分散对方的注意力，蕾娜张弓瞄准一箭射出。敌人一命呜呼后，我拍了拍掉落的头盔和胸甲，然后把剑给了托克。

托克为难地盯着剑柄上的黏液，仿佛这把剑是个烫手山芋。"要么搏斗要么给它刺一下。"我说道。他点点头跟敌人拼个你死我活去了。

玛尔用剑干掉一具僵尸，蕾娜干掉了另一个，我来对付第四个，连托克都漂亮地刺出几剑。没一会儿，四具僵尸变成了腐肉和一个马铃薯、一个胡萝卜。波比扑向那几块肉狼吞虎咽，小家伙啃起了胡萝卜，森林里又剩下我们几个了。起码我现在身上有了一副盔甲，还有个马铃薯，可是……

"托克，你应该穿上这副盔甲！"我说着摘下了头盔。可他摇了摇头："绝对不行，你是我们的战斗主力，你才是需要保护的那个。你必须平平安安的，地上可没有药水。"

"说不定林地府邸里什么都有，"玛尔提醒我们，"楠那本书里说林地府邸里的好东西可多啦。"

"我们到那儿再说。"蕾娜拍了拍狼脑袋，眼神坚定地遥望着远方，好似再也不回来了一样。

他们的话我不赞同——事实证明我能顾好自己，可是托克竹竿似的胳膊连把剑都拿不动，更别提挥剑了，他才应该穿上盔甲呢。只有兄弟安全了我才能放开手脚战斗，但是大家都不同意我的话。我四肢发达、头脑简单，拙嘴笨舌说不过他们，所以我只能把头盔扣回脑袋上，那就先这么着吧。

几个人走了一会儿，再也没听见什么哀号声，但我们还是保持着高度警惕。突然间，一股熟悉的味道扑鼻而来，想了想我终于醒悟过来：蘑菇！这家伙比房子还大，大家乐呵呵地用工具和武器一阵乱砍，直接把它的主干大卸八块。没办法全都带走，也没办法煮熟，所以我们装了满满几口袋，希望别到时候融化成一摊黏液。每到这时候我就特别想念玛尔的羊驼，要是它们在，这么多东西就不用我们自己背了，现在我们几个人的样子看起来可真狼狈。

我们都知道不能生吃蘑菇，所以只好吃剩下的鲑鱼，随着时间推移，鲑鱼变得冷冰冰的，味道更腥了，只有康多才喜欢。

密密匝匝的树冠遮住了日头，好像已经到了下午。这时我闻到一股陌生的气味，心里咯噔一下。是一种浓烈的腐烂味，但不是僵尸那种臭肉的味道。我整理了一下盔甲，持剑严阵以待。因为到目前为止，森林里大部分陌生的生物都很危险。我们继续前进，阳光从树叶间隙漏下来，前方有个什么东西一闪一闪的。我和玛尔对望一眼，我点点头，她一个箭步冲了出去，我紧跟其后。不论是什么，在夜幕降临前都必须解决。我们还得建个庇护所，如果没有合适的山包或者山坡，就很棘手了。

我俩来到森林边上站住了。

这个地方嘛……这么说吧，我还从没见过这玩意儿。我这才恍然大悟为什么玛尔的地图上，这一片是怪异的绿色阴影。

是水面。

不是那种风光旖旎、清澈湛蓝的河流，也不是喷泉，而是阳光下一大池子泛着青苔绿色的死水。我猜这就是刚才那股气味的来源——这池子水永远冒着泡泡，腐烂发臭。

"沼泽，"托克的语气里满是好奇，因为他热爱大自然，洞悉万物的原理，"我在楠的其中一本书里看过。是一种生物群系——也就是说，它独占一块地方，拥有独特的动物和植物，也有独立的规则。我就盼着能看到这种奇观。"

"到处都是水，"蕾娜终于赶上我们，吓得瑟瑟发抖，"水面也太宽了，简直是走投无路。"

"有水就有鱼。"我反驳她。

玛尔指着隐藏在树林和藤蔓后面若隐若现的东西："那儿有一座建筑。有人住在这儿，说不定能帮上忙。"

我和蕾娜互相使了个眼色。玛尔总是看好的一面，但自打离开楠的小屋后，我们还没怎么碰上"能帮上忙"的情况。我只好说了句："看情况吧。"

玛尔毫不动摇："我们必须试试。日头很快要落山了，地上太湿没法儿挖。"

听到她这句话我从头凉到脚，也就是说夜幕降临前她没法儿挖出个庇护所了。

玛尔蹚进黏糊糊的水里，我赶忙跟上去。靴子和袜子马上就湿透了，我最讨厌这种感觉。回头望见托克和蕾娜还站在原地。"我们去看看，你们等着。蕾娜，准备好弓箭；托克，弄一些木板来，万一我们要盖个小型庇护所能用得上。"托克点点头朝我们身后的树林走去，我和蕾娜意味深长地对望了一眼，她朝我微微颔首，我就知道她会保证托克的安全。

我匆匆追上玛尔的步伐，她从齐膝的水中大步蹚过，向那座建筑走去。现在能看清楚了：这是一座云杉和桦木搭建的小屋，底下用架子在水面上架高。没有可以上去的步道，这让我们有点儿难办。

"有人吗？"玛尔高声喊道，"有人在家吗？"

唯一的回答是一声"喵"，原来是只好奇的小黑猫，它从一扇打开的窗户向下望着，身边有个陶罐，插着一朵红蘑菇。然而，它的叫声并不凄惨，难道这儿有人住？猫咪是这儿的主人养的？可能有条秘密梯子能上去，避免像我们这种偶尔经过的路人打扰他们。说不定主人是一位跟楠一样和善的老妇人，愿意慷慨地给我们点儿馅儿饼和曲奇充饥呢？

"我看里头没人。"玛尔回头瞧了一眼沙滩（暂且这么称呼吧），大喊起来，"喂！托克，你能不能赶快搭一段简易的楼梯？"

我正要问为什么不造一架梯子更容易，突然看到蕾娜正抚摸着波比的脑袋，如果留下狼孤零零守在原地，她肯定一万个不愿意。

没一会儿，我就帮着兄弟架起一段楼梯，大家都能顺着它爬上这座建筑里开阔的露台。虽然不是特别稳固，但好歹能用。

"谁打头？"蕾娜问道，一边扫视沼泽确保安全——当然也可能是提防屋子的主人回家时对我们破口大骂。

我挺身而出："那就我来吧，我身上穿着盔甲，要是那只猫挠人也没关系。"

玛尔嘻嘻笑了，点头表示同意，我心里暗暗骂自己真是个大傻瓜。然后我穿着潮乎乎的靴子踏上了摇摇晃晃的楼梯。

小家伙在下边朝我拼命号叫，玛尔摩挲它的后背不断地安抚着。我一步一步登上楼梯，想到等下不知会碰上什么，心里便发虚。什么都有可能——一具骷髅、一具僵尸，要么是特别爱护自己甜菜根的坏脾气老头儿。然而，除了外面那只猫，没有其他动静。

我打心眼儿里盼望，里面就只有一只猫。

我爬上露台，为自己的狼狈样感觉很丢脸，于是抽出剑大喝一声："有人吗？有谁在家？除了猫还有谁？"

不出意外，回答我的只有猫咪的喵喵叫声，它离我才几步远，好像两人一问一答似的。我攥紧剑，全身微微发抖，深一脚浅一脚地走进了小屋里。

屋内空无一人。

准确来说，只有我、一只猫、一张工作台——上边有一瓶药水、一口炼药锅，还有一朵奇异的蘑菇。

这里空荡荡的没有任何藏身之处。没有床，没有家具，没有后门，地上或者天花板上也没有活板门。这是个好消息！

"屋子里没人！"我向下喊道，"赶紧上来！"

紧接着玛尔上来了，然后是托克和蕾娜，小家伙怎么也不愿意爬楼梯，只好任由它站在深到肚子的沼泽里，害怕地哼哼唧唧。那只黑猫和康多互相嗅了嗅对方，虽说有点儿炸毛，但幸好并没有大打出手，因为屋里的空间很小，就跟我们平时过夜的地方差不多。

"这样一来事情就简单多了，"玛尔说道，"要是有张床就好了。"

"沼泽里没几家卖家具的店吧，谁知道呢？"我走过去想抄起药水，但托克抢先一步甩开我的手捡了起来，然后小心翼翼地嗅了几下。

"先搞清楚是什么才能舔。"他责备我，当然我可以开玩笑地反驳他，但他说得很对所以我没吱声。瓶子里不知道是什么药水，上次纯粹是蕾娜运气好。

蕾娜站在窗边向外眺望。黑猫靠在她身边不住地蹭着，打着呼噜，她却死死地盯着外边。"有点儿不对劲，这也太……顺利了吧，不敢相信。"

"也没那么好。"我插嘴道，"再说一次，没有床。"

"这儿有座建筑也不奇怪，"玛尔反驳道，"咱们过夜的每个地方，都为下一个旅行者备好了庇护所。除了那次在村子里，我们直接利用了一所空房子。可能这儿的人们行事方法就是如此：自己过得够艰难了，所以让后来者轻松些。"

"希望如此吧，"蕾娜扭头望着玛尔的目光，"遇上河边那些强盗后，我就不敢再有什么奢望了。"

我瞠目结舌了好一阵子！出门之前，我没想到蕾娜会为了坚持自己的观点而跟玛尔辩论，而且这已经是第二次了！在外这段时间给了她前所未有的力量。我敢打包票，现在连贾罗都不敢惹她了。

"好吧，咱们在这儿过夜，"我插嘴说道，想缓和一下紧张的气氛，"要是有坏家伙来，波比会给他颜色看看的。我觉得小家伙还是留在屋里好了。"说着我皱起了眉头，想着把一头猪搬进沼泽上的小屋里，代价该有多大，"我们有武器，不论谁来都能给他个迎头痛击。咱们炖个蘑菇煲，好好享受一下胜利的感觉！"

托克把康多放在地下，让两只猫一起玩耍，然后走到窗边的蕾娜身旁。她的态度强硬，疑虑重重，托克却一脸茫然，好像不知道自己该往哪儿去。我弟弟好像总是傻乎乎的，不知道方向也不知道自己所在的位置。

托克使劲想了想，然后说："日头马上就要落下，我们必须拿个主意了。我赞同煮一锅蘑菇煲，然后轮流放哨。要是这儿住着人，他们一定也很理解为什么几个孩子要找个小屋过夜。"

没人问我的意见，但我还是要刷个存在感。"嘿嘿，蘑菇煲，好喜欢！"我说道。拿定主意后，我们分头工作：托克研究药水，我负责炖汤，蕾娜张弓搭箭在露台上放哨，玛尔负责把小家伙拴好。外面传来一阵骚动，不一会儿玛尔拎着两只拔了毛的鸡进来，就着一起吃。

"这些家伙们在沼泽周围晃荡。"她乐呵呵地说道。能吃上鱼以外的其他食物我也很高兴。

我们也没有完全放下心来，对我来说只放松了百分之八十吧。我还是喜欢在没有窗户的庇护所里过夜，但屋子高高地架在半空，听着沼泽里溅起轻微的水花声，还是挺惬意的。我扔了点儿吃的给小家伙，两只猫一起合作吃完了剩下的鱼。托克断定我们发现的是迟缓药水，对治疗没什么用，而且味道特别难闻。

我们吃得饱饱的，蜷缩在一个角落里睡着了。走了这么多路，今天是最累的。我梦见和玛尔在她家的牧场里，所有牛都顶着一个滑稽的像羊驼一样的长脖子，还有一口滑稽的羊驼大龅牙，它们不哞哞叫，而是发出羊驼洪亮的鸣叫声，简直笑死人了。

可是有一只羊驼总是发了疯似的"嘿嘿嘿"个没完没了，听着特别难受。

黑暗中我睁开眼睛，诡异的蓝色月光穿过窗户洒在地上。

"嘿嘿嘿。"那个声音又响了起来，我周身的血液都凝固了。

不是长得像羊驼的牛。它从脚下传来，从沼泽的方向。

17
玛尔

　　一只手捂在我嘴上，我清醒过来，想拼命大喊。

"玛尔，是我，"楚格悄悄说道，"别喊，也别咬我。"

我才没那么傻，这家伙的手指头一股咸鱼和蘑菇味。

我点点头，他小心翼翼地挪开手。

"沼泽里有动静。"

我坐起来，看见他手里的剑锋在月色下闪着寒光。我正要开口问他外面是什么东西，突然听到了一个声音。

嘿嘿嘿。

这个声音很瘆人，伴随着哗哗的水声越来越近。

以前我还很小的时候，楠就告诉我如果不乖就会被女巫抓走。她模仿女巫的声音几乎和现在耳边的声音一模一样，就是这种嘿嘿嘿。一到晚上她就张开双手装成女巫的样子追着我上床。爸妈老劝她别这么做，但她觉得很好玩儿，我也觉得很好玩儿，每次都乐不可支。不就是我俩之间的小游戏嘛。

眼下三更半夜，听到外边传来和楠模仿女巫一模一样的声音，我不禁感叹楠的模仿能力有多强。

"是女巫，"我悄悄跟楚格说，"必须让蕾娜准备好弓箭。"楚格点点头转身想跟蕾娜说话，但我摇了摇头。我打算自己去叫醒她免得吓着伙伴，毕竟这动静挺瘆人的。"蕾娜。"我在她耳边悄悄说道。

"莱蒂，别烦我，"她嘟囔着，"再捣乱我宁愿睡地上。"

我晃了晃她的肩膀，蕾娜醒了，张开嘴正要发牢骚，我把手指压在唇上，她看见我一下子不说话了。

"外面有个女巫。"

又是一阵阴森森的"嘿嘿嘿嘿"。蕾娜匍匐到窗边，张弓搭箭。

黑猫跳上窗台喵喵直叫，我赶紧一把抓走。对女巫我不太了解，也不知道她们对猫什么态度——还没读到那本书的有关内容，因为女巫不常见，我关注的都是些普通的危险怪物——再有，我不想让猫受伤。

放在以前，蕾娜肯定要再等等，或者问我该怎么办，可现在她已经脱胎换骨跟以前完全不一样了，大家的需求她马上就能心领神会。蕾娜朝女巫一支接一支嗖嗖地放箭。楚格套着盔甲盯着楼梯严阵以待，可我一手搭在他肩上摇了摇头。这可不是近身肉搏能解决的事。我记得女巫好像可以……

砰！哗啦！

从窗外飞进来一瓶药水掉在地板上摔碎了，蕾娜一闪身躲开，木地板被腐蚀了一块，嘶嘶直响。托克猝不及防手足无措，楚格赶紧把他拖开。地板的洞眼瞅着越来越大。

"什么鬼东西？"托克一声尖叫。

"女巫。"楚格回答。

"我问的不是'谁'，问的是'什么'？"

"都一样。别问怎么办和为什么，把猫看好，别再被扔进来的药水砸着。"

虽然摸不着头脑，但托克还是乖乖听话，把康多紧紧搂在胸前，然后爬到一个角落里。

蕾娜的箭已经多次命中女巫，但又有一瓶药水泼到窗户一侧，溅上了蕾娜的胳膊。我冲到她身旁但不知道该如何是好，生怕药水像烧穿木地板一样烧伤她的皮肤，但幸好安然无恙。

"你还好吧？"我问道。

"我——没——事——"她说话慢悠悠的，连点个头都足足用了一分钟之久。她要继续放箭但动作极其缓慢，正在此时，又有一瓶药水飞进屋砸到墙上。

"迟缓药水，"躲在角落的托克抢在我前头发话了，"这是迟缓药水，跟我在炼药锅旁边发现的那瓶一样，药效一会儿就消失了——"

"可咱们等不了。蕾娜，对不住了。"我轻轻从她手里拿过弓箭，对方张开嘴想抗议，但就算喊我的名字也得用上一小时。我也不知道该怎么用弓箭，但眼下的情形也只能赶鸭子上架，尽量瞄准女巫然后放箭。

"她——快——要——"

运气真好，这一箭正中目标，女巫发出呻吟声，可她并没有倒下。

接下来的三支箭全都脱靶，箭快放完了，剩下的数量不知道能不能结果女巫的性命，我没有蕾娜的技术也没有她那么刻苦练习过。但我相信天无绝人之路。女巫现在很虚弱，说不定一箭就能让她呜呼哀哉。

我……对自己的技术没什么信心。

"楚格，放开波比，她能分散女巫的注意力，你就趁机放箭，只要狠狠来上一下子她就没命了。"

楚格——我的好大哥——正站在第一级台阶上，立马点了点头，拽着波比的绳索，从摇摇晃晃的楼梯猛冲下去，杀气腾腾地狂吼着，后面跟着一头野狼。还没等他到位，我就放了最后一支箭，但箭头偏了，真令人扼腕叹息。以前我什么事都很擅长，不论什么都能够做得妥妥当当，但眼下这场战斗里，我却没立下什么功劳，特别难受。等这场危机熬过去后，我要好好向蕾娜请教箭术，要不是因为鬼鬼祟祟的药水，她早就干掉女巫了。

泥水在楚格脚下飞溅，他挥剑猛刺女巫，波比从后面进攻，一边撕扯女巫的袍子一边咆哮。

"波——比——，快——跑——！"蕾娜痛苦地哀号着，全都是慢动作。

　　"嘿嘿嘿嘿。"女巫阴森森地笑着，掏出一瓶药水正要喝掉，说时迟那时快，楚格利剑挥出一下子把敌人干掉了。女巫倒在沼泽里，各种各样奇怪的物品掉下来——还没入口的药水、几袋粉末与几块石头，还有一袋看上去像红浆果的东西。楚格一一将它们捡起。他站在齐踝深的沼泽里，拍了拍波比的脑袋。月亮高挂在半空，冰冷的银白色月光照亮了整个世界。

　　"干得漂亮！"我大喊一声。

　　"波——比——还——好——吗——？"蕾娜问道。她的语速好像比刚才快一点儿了，大家终于放下心来。

　　"她好好的。我下去看看。"

　　"带上武器。"托克提醒我一句，站起来望了望窗外，好像是为了制止他哥哥干傻事，"女巫不多见，但其他怪物未必，现在天还没亮呢。"

　　我捡起自己那把铁剑径直下了楼梯。那只黑猫蹲在窗台上朝我喵喵叫，但好像对沼泽里的动静毫不在意。我也不知道它是不是跟着女巫或者只是像我们一样在这儿借宿罢了。反正它的样子一点儿不狼狈。我下到地上——不对，应该说是水面——抬头一瞧，黑猫正趴在窗台上蹭着托克，享受着对方的抚摸。

　　"这些东西到底是什么？谁知道！"楚格拎着一个袋子问。

　　我晃晃悠悠走过去往里边看了看。"会不会是浆果？"说着我用手指戳了戳那堆鲜红色的圆球，有一颗翻了过来……

"呃，不是，是眼球！是什么东西的红眼球？"

楚格紧紧合上口袋。"我才不想打破砂锅问到底呢。其他东西也很怪异——粉末和一块石头。不过药水应该有用。"

"楚格！玛尔！"突然传来托克的喊声。

我们齐刷刷地抬起头。"怎么了？"楚格朝他喊道。

"有个……"

"有个什么？"

"有个东西。"

楚格摸不着头脑，转身看了看他的小猪还老老实实地拴在小屋的柱子上。"太好了，小家伙平安无事。"

"不是，另外一个东西，你们看，就在那儿！"

我们顺着托克指的方向望去。他说得没错，确实是一个……东西。

一个绿色的透明方块一蹦一跳地向我们这边接近。它没有手脚，没有翅膀也没有尾巴，就是个方块。好像长着一张脸，但没有表情，眼睛似乎什么也看不见。它一边蹦一边向四面八方溅出绿色的黏液来。

"这玩意儿看着黏糊糊的，"楚格说道，"要不要我干掉它？"

其实我也不知道怎么办。这玩意儿看着不像羊驼那么可爱，它的颜色绿了吧唧的，跟僵尸差不多。我模模糊糊记得楠那首歌里提到过"史莱姆"。可它没招惹我们，我也不想伤害它。"别过来！"我抡着胳膊冲它大喊，"滚开！"

可这个方块还是朝我们蹦过来。突然，我又看见个小的跟在它后面。两个方块径直向我们而来。

头一个眼看要来到我们面前，却丝毫没有停下的意思。"赶紧跑。"我跟楚格说道，几个人撒丫子爬上楼梯跑回小屋，波比紧紧跟在后面。不管这是个什么玩意儿，反正连狼都不愿意跟它纠缠。

"到底是什么东西？"托克问道。

我绞尽脑汁苦苦思索。"我觉得可能是史莱姆，楠那首歌里提过。卫道士、恶魂，还有史莱姆之类的。"

"没错，这是史莱姆。起码它不杀咱们。"楚格说着长舒一口气，伸了伸懒腰把剑靠在墙上，"咱们现在要面对是其他女巫，或者是——"

咯吱。

咯吱。

咯吱。

每次的声音都比前一次更响，我们不约而同地望向小屋的露台。

史莱姆跳上我们搭的楼梯，向我们凶狠地猛扑过来。我的剑没离手，想也没想一剑就刺了过去。

可是史莱姆并没有一命呜呼，也没有被激怒后弄出更大的动静来。

它……分裂了。

先前是个中等大小的史莱姆，现在变成了两个小的，齐刷刷地向我们蹦来。我一个箭步冲上前去，一个接一个挥剑刺去。两个家伙不见了，又变成了好多绿色小球球的史莱姆。

我回头望着朋友们一眼，跟我一样，几个人目瞪口呆。

"门！"托克喃喃自语道，"我要造一扇门。"说着他冲到女巫的工作台前。

"天啊，不好！"楚格说着又抄起剑，一溜烟跑向露台，"它们不会把小家伙吃了吧？"

我赶紧跑上去跟他并肩作战，眼前各种各样的小史莱姆蜂拥向小屋。有些落到深深的水里，游了一会儿后裂变成更小的史莱姆，然后更小，接着沉了下去。但有些史莱姆好像是碰巧落在硬实的地面，爬上楼梯朝我们蹦了过来。谢天谢地，小家伙安然无恙。楚格守在楼梯的最高一级，向它们又刺又劈，小史莱姆落进沼泽，一个个挣扎着沉了下去。

"还挺好玩儿的嘛，你看——啊！"一个大点儿的史莱姆拍在楚格脸上，他踉踉跄跄地往后退去，紧接着立即以牙还牙，又有好多小史莱姆纷纷掉进了水里。"兄弟，最好快点儿。"他回头嚷嚷着，利剑在月色下闪出一道道寒光，这时托克从小屋里扯下装饰木条开始造门。

"要——是——有——许——多——箭就好了。"蕾娜说道，最后几个字的语速恢复正常，她终于松了口气。

"咱们早上就能干掉这些玩意儿了。看样子史莱姆只在夜间出没。"我们望着窗户外面史莱姆不断涌过来，不知道黑夜里还会冒出什么东西。我们已经碰上了女巫、史莱姆和伤害药水——就在上个星期，我连它们的名字都没听过呢。唯一的指望就是托克造的门够结实，能把所有想闯进来的怪物都挡在外头。

"好了！"托克得意扬扬地大喊一声，然后一个箭步冲过去把门安在空缺处。一听到楚格咕哝或者咒骂史莱姆，他就扭过头瞟一眼哥哥。"楚格，快来！"

又有个史莱姆跳到身后的露台上，楚格猛一转身朝门冲过去。刚一进来，托克便砰的一声关上了门，史莱姆气急败坏地一头撞在门上。黑猫嘶嘶地吸着气，跟托克和康多一起躲到角落里去了。

"今晚不知道能睡得着吗？"楚格边说边顺着墙滑到地上，伸直双腿，歪着脑袋，露出脸上一块很大的瘀伤，刚好那个位置头盔护不到，"可是醒着也没多舒服。"

我瞅了瞅其他朋友。

蕾娜站在窗边，可能在数有多少箭浪费在了沼泽里，样子气呼呼的。她身旁有摊药水污渍，就是这玩意儿害得她动作不利索。托克靠着工作台，惊魂未定地跟猫咪唠唠叨叨，一边忧心忡忡地看着哥哥。楚格看样子马上就要仰面朝天摔倒了。

朋友们现在急需的，我都没法儿给到。

我没法儿来上一场鼓舞人心的演讲，也想不出绝妙的主意；我没有曲奇和馅儿饼；我也没有答案。

还有一瓶治疗药水，但大家心里都明白必须将它好好保管，碰上有人受了重伤才能用，头晕目眩和瘀青磕碰这种小问题没必要使用。

我从碗里倒出些炖菜，尽量多捞些肉，然后端给楚格。"这个吃了对你有好处。"我告诉他。

"可这是大家的口粮。"他不情不愿。

"我真的一点儿都不喜欢吃，"托克刚说了一句，楚格的脸立刻拉长了，他弟弟吓了一跳，赶紧改口，"好吧楚格，我刚才撒谎了，其实炖菜特别好吃，你的手艺不错，真的。可我宁愿你现在马上吃了养好伤，也比让我们等上四个小时，然后把冷冰冰的剩菜当早饭吃好。"

"你把我的那份也吃了吧。"蕾娜插嘴说道。

"还有我的那份，别再废话了。说什么你都得吃，味道很不错，慢用！"

楚格的脸虽然带着瘀伤，但露出幸福又满足的神情，狼吞虎咽地把炖菜吃了个精光。食物一下肚就马上起了作用，他受的伤立刻痊愈，太神奇了！我一抬头刚好碰上托克和蕾娜的目光，于是向他俩微微一笑，希望能够安抚朋友们的情绪。其他人虽然受伤不重，但精神压力对人的影响同样不可小觑。对付史莱姆造成的瘀伤或者僵尸的咬伤很简单——吃饱睡一觉就好得差不多了，但治疗心灵创伤需要更多努力，我也正在学习。

"我负责放哨，你们睡一会儿。"我叮嘱大家道。

每个人都找到一堵墙靠下——避开药水污渍或者强酸腐

蚀过的痕迹。屋子太小，没有我在结实坚固的山上挖出来的庇护所那么安全可靠。楚格吃完炖菜后打了个嗝翻身就睡，一秒不到就响起了呼噜声。

我坐在女巫的药水烫出的那个洞前，盯着脚下的沼泽，借着月光我看见许许多多史莱姆到处乱窜，但我清楚托克造的门能把它们都堵在外头。万籁俱寂，只剩下我还有窗外传来的声响。在外的日子过得飞快，不知道家里怎么样了。爸妈是正在收拾行李还是正在担心我的安危呢？庄稼是不是全都毁了？我不敢想家里那些温顺的牛，它们该多可怜，哞哞叫着要吃早餐，岂知根本没有一粒粮食。家里还储存着些小麦，但明年的饲料到现在也该吃完了。现如今，镇子落到这种困境，应该有头脑清醒的人能够拆掉一段城墙，放大家一条生路。

牛现在要的是草料而不是安全，多希望爸妈和整个镇子明白这一点啊！一旦出墙，世界全变了样。不仅要了解外边的天地，还要懂得为了守护你爱的人，能走出多远。

不知何时蕾娜醒了，她让我去睡一会儿。嗯，说得对。她看样子还是气呼呼的，但我太累了没法儿问个究竟。干脆就在她刚才靠着的墙根歇息下来吧，那里仍然留有她的余温。那只黑猫蜷缩在我身边熟睡着，我抚摸它柔软的皮毛，感觉自己的眼皮有千斤重。我本想对抗一下，保持清醒，以防这大半夜的还有什么东西闯进来。我一定要保护朋友们的安全，也不想让蕾娜感觉太孤单。但睡意袭来时我根本无法抵抗，没坚持一会儿我就睡着了，看来自己也没那么强大。

18

蕾娜

大家都睡着了，四下里一片寂静。如果我跟玛尔说别让我放哨，她还能继续坚持当个合格的哨兵。可我应该告诉她别把自己逼得太紧了，何苦呢？我们有四个人，轮流放哨就行了。她大可不必负担起所有工作，我又不是摆设。

这辈子头一次，我生她的气了，但我必须理清思路再发火。药水砸中我时，突然感觉其他人的动作变得特别特别快。玛尔从我手里一把夺走弓箭，还让楚格放波比跟女巫搏斗。我心里虽然知道玛尔是在尽力保护大家，但弓箭是我的，狼也是我的，我可不愿意就这么善罢甘休——算了，虽然难免有些耿耿于怀，有点儿不舒服，但还是不和她计较了。

在女巫攻击我们的紧要关头，也没有充裕的时间考虑清楚，但对我来说，被困在自己的世界里，眼睁睁地看着眼前发生的一切却毫无办法，这感觉跟天塌了似的。我看着波比冲下楼梯面对危险，却束手无策帮不上一点儿忙，真恨自己！

跟以前一样，我得压下这些小情绪。我已经习惯忍气吞声了，而且外边的世界太危险，我们决不能起内讧。跟一辈子的友谊相比，两分钟的错误决定算得了什么呢？而且这么说吧，上次在村子里她可没少否决我的意见。虽说仍然如骨鲠在喉，可我不会反反复复回想。玛尔已经睡着了，小屋里安静得如果掉下根针都能听得见。

以前在家时，我经常一个人度过许多不眠之夜。我有时候看看书，镇上的书不多，我全都看完了。大部分时间我只是蜷缩在床底下想事情，任思绪飞到没人打扰的地方，那里可不会有兄弟姐妹埋怨我又做白日梦了。

晚上做的梦也叫白日梦吗？虽说是在晚上做的梦，可我并没有睡着。波比在我身边伸了个懒腰，我无所事事地抚摸着她的皮毛，又陷入恍惚。日头很快要出来了，一切平安，时间就像破碗里漏出的水，不留一丝痕迹。

"你们说说咱们今天能找到林地府邸吗？"楚格伸了个懒腰问道。他昨晚的瘀青看着好多了，虽说肚子饿得咕咕叫，但真高兴那道炖菜能帮他恢复。

"说不准。"玛尔回答道，指着正对窗口的那团漆黑的树冠，"从树枝缝隙朝上望去能看到一点点，就是深棕色的那一点点。"

我们围着窗户站成一圈，盯着那个小小的一角。它肯定是一座庞大的建筑，大得我无法想象。我以前没预料到世界这么大，更别说一栋巨大的建筑物了。在高墙里长大，你会以为自己只占这么点儿空间。可是一旦走出围墙，就会发现一切事物都没有限制，包括你自己。

楚格的肚子咕噜噜大声叫起来，吓了波比一跳。"我去采点蘑菇煲汤，"他说着戴上头盔，"回来的时候再扯两圈南瓜藤。"

他正要出门，托克嚷嚷起来："带上你的剑！外面不安全！"

然而楚格只是朝他摆了摆手。"不用了，我还得腾出那只手采蘑菇呢。没事的，所有怪物都在夜里生成，况且蘑菇也不远。"

说的是，有一只蘑菇特别近，我扔块石头都能砸中——或者可以砸楚格，更好玩儿一些。玛尔看着楚格皱了一下眉头，她瞥了一眼我的弓箭，我猜玛尔一准儿在想，要是手里有一堆箭该是多么心安。

"我瞧瞧能找回多少箭。"她说的时候避开了我的目光，径直下楼去了。我也不知道她是为了让我高兴还是心里有愧，但能想到把自己浪费的箭捡回来也算是友好的态度了。

屋子里就剩下我和托克，我们两人站在窗前，窗台上的猫咪不住地蹭着我们。他跟我一样都很紧张，但我知道他不善于表达，所以只是静静等待他开口。

"我哥哥太鲁莽了。明明知道有风险，干吗就是不听话？"下面的楚格爬上一根巨大的蘑菇柄，拼命扯下肥厚坚韧的红色菌盖。幸好这玩意儿虽然看着一般，但是味道还行——当然我还是希望有肉吃。

"有经验未必是件好事，"我把书上曾经看到的一句话学给他听，"楚格就是这样。他总是在提防僵尸，却忽略了还有心怀歹意的人类。"

"可有些怪物也会在白天出现。"托克争辩道。

我耸耸肩："他还从没碰上过呢，所以压根儿不相信有这回事。"说着我抄起弓箭下了楼梯，波比紧跟在我身后。

靴子陷进烂泥里，水马上浸湿了袜子，太难受了。唯一的好事是我已经准备齐全，不用再收拾行李。除了波比和武器，其他都不用带，吃完早饭后我就可以直接出发。

玛尔走过来递给我一把湿乎乎的箭。这些都是插在沼泽里从水里冒出头，被她拔出来的。不过我们还得走远点儿去搜寻漂在水面上的箭。

"昨天嘛……"她终于开口了。

我抬起头，等着她继续往下说。这时楚格从蘑菇那儿慢悠悠地回来了，抱着满满一大捧红白相间、长得跟海绵似的蘑菇。

"咱们带回家种吧，"他嚷嚷着，"想想看，蘑菇煲、蘑菇三明治、蘑菇沙拉——"

"慢着，那是什么东西？"玛尔问道。

楚格身后传来一阵动静，从暗处冒出一个奇怪的生物。这家伙通体是深浅不一的绿色，五官扭曲，脖子细长，还有灵活的小短腿。楚格还站在原地傻乎乎地笑着，那玩意儿一声不吭地悄悄爬到了他身后。

"小心！"玛尔大喊一声。

"快跑！"我尖叫起来，声音盖过了玛尔的叫喊。

绿了吧唧的东西停下来，嘶嘶地叫着，浑身一闪一闪，越变越大。我想起来了，楠给我们看的那本书里管这东西叫苦力怕。楚格向我们飞奔过来，玛尔很聪明，她朝右一指，示意楚格改变路线。我张弓搭箭，瞄准目标后一松手，希望在水里泡了一夜的箭千万别变形。箭矢结结实实正中苦力怕，它不闪了。

刹那间我还以为万事大吉，可那家伙突然朝我和玛尔冲过来。我又朝它射了一箭，扭头向小屋狂奔，还好对方的速度没我俩快。楚格还在岸上，玛尔三步并作两步爬上台阶，吼了一嗓子："真该带上剑！"

"喵？"女巫的猫咪坐在最低一级台阶，尾巴扫来扫去。我搭上第三支箭，然而出乎意料地，苦力怕转身就跑，我射出一箭，偏了。

楚格把四面八方打量了一圈，确保没有危险后向我们奔来，一半的蘑菇都掉进了泥泞的沼泽里。

"那是个什么玩意儿？"他问我们。

"苦力怕，楠那首歌里唱过。万一谁看到这家伙它就会马上爆炸，一秒钟就能把你炸成碎片。"我抚摸着猫咪，"幸好它们怕猫。"

苦力怕隐进森林暗处不见了。"这就是为什么咱们以前从没碰上过，"蹲在台阶上的玛尔接茬儿说道，"因为咱们身边一直有康多。"

"怪不得我挺喜欢那只猫，"楚格说着跟黑猫轻轻碰了碰鼻子，手里还有满满的一捧蘑菇，"这只也喜欢。"

"你个大笨蛋！"

几个人一抬头，发现是托克，他气急败坏地站在小屋露台上。"都怪你！出去也不带上武器，这地方到处都是危险，没个太平的时候！"

楚格大张着嘴，下巴都快掉下来了："我就想采蘑菇嘛。谁料到……背后冲过来一头直立的绿猪，还会爆炸？"

"楠不是告诉过你了吗？这个世界有多危险她已经说得再明白不过了。咱们连灾厄村民还没碰上过呢！能干掉僵尸算什么，唤魔者才难对付。"托克呼呼地喘着气，让我想起爸妈特别厌烦我时也是这个样子，"听好了，咱们千万不能放松警惕。只有躲在庇护所里，周围全点着火把才是安全的。不论何时咱们都得守望相助，要不是蕾娜的箭，我们只能帮你收拾肉块了。"

"楚格的大肉块！"楚格嚷嚷起来。托克立马吼住他："严肃点儿！"楚格本来觉得自己的段子很滑稽，正要哈哈大笑，结果一下子憋了回去。

现场鸦雀无声，大家还是头一次这么尴尬。以前在镇子上我们是害群之马，跟苛刻的父母和挑剔的邻居不对付，跟排斥和欺负我们的小孩对着干，都是因为我们不合群。然而现在我们身处广阔的天地，是周围唯一的人类。危险迫在眉睫，容不得半点儿闪失，一旦有人弄砸了，说不定就葬送了大家的性命。

如果有一个人心情低落，其他人都会齐心协力逗他开心。

但眼下每个人都心烦意乱。我对玛尔的气还没消，对楚格我责怪他的粗心大意，对托克是看不惯，因为以前从没听他这么嚷嚷过，还跟哥哥乱发脾气。一般都是楚格保护托克，托克感恩戴德。然而托克现在大发雷霆，弄得楚格像个不小心砸了碗的小孩子，而且托克还要躺在地上耍赖，嚷嚷着碗砸碎了不公平。

万般无奈之下，楚格跟我们擦身而过上了楼梯，嘴里还念叨着："煲菜去了。咱们可不能光朝别人乱嚷嚷，这样下去非饿死不可。"托克一个侧身让哥哥过去，但他俩都别过了脸。

我和玛尔回去继续捡箭，不一会儿就只差一支便收集齐了，那一支肯定掉进了沼泽深处。我坐在门廊里，玛尔带着剑跑来跑去地抓那些偶然出现的鸡。我对她的气还没消，但仍然张弓搭箭扫视整片区域，以防有什么东西跳出来伤害她。玛尔把肉拿给楚格，我没进去，屋里的火药味太浓。

"菜煲好了。"过了一会儿，楚格告诉我，叫我上楼去吃饭。

屋子里很窄站不开，我们尽量往边上靠，但不是因为平常那种互相体谅的友爱之情。煲菜实在太好吃了，看得出来

181

楚格很想让别人夸奖几句，但托克面无表情像块铁板，玛尔有点儿神游物外。

"真香。"我夸奖楚格，他朝我挤了一个勉强的笑容。

托克清了清喉咙："但也不值得为了这个送命。"

很长一段时间，屋子里只有汤的咕嘟声和波比盼着吃上点儿美味的喘息声。沉默的气氛很压抑，朋友们的情绪很低落。我再也受不了了，感觉自己就像个要爆炸的苦力怕，气呼呼地嘶嘶响。

"咱们别这样好吗？"

大家抬起头，惊讶地看着我，于是我继续侃侃而谈。

"咱们不能总是生闷气不说话。"

我望着玛尔，盼望她开口说上两句，但她头一次缄默不语。我只好自顾自地往下说。

"谁都知道，墙外的世界很艰辛——这是楠早就下过结论的。她想尽量帮我们做足准备，但也只有几小时的时间来传授她的毕生所学。外面的世界危机四伏，危险程度远远超过我们的认知，也超过我们的预计。我们现在唯一的财富就是彼此。"

我迎着玛尔、楚格与托克的眼神，他们的双眸里闪烁着的是希望之光吗？

"我们在对抗全世界。贾罗没办法把咱们堵死在小巷子里，可是自打我们踏出那扇门，就要随时准备碰上任何意外，说不定哪个就受伤，甚至会没命。忽视预防措施不但会危及自己，还会危及大家，包括宠物。"

玛尔强忍着泪水，我冲她温柔地一笑。

"其实宠物们也是我们的一员，大家并肩作战。我们应该手持武器严阵以待，不到万不得已不冒险。林地府邸近在眼前，我记得楠那本书里说过，这将是我们面临的最大困难。"

"比被直立猪炸死还可怕！"楚格插嘴道。

"受伤也好，丧命也罢，咱们手头只有一瓶治疗药水。你们也见识过恼鬼用药水祸害南瓜了，"我用脚指头摩擦着地板上腐蚀出来的洞，"还有女巫洒在地上的药水——这就是我们面对的危险，不单单是傻乎乎的僵尸和背后给你一下子的怪物。咱们要想拯救镇子，就必须赶在敌人干掉我们之前先下手为强。"

"说得好！"楚格一声大喊站直了，脚下的小家伙吓得惊叫起来，"蕾娜说得太对了！我一时犯糊涂，连剑都落下了，真对不起大家，以后一定改。我可不想和最好的朋友翻脸。"

玛尔噌地紧挨着他站起来，脸上自信的笑容又回来了。"我也搞砸了。我知道自己有时候专横独断，做决定前没有问过大家的意见。但咱们这里人人平等。我不敢保证以后一定能避免错误，但我会更好地倾听别人的意见。"

托克站起身来，屋子里就剩下我一个还坐在地上了，于是我也不甘落后。

"真对不起，我当不了战士，"托克轻声说道，"每当我帮不上忙时，心里就很无助，无助使我愤怒。就算我想保护别人，如果不会用剑和弓的话也只是一句空话。"

楚格笑嘻嘻地用胳膊搂住弟弟的脖子："你帮上的忙已经够多啦。要不是你，咱们的屁股早就开花了。兄弟，你靠自己造出了一把剑！而且你还造了一扇门保证我们的安全，我为你自豪！"

说着他一把将托克拉入怀中，瘦小的弟弟差点儿看不见了。他俩用男孩儿的方式拍了拍对方的后背，两人分开后眼神里闪耀着以前不曾见过的尊重和理解。

接着，所有人不约而同地望着我。

发表演讲容易，袒露心扉很难，但别人能做到，我硬着头皮也要试试。

"以前我习惯听别人的，"我小心翼翼地斟酌道，"出来后身边没有严苛的家人，做真实的自己是一种解脱，不用为了怕挨骂去迎合别人。我想自己做决定，你们不能自作主张地帮我拿主意，别命令我的狼干这干那，也别碰我的箭，拜托了。"我挤出一个勉强的笑容，泪水在眼眶里打转。

玛尔拉着我和楚格拥抱在一起，因为他还搂着托克，所以四个人抱成一团。我们搂着彼此，突然闻到一股味道。天哪！不知道是谁身上一股恶臭。

"楚格，你得多洗洗手。"托克平静地说道，楚格装作瑟瑟发抖的样子，然后大笑起来。我再也忍不住了，跟着他们一起放声大笑，几个人笑成一团。

我们不是害群之马，不是与众人格格不入的另类，我们没有躲在高墙里过着风平浪静的日子。我们只是四个哈哈大笑的孩子，身处沼泽中央的小屋，为了拯救镇子，即将突袭林地府邸，和那里无数凶猛的怪物殊死战斗。我们笑个没完没了，有那么一瞬间，觉得好像只要大家团结一心，就没有什么办不成的事，再难的任务都易如反掌。

可我很清楚，这只是我的一厢情愿。

虽然我忧心忡忡，但身边有这样一群朋友，还有谁能阻挡我们前进的脚步呢？

"以后咱们不能叫害群之马了，"我笑嘻嘻地说道，"从现在开始，咱们就是怪物小队！"

19

楚格

情绪一激动我就饿——当然，不管怎么着我都饿。身上被史莱姆攻击的地方瘀青还在，跑过沼泽时我用光了力气，所以眼下我饿得前胸贴后背。还是先把剩的煲菜吃了再去逛那座恐怖的林地府邸吧，毕竟保持体力最重要。

食物被我一扫而空，放下碗我们就出发了。女巫那只猫一路跟着我们，看样子托克非常乐意和它同行。话说回来，康多不算是托克的猫——她本是克罗格农场谷仓里的一只猫，后来不知道为何来到我们院子里赖着不走了。也许这也是克罗格痛恨我们的一个原因吧。这样一来，我们就有两只猫、一头猪和一头狼了。行走在沼泽里让我有点儿惴惴不安，但小家伙回到身边让我很开心。要不是所有战利品被洗劫一空的话，我就能给他装鞍骑上去，不用在泥泞的沼泽里咯吱咯吱地艰难跋涉了。

"打算给它起个什么名字？"我追上弟弟的脚步问道。自从蕾娜说了那通话以后，他的心情好多了。

"他是个'男孩'，我想好了。"弟弟纠正我，"我给他起名叫克拉里蒂。"

我摸不着头脑地瞧了瞧托克。康多和克拉里蒂正巧从我们身边经过，他俩巴不得赶紧走出沼泽踏上干燥的地面。"你起的名字都很怪。""哪有不怪的名字，不都是编出来的？"

我一下子卡壳了。弟弟说话风格一向如此，我之前总是把他的话当成耳边风，现在却陷入了沉思。

森林里突然一下子冒出来许多树木和山包，它们密密匝匝地混在一起显得异常拥挤，我们差点儿辨别不出方向。林地府邸的踪迹不见了，但我相信玛尔一定能带领我们安全到达。她时时刻刻都知道该怎么做，该往哪儿去。以前我们用不到地图，但玛尔现在已经学会了看地图，而且将其刻在了脑子里。这确实出乎我的意料，像这种事到现在我们已经碰上不少了。

我们这个集体如同加满了油的机器一样高速运转。玛尔手持利剑走在前头，我披盔戴甲紧跟其后，手里也攥着剑准备随时挥出。接着是托克，现在他没法儿看楠那本书了，只能通过观察森林里的景物满足好奇心。时不时地，看见以前没见过的植物或者生物，他都要惊奇地嘀嘀咕咕。以前我只知道世界上有两种树，但显然应该有好多种树，虽然在我看来都一个样。

两只猫在灌木丛里钻进钻出，然后时不时回归队伍查看一下。小家伙与我形影不离，热切地嗅着我的口袋，里面留有曾经装过的小零食的气味。蕾娜断后，与我们隔着一小段距离，张弓搭箭扫视周围一切，狼伴随在她的左右。蕾娜就像是个本地人，自然而然地与森林融为一体，真是太神奇了，她跟家里人都从没如此和谐过。

嗖。

我回头一瞧，蕾娜刚好射中一具僵尸。对方应声倒地，掉落下一个马铃薯和几块肉，波比扑过去吞下肉带回了马铃薯。我想不通为什么狼会放着好好的马铃薯不要，去吃一块变成绿色的腐臭生肉，不过我不是狼所以自然没法儿理解。

我们身上没带食物，大家的肚子不约而同地一起咕噜噜地响。凑巧来了一只绵羊，没一会儿我们每人分到手一点儿生羊肉。我不喜欢生食，禁不住幻想起楠给我们包好的零食：馅儿饼、曲奇、面包和熟肉。墙外的天地是挺好，但我太怀念美味的食物了！说实话，由于我的块头比其他人都大，吃得也更多，身体需要特别多的能量才能维持正常运转。真盼望能回家，吃上妈妈做的牛排和马铃薯。可转念一想，我们本可以乖乖待在聚宝盆镇不乱跑的，结果现在触犯了一个大忌。

我根本不敢想回家以后将要面临的狂风暴雨。要么众人把我们当英雄，设下宴席好好款待一番；要么就算我们立下大功他们也一无所知，单单抓着我们私自离开的小辫子不放，大发雷霆之下强迫所有居民逃离小镇。

绝对不行！

不能这样，这些纯粹是胡思乱想，我一向乐观积极。我用小家伙最喜欢的方式挠了挠他的背，他开心地哼哼着。一路上小猪不停地吃花拱草，起码他对我们目前取得的成就挺满意。

"可能快到了。"玛尔轻快地喊了一句。

我加快脚步跟上她问道："咱们用不用建个庇护所？"我抬起头，目光透过浓绿的树冠，望见斑斑点点的天空，现在一定是下午时分。

"我怕咱们发出的动静会打草惊蛇。要不在林地府邸里找个地方躲起来？"大家都没吭声，她接着说道，"你们随便提意见！"

大家哈哈大笑——玛尔真的变了。我本想反对，但话到嘴边又咽了下去。我信任她。托克要是没吭声，说明他也赞同。现在的玛尔更加愿意考虑大家的想法了。英明的领导总能听取他人的意见，而不是像我爸妈那样独断专行。

话说回来，怎么可能随便躲在别人的房子里呢？我知道这是个大房子，但我无法想象一群不知打哪儿来的孩子，决定在我家里躲一晚上，还不被我发现。实在不行的话，我们可以爬到树上睡觉，虽然这样肯定不舒服。

"瞧！"玛尔指着前方树丛中一个深棕色的斑块，刚好掩盖在树枝和树叶之下。她加快脚步，我赶紧跟上。林地府邸越来越近，而且……

这座宅子实在太大了！

我家的房子有两间卧室、一间厨房，还有公共区域，非常舒适，与聚宝盆镇里的有些房子比已经算大的了。但这座宅子——气派的林地府邸，大得出奇。它看上去比我们整个镇子小不了多少。怪不得玛尔不担心庇护所的事，这里面有太多地方可躲了。

不过要是每间屋子里都住满了人呢?

说不定这儿住着成百上千只凶猛怪物，正在……干着怪物们之间的勾当。

我浑身一颤，但甩了甩头装成没事的样子，头盔这么一动，叮当作响，我的手指慌忙紧扣在剑柄上。没想到这座宅子如此之大，吓得我起了一身鸡皮疙瘩。

我回到托克身边: "兄弟，你瞧见没?"

他急切地点点头: "真漂亮。谁修建的? 这世界如果存在着许多人的话，到底是同样一群人建的还是不同族群的人呢? 他们共用同一张蓝图吗? "托克钦佩得摇头晃脑，"真想马上进去看看里边有什么! "

我眉头紧锁，托克总是这样子。我被蜜蜂蜇了，而他会因此迷上蜜蜂。"兄弟，这儿基本上是个怪物盒子，里面装满怪物的怪物盒子。"

他朝我嘿嘿笑了起来: "可能还有其他东西! 我知道要是书你肯定不感兴趣，要是吃的你一准儿高兴得蹦三丈高。"

我点点头，他说得太对了。"这样吧，到时候你拿书，我拿吃的。就是要小心些好吗? "

他冲我脑袋一歪："我一直都很小心。"

"你要是研究什么东西入迷了，就容易身陷危险当中。"

"说的是。但你自己也得小心。"

我勾住他的脖子来了个"绞杀"的动作——我以前问过，对此他不会生气的。"那好，咱俩都要小心，没什么大不了的。看我不宰他几只食尸鬼……"

"是恼鬼。"

"没错，我说的就是这个！杀几只恼鬼，拿上战利品，然后回家。"

显然，你勾着别人的脖子就走不了多远，因为这感觉很怪异。我心里有点儿惴惴不安但又不想让人看出来。总是勾着托克的脖子走路也不是办法，于是我松开胳膊拍了拍他的肩膀，放慢脚步等蕾娜跟上来。

"准备好了吗？"我问她。

蕾娜攥着一把箭。"要是再多点儿箭就更好了，但手头没有原料可以造箭。听玛尔说，今天咱们不打算挖庇护所了，所以身上这些要省着用。"

我低头瞧了瞧身上的盔甲，虽然挺粗糙但很有用。"要不我拆点儿盔甲给你？"

蕾娜摇了摇头："不用啦。如果近身搏斗，一定得有盔甲。我打算待在后边放箭，你只要别杵在我和怪物中间就行了，好吗？"

"行，我尽量。跟僵尸打个难解难分的时候，我才顾不上你在哪儿，要干吗呢。"波比走上前来舔了舔我的手，我拍了拍她的后脑勺儿。狼摇着尾巴。我还是想不通，为什么当时的开拓者把猫带进了镇子，却唯独忘了狼。

转念一想，我见过这些猫的本事，说不定开拓者当初也把猫关在墙外，但身手敏捷的小家伙们攀上墙头跳进墙内，就此留了下来。

我跟蕾娜碰了碰拳，一溜烟跑回自己的位置，也就是玛尔和托克中间。我一边走一边挥剑砍着树枝，看着横生的旁枝被砍得干净利落很是痛快。真有意思，前几天我才头一次见识宝剑，还以为是一把别别扭扭的刀。墙外的世界有那么多新鲜事，我们却在墙内过着一成不变的日子，对外面的世界一无所知。

玛尔拨开树枝，眼前出现的就是我们要找的东西——林地府邸。外墙镶着黑色木头，通过宽大的玻璃窗隐隐约约能看到里面的石头和红布。我们各自藏了起来，因为如果我们能看见里面的话，里面的人也同样能看见外面。我们观察了一会儿，等托克和蕾娜也到了，屋子里仍然没有任何动静。

"门在哪儿？"我问道。

"地图上没有门的标志。"

我挠了挠小家伙的脑袋皱起了眉头。"咱们给小家伙挖个小坑吧。要不然我战斗的时候他总想往我的口袋里钻。"

玛尔点点头，跑到远处一块大石头后面，不一会儿就为小家伙掏了一个洞用来藏身，我把小猪引进去亲了亲他的脑门儿。"乖乖地待在这儿别出声。"我叮嘱他。以前我总是担心他的安危，后来发现怪物们对猪其实并不在意。小家伙最喜欢吃东西，或者说最怕饿肚子。我把僵尸掉落的马铃薯扔了进去，希望他身上的脂肪能维持一阵子。

跟朋友们重新集合后，我看着猫直犯难，多希望他们能像猪似的老实在洞里待着啊。猫咪们随意来去，我可不愿意在跟骷髅激战正酣之时，脖子上还缠着一只猫，或者因为猫喵喵乱叫而向怪物们暴露了我们的行踪，这一点儿都不好玩儿。话说回来，猫咪能赶走苦力怕，所以还是希望他们表现好点儿吧。另外很重要的是，托克喜欢猫咪，有猫在他会感到安心。

当然啦，真心希望弟弟可以有个安全的地方躲着，好让我们放开手脚跟怪物搏斗。在这支队伍里，他是唯一一个没什么战斗力的人。可他能造出工具和设备——我印象最深的就是手里这把剑，几乎是他赤手空拳打造出来的——但工作台没法儿当武器自卫。碰上危险我只能挡在前面，不论何时我都会这么做。

玛尔带着我们沿着府邸的外墙往前走，几个人俯下身子避开窗子的视野。府邸一共有三层楼，每经过一扇窗户都能听到里面阴森恐怖的咕噜声和呻吟声。外墙长得看不到头，这跟镇子上的围墙一样，唯一的不同是我们现在要想办法溜进去。

说来好笑，我们之所以落得这般田地，是因为恼鬼闯进了我们的围墙，而现在我们要绞尽脑汁地闯进它们的地盘。

一路上我们没看见大门，好不容易来到一个拐弯处。玛尔在四周勘察了一圈，接着带领我们继续沿着墙前进。府邸周围的空地上开着美丽的花，在黑森林厚重的树冠阴影下非常抢眼。我回头一瞧，果然，托克正如痴如醉地盯着它们看，我敢打包票，他恨不得现在手里有本书，能告诉自己这些花的名字和用途。几小时后我们才走过这面墙——好吧，其实只有几分钟，但感觉过了好几小时——然后，我们来到下一个拐弯处。这地方大得吓人，不知道是不是跟聚宝盆镇一样，没有大门是因为怪物们想把自己牢牢地圈在墙里。

可是……好吧，据我们所知，至少有一个唤魔者来自这里，就是它指使恼鬼闯进我们的镇子，这就是我们赶到这里的原因。

最后一面墙脚处赫然出现一座楼梯，通往一道敞开的大门。大门两边是宽大的窗子，玛尔观察了好一会儿才断定一切安全——或者说相当安全。玻璃窗前连个鬼影都没有，于是我们一个箭步冲上楼梯进了大门。一条厚厚的红地毯——比我见过的任何地毯都更巨大、更鲜亮——向左右两条一模一样的走廊深处延伸过去。正前方有一段石质楼梯，蜂蜜般金色的抛光木地板，墙壁乌黑锃亮，上面是一排火把，天花板比我家的高多了。

真是令人叹为观止！我心里暗暗称奇。这辈子没见过如此宽敞、漂亮和气派的房子！

而且这里空无一人，我们要消灭的灾厄村民一定躲在府邸深处。

可现在连只跳蚤都没有，也没人出来打招呼——倒不是因为我们暴露了。现在静得如果地上掉根针都能听见。

玛尔一溜烟跑到石阶后面，那儿有个黑乎乎凹进去的地方。

"我们今晚睡这儿。"她说道。

"就这样暴露在外？"蕾娜有点儿吃惊。

玛尔耸了耸肩："谁说不能躲在楼梯后面？这地方没什么不好，而且很隐蔽。"

楼梯后面伸手不见五指，日头没一会儿便落山了，大家心知肚明没多少时间干别的——到了晚上是没法儿探索这里的。我把最后一点儿羊肉分发出来，大家轮流在火把上烤。

"我来站第一班岗！"我自告奋勇道。因为刚吞下最后一点儿肉，感觉不太好受。

玛尔点头应允，托克和蕾娜瑟缩在角落里。猫咪们和托克依偎在一起，波比转了三圈后在蕾娜身边卧下，两个人不一会儿便坠入梦乡。高墙之外的日子可以说颠沛流离，我们浴血奋战，担惊受怕。睡着了梦见美味食物，总比清醒着听肚子咕咕响要好多了。

我和玛尔都没睡，两个人坐在楼梯正后方最黑暗的角落里，中间燃着一支火把。

"咱们明天能成功吗？"我问道。

玛尔望着火苗出神，就我认识她这么多年来，从没见过她这种惴惴不安的表情。

"箭在弦上，不得不发。"半晌后她只说了这一句。玛尔背靠墙坐着，眼睛依然望着火把。

"你睡吧，"她说道，"我睡不着。"

我本想跟玛尔争辩，但我这辈子吵架从没赢过她，干吗这时候逞强？

我穿着盔甲缩成一团，不一会儿就睡着了，手里还紧紧攥着宝剑。

20

托克

我睁开眼睛时，四周一片漆黑，要不是楚格把手搭在我肩上，我肯定会惊慌失措。

"嘘，兄弟，没事的。"他悄悄跟我说道。

这样可比他用那只带着鱼腥蘑菇臭和羊肉膻味的手捂在我嘴上好多了，我点点头坐了起来。不知道现在几点了，我有点儿害怕，而且……

想起来，我们正藏在林地府邸的楼梯后面，也就是说光线照不到我们这儿。还好大家一个没少而且都平安无事，猫咪们醒来后伸了个懒腰打着呼噜，一切都很美好。

大家都醒了，但看起来一个个都无精打采。每个人心里都七上八下，惴惴不安。朝着一个艰巨的目标努力乐趣无穷，你会在心里告诉自己，一旦实现则万事大吉。然而有时候——这种情况很常见——你完成任务后发现又一个挑战迎面而来。以前我们的目标是到达林地府邸，现在到了之后却发现任务

197

变得更棘手了。

还有里面的怪物也很瘆人。

楚格站在一旁，敲了敲头盔，大家被发出的声响吓了一跳。我们对此地一无所知，也许这里的主人正侧耳倾听着入侵者的一举一动。昨晚我们几个人行踪隐秘，没有被发现——这点我们很清楚——谁能想到四个孩子会带着宠物悄悄潜进一座大宅子里借宿呢？话说回来，这个地方是谁建的？为什么要建？楠那本书没有专门讨论这个问题，我印象里没看到过相关内容。

蕾娜和我跟着玛尔一起猛地站起身来。其他三人都抄着家伙，可我……唉，我两手空空。玛尔递给我一把镐。说来好笑，我能够打造出一把合格的武器，但却用尽浑身力气都没法儿双手提起它。

"左边还是右边？"玛尔问道。她指的是府邸入口处左右两条对称的走廊。有悖常理的是，府邸仍然大敞着门。"或者我们从楼梯开始搜？"

"哪儿都行，"我告诉她，"每个选项都有百分之五十的机会，要么得手要么惨败。"

她点点头径直向右拐去。我还是照老样子走在蕾娜和楚格中间，希望猫咪们能帮上忙，而不是自由散漫地在身边到处乱窜。他俩跟小家伙、波比和羊驼不一样，我根本没法儿控制他们的行为。猫咪就是这样，有时候也误事。

我们拐了个弯，然后继续前行。我们沿着红毯中央走着，阳光透过窗户射进来，这里的窗子比我家的大多了。右边有个大敞着门的房间，玛尔紧紧攥着剑走了进去，另一只手高举火把，楚格紧随其后。我等了一下，没听见僵尸的呻吟声和武器碰撞的叮当声，于是跟了上去。

玛尔和楚格肩并肩地站在那里，眼前的景象让人目瞪口呆。这个房间很奇怪，它全由石头打造，角落的大盆里长着一棵活生生的树，另外一个角落有一池流动的清泉。

其他什么都没有。

"呃，这是个什么地方？"楚格问道。

我站在他身边回答道："谁知道呢，咱们都是第一次来。你看不明白的我们也一头雾水。"

"可这……"

我拍了拍他手背："兄弟，顺其自然吧，有些问题无解。"

这也太蹊跷了，但好的是这儿没有人想宰了我们。不论住的是谁——又是谁建的房子——到处都透露着主人对自然和艺术的喜好，一般说来这样的人应该有文化而且讲道理。

希望如此。

蕾娜守在门口，上下左右地扫视整条走廊，紧握手里的弓箭。波比坐在她脚边，伸着舌头严阵以待。玛尔掉头去下一个房间，我们紧随其后。太反常了，一个人影都没有。门大敞着，没有脚步声也没有其他动静。难道没有怪物？也就是说楠那本书里和歌词中的恼鬼、唤魔者和卫道士另在他处？

难道它们已经直奔聚宝盆镇了吗？

　　我不敢把这个顾虑说出口，干吗白白让其他人焦虑担心呢？我们只进了一个房间，这里肯定还有许许多多的房间。要么迎头撞上什么人，要么刚刚好避过，对这两种情况我们都要做好心理准备，而不是在这儿空想。

　　下一个房间种满郁金香，除此之外，也没有其他东西了。花儿真美丽，但眼下不论是花儿还是花盆，对我们来说都没什么用。第三个房间是卧室，只有一张床，几个人无比憧憬地望着它。一个宽敞通透的房间加上舒服的床，这一切简直就是在引诱我们一头扑倒在床上。但我们几个都很清楚，躺在别人的床上是非常不明智的，尤其对方可能不怀好意。

　　接着又是一个房间，这个房间是目前为止最奇怪的，因为里面只有一座巨大的鸡雕像。"要是让雷克斯看见就好了，对吧？"楚格嬉皮笑脸地说道，"他家就是养鸡的，看见这玩意儿一定很讨厌。"

　　笑死我了，因为事实的确如此。我们镇上的人命中注定会继承家族的农场，可雷克斯总是对他家的鸡没好感。克罗格也讨厌自家的甜菜根——没人喜欢那玩意儿。还有，我和楚格看见南瓜就烦，蕾娜对她家的矿井一点儿不感兴趣，也许有些人就是不适合继承家业。我理解楚格的想法——这玩意儿摆在雷克斯家的前院该多有意思啊！这时我的肚子咕咕叫了起来，好像也在为这高超的艺术杰作喝彩，毕竟我早上没吃饭。

　　下一个房间的景象让我彻底蒙了。这地方就像是什么人闭着眼睛胡乱置办了一堆离奇古怪的东西。除了卧室以外，其他房间都莫名其妙。由于别的房间都毫无章法，所以"正常"的卧室混在其中也很怪异。

第五个房间一看就是储藏室，里面堆着栅栏、火把和一口大箱子。

我们不禁面面相觑，就当这儿的东西都是免费自取的吧。反正我们早晚要跟这儿的主人掐上一架，干吗不从他们手里捞点东西？蕾娜守在门口，楚格站在房间中央手握宝剑，玛尔打开了那口没锁的箱子。

"哇！"她屏住了呼吸。

我奔上前去一看，确实应该"哇"。箱子里满满当当都是有用的物件，我的脑海里立刻蹦出那张床来，真想回到卧室研究个遍。里边有一把钻石剑、一瓶治疗药水，还有一本书写着"火焰附魔"。玛尔把钻石剑递给楚格，楚格交还了铁剑。她把剑和治疗药水全都放进口袋。这样比交给楚格保险多了，否则碰上这家伙渴了，他非一口气把药水喝光不可。

我自然是抓起那本书迫不及待地翻了起来，脸上绽开了笑颜。"蕾娜，把弓给我。"

"什么？我才不给你呢！你想干吗？"

她那么看重某样东西——急着"护食"的样子真可爱。以前在聚宝盆镇时，她似乎对什么都无所谓，一发生争执她就会赶紧回避，以免冲突加剧。现在她瞪着我，好似玛尔家一头嫌弃南瓜的牛。

　　我指着那本书说道："只要帮你的弓附魔，以后一箭射出，靶子立刻就能起火。"

　　蕾娜恶狠狠地龇牙笑了。我才发现自己心里无时无刻不在为她着想——说老实话，哪回都是这样。于是她把弓递给我。然而我读了书上的咒语，却一点儿动静都没有。

　　"哎呀，我忘了，还得有个铁砧。附近应该有吧？"我把弓还给她，把书塞进口袋里。能要了敌人的命很是让我兴奋，哪怕我连武器都抢不动。

　　回到走廊，我们发现一个角落。玛尔过去侦察了一圈，然后带着我们踏上另一条走廊。第一个房间是餐厅，小台子上放着好吃的，我们几个对此垂涎三尺。楚格的口水把脚下的红毯都打湿了，但没人笑话他，因为大家都饿坏了。这个场面就像一顿盛大美味的自助早餐，不知道什么人只吃了一点儿便离开了。

　　"不会有毒吧？"楚格又嘴贱了。

　　我戳了一下他的脸让他赶紧闭嘴止住哈喇子。"怎么可能呢？咱们来这儿又没人知道，他们不会给自己的饭菜里投毒吧？说不定这儿住着阔佬，一个人根本吃不了这么多东西。"

　　玛尔意味深长地瞧了我一眼："那就是能吃咯？"我凑过去闻了闻，这也就是做做样子，毒药什么味道我也不知道。我的脑子里突然蹦出一个念头：如果别人想害我们，机会多的是，而现在一个人影都没看见。

　　我拿起一片面包咬了一口，这应该是我胆子最大的一次了。味道没什么不对，还没等细细品味，面包就滑进了肚子里，接着我又咬了一大口。

"按我这个非专业人士的意见来说，一点儿事都没有。"我下了个结论。

楚格拿起一个碗堆了些马铃薯，我们也都盛了些食物。味道有点儿怪，跟家里做的饭完全两样。除了在镇上吃的东西，还有楠给的，加上楚格的食物，我再没吃过其他什么东西。不知道蕾娜家的饭菜跟我的有什么不同。这儿的食物寡淡无味，主人就不能放一点儿盐吗？不过算了吧，总比挨饿要好！

我们狼吞虎咽，风卷残云——尤其是波比，她把自己那份的碗底都舔得干干净净。我把给两只猫咪的鱼分成两份，免得他俩打起来。楚格心事重重地望着窗外，我知道他也许是担心小家伙挨饿了。没一会儿我就填饱了肚子，楚格还意犹未尽。

"别吃撑了。"我告诫他。

"说得像真能吃撑似的。"他反唇相讥。

我们把曲奇塞进口袋，前往下一个房间。我一定是中毒了，脑袋晕晕乎乎的，眼前似乎出现了幻觉，因为这里是个图书馆，而且到处是书，铺天盖地的书。我一辈子从没见过这么多书籍！整架整架的图书，还有一些可供休息的座位。

"认识你们真好，"我说着走到最近的那排书架，上面都是皮革封面的大部头，我用手指尖诚惶诚恐地抚摸着书脊，"我就在这儿定居不走了。"

楚格轻轻扯了一下我的衬衫后面："要不等咱们干掉所有的恼鬼和僵尸之类的东西再说。不过呢，要是我吃不到第二轮自助，你可就不能沉浸在知识的海洋里了。"

"那可都是宝贵的知识啊！"我大喊起来，"好多附魔方法！药水配方！还有一本书叫作《你以为你能闯进林地府邸？》。"

"把怪物宰了，书就到手了。"楚格轻声说道。

让我离开图书馆简直像要了我的命，但他说的不无道理。聚宝盆镇还等着我们去拯救，我没时间尽情沉浸在图书的海洋里，也来不及挑选一本能随身携带的书，因为口袋里没地方了。图书馆仿佛有一股巨大的力量拽着我不让我走，但我硬是狠下心跟着楚格回到走廊，玛尔已经站在下一个房间的门口了。这里满是蜘蛛网，几个人不约而同地打了个冷战。

"这间还是免了吧。"玛尔说着一溜烟跑向下一个房间。

谢天谢地，这儿堆满了羊毛——一大堆蓬松柔软的蓝色羊毛——几个人兴高采烈地往口袋里塞。现在只要再弄点儿木头就能造出床来，我们今天再也不用在冰冷硌人的硬地板上度过一个难熬的夜晚了。

"宁愿偷羊毛我也不愿意闻那股子羊膻味。"楚格忽然来了一句。他说得没错——学校那个罗伯虽然衣着讲究，但整天浑身一股潮乎乎的羊膻味。

走廊最后一个房间也是卧室，非常豪华。挂着横幅，铺着厚厚的地毯，还有一张大床。我们没拿床，因为我们小小的庇护所压根儿放不下那么大的床，地毯又重又难看，我们也不会考虑。

一直以来，我心底有股隐隐约约的不安，感觉我们随心所欲地拿东西有点儿不对劲。可转念一想，这儿的主人派恼鬼去糟蹋我们的庄稼时也没有一点儿愧疚之心啊。可是，去欺负我们的人家里偷东西，我们不是也变成坏人了吗？

我太多虑了，不管见着什么好东西都必须得拿走。在镇子外边的世界，一顶头盔、一把宝剑都是生与死的分界线，一顿饭就是负伤与治愈的区别，一张床就会导致充足睡眠与失眠一晚后虚弱无力两种截然不同的结果。我们必须尽量充实自己的口袋才能活下去！

玛尔将走廊四下里打量了一番，回来时脸色铁青。就在这时，传来一声哀号，我马上便知道原因了。

"有僵尸，"她说道，"蕾娜，看你的了。"

蕾娜看都不用看就轻松地干掉了僵尸。她得意扬扬地笑着，楚格上前跟她击了个掌。正当几个人踌躇满志的时候，突然一个身影从拐角处冲来，劈了玛尔一斧子。

21
玛尔

我踉踉跄跄后退几步，眼冒金星。

难道……我让斧子给劈了？

怪物高举斧子又冲过来，我的胳膊完全不听使唤。一支箭正中这家伙的胸膛，楚格一个箭步冲上前，用崭新的钻石剑给了它一记重击。这东西不是人，样子有点儿像我们上次找地图时碰到的村民，跟我们相貌迥异，浑身透出奇特的死灰色，眼神空洞，嘴角紧紧抿着。

"嗯哼。"它得意扬扬地哼了一声举起斧子，楚格抽身一闪，跳到它面前举剑就刺。

敌人扑通一声倒了下去，我还呆呆地站在原地抱着胳膊，伤口虽然痛，然而比不上我心里痛。关键是，以前没人打过我。我受过贾罗的威胁、强盗的恐吓，但目前为止那些家伙没人真的打过我。我还挺讨人喜欢的，一直是个名声不错的好孩子，除了一些邻居对我们这群朋友带着点儿偏见。我本本分分干活儿，尊敬父母，对镇上其他店主也毕恭毕敬。

但这个怪头怪脑的家伙——我只能用"怪物"称呼它——砍了我！

用的是斧子！

一时间，我思绪纷乱。

"你还好吧？"托克说着冲了过来，蕾娜与楚格继续戒备，以防再有敌人扑来。

"我……我也不清楚。我居然让它砍了一斧子。"我有气无力，声音低沉而且干巴巴的。

托克查看了一下我的胳膊，我自己不敢看。

"不太妙，你得吃点儿东西。"他说着冲蕾娜点点头，对方一溜烟跑了，可能去餐厅了吧。只不过牛尾巴甩两下的工夫她就回来了，几个人围着我叽叽喳喳，我吃完牛排后感觉好多了。我本想服下治疗药水，但突然想到，之后可能会遇到更棘手的情况。

"那是个什么玩意儿？"楚格问道。

"卫道士，"我声音嘶哑地回答，脑子也开始运转起来，"幸好不是唤魔者。唤魔者是恼鬼的头儿，就是蕾娜在田里看见的那玩意儿。卫道士攻击人的唯一武器就是斧子，唤魔者则使用魔法攻击。"楠那本书里的内容一页页展开，仿佛就在眼前，它已经深深印在了我的脑海里。虽然动物们与僵尸都很有趣，但真正激发我想象力的是女巫、卫道士与唤魔者，我猜是因为……这么说吧，因为它们跟我们很像。我们几个人心里明白，不论出于什么原因，它们总想伤害我们。我们只需记住一件事：它们不是人。

按书里说的，它们不会说话，不会思考，也不结交朋友。它们没有孩子，而是……直接生成，出生后已经发育完善。谁也不知道是怎么回事，也不知道原因，可能只是书上这么写，实际并非如此。然而，它们攻击了你，就像被人类揍了一样，现在我就是这个感觉。

我恢复期间，托克一直守候在侧，猫咪们不住地在我身边蹭来蹭去。楚格监视着一段大家没去过的走廊，而蕾娜站在拐弯处以防之前那段走廊里还藏着什么危险。楼梯上去另有一层，可能那里和这层一样会有很多意想不到的事发生。我们之前在箱子里找到的战利品特别有用，所以有点儿自大散漫了起来。

时不时出来个僵尸，或者骷髅——那些都是小菜一碟，我们对付它们早已手到擒来。

可是别忘了，我们从没来过林地府邸这种陌生的地方，没有经验，很怕冷不丁就跳出个什么来。既然有卫道士，就有唤魔者，我们不就是为了唤魔者而来吗？它们都很难对付，我们必须有个万全之策。

"咱们去下一个房间试试。"我吃完最后一块牛排，站起身来，体力又恢复了，这让我喜不自胜。站在走廊里，我感觉心里发虚，好像随时随地都可能扑过来个怪物。我宁愿待在房间里，把自己藏得严严实实绝不暴露。

没人行动。我突然想起来自己是领队，大家早已习惯跟着我行动。

我举起剑，此时胳膊已经不哆嗦了，这让我放下了心，刚才我一直抖个不停。有一瞬间我想让楚格打头，但我看见朋友们的眼神——无比信任和殷殷期盼。眼下我决不能流露出任何怯懦来，那会让大家质疑我，更可怕的是进而质疑他们自己。别无选择之下，我进了隔壁房间，随时提防着再有个卫道士举着斧子冲上来。

谢天谢地，里边一个敌人的影子都没有，只是个卧室，还有一架通往阁楼的梯子。托克像只猴儿似的爬上梯子，我则往壁橱走去。

"有一个箱子！"他嚷嚷起来。箱子吱吱呀呀地打开了。

"哈！好多战利品！楚格，接着！"托克抛下一副钻石胸甲，楚格赶忙穿上，并把身上原先那副铁的还给我。

"要不让托克穿上吧。"我提议道。

"我不穿，"托克嚷嚷起来，"战士得有盔甲，跑腿儿的嘛……这个……"

"落跑？"楚格插了一句。

托克喉咙里咕噜一声："呃，不是，千万别。跑腿儿的得有双新靴子，可我的靴子还行。这里头有面包、一个金苹果、一本附魔的书和一张贴着'猫'标签的唱片。"

"兄弟，苹果扔给我。"楚格说道。

托克爬下来，手里紧紧攥着苹果。"想得美。这可不是什么小零食，如果有需要的话它能让人恢复得更快些。"

"只要我们努努力，所有吃的都能变成零食。"楚格嘟嘟囔囔，倒也没多大怨气，因为他对自己的新钻石胸甲爱不释手。他手里攥着钻石剑，说道："顺嘴说一句，我太喜欢这座林地府邸啦！"

他的话却让我的后背升起一阵寒意。"虽然到目前为止一切顺利，"我加重语气提醒他和其他人，"但接下来卫道士、僵尸和骷髅少不了，最后我们还要找到唤魔者。"

"把它们全都干掉！"楚格乐不可支，"然后再找箱子！"

楚格手舞足蹈，我和托克对望了一眼。他的目光表明他赞同我的说法——我们不过是运气好罢了，情况随时可能会恶化。只有将林地府邸里所有的唤魔者除掉，才能拯救我们的镇子。现在楚格兴高采烈，比往常任何时候都积极，所以我们谁都不忍心戳破他的彩色幻想泡泡。

门外，蕾娜的弓发出一声巨响。"骷髅。"她说道，又射了一箭。没等我们奔到门口，她又说了一句："搞定。哎呀，它掉箭了。"说着她冲出去收集箭矢了，我刚迈出房间，就瞧见一个熟悉的影子向蕾娜冲过去。

"蕾娜，卫道士！"我大喝一声。她就地一个打滚儿闪进另外一个房间，不见了·卫道士手里攥着斧子正打算跟上去，我挺剑直冲过去。多亏了我新上身的铁胸甲，就算被砍了三斧子也没怎么受伤。

"玛尔，快帮忙！"

一进隔壁房间，我就看见蕾娜正拼命向一个披盔戴甲的骷髅射箭，它可不像前一个那么容易干掉。正当她不间断地射箭时，我窜进房间举剑就砍，那家伙的骨头应声裂开。最后敌人变成一堆碎骨碴子，蕾娜把铁头盔踢给我。我抓过来一把戴上，虽然我讨厌戴头盔，会影响视野，但眼下它能保护我的脑袋。

蕾娜收集了满满一大捧箭，房间也被清理干净。我环顾四周，希望冒出口箱子来——还真有！但箱子居然是空的。令我极为诧异的是，房间里到处种着蘑菇。托克与楚格进来后，大家把好多蘑菇塞进口袋以备不时之需。餐厅可不是哪儿都有，我们必须保持体力。

下一个房间好像是铁匠的家，但举着斧子冲向我们的又是个卫道士。我三下五除二把它解决后，打算马上撤退，但托克却被铁砧迷住了。

"我记得书上有具体做法，"他轻声说道，"蕾娜，把弓给我。"

蕾娜把弓递给托克后站在他身边，好像她与自己的武器一刻也不能分离。于是楚格替补了门口空出来的位子。托克从口袋里掏出从第一口箱子里得到的附魔书，然后摆弄起铁砧、弓和魔法书来。几分钟后弓开始发光。虽然不明白是什么原理，但他把弓交给蕾娜时一副踌躇满志的样子，"火焰附魔。"蕾娜点点头跑回门口。他又向楚格双手一摊："剑给我。"

楚格紧紧抱着剑不放手，好似在维护自己的尊严。"说什么呢？不行！兄弟，这可是我的剑！你弄坏了怎么办？"

托克揉了揉太阳穴，这个动作很熟悉。"我不会弄坏的，我要附魔。"

"能干吗？"

托克嘻嘻笑了，头一次说话语气跟楚格很像："附魔可以增加杀伤力。"

楚格不再争辩，只是递过钻石剑。托克掏出另外一本附魔书埋头干活儿时，猫咪跟一只灰兔玩得不亦乐乎。没一会儿，钻石剑便发出非凡无比的光芒。

楚格在空中挥舞着剑。"感觉没什么不同嘛。"

"兄弟，它发光了。"

"眼见不一定为实，没什么感觉啊。"

他俩又开始扯皮，我一个箭步走过去："如果你不想要，给我。"

楚格把剑一把揽在胸前："你问问它同意不？"

我忍不住哈哈大笑起来。幸好有了吃的，而且我们刚刚大获全胜，大家的心情都好多了。接下来，我们几个快速把后面那些房间过了一遍，全都是卧室，没有战利品，也没有怪物，没一会儿我们就回到了府邸入口，蕾娜和波比落在最后。楚格突然跑出大门，我正要把他叫回来，他又出现了，一脸如释重负的表情。

"小家伙平安无事。"他向我保证道。

我绷紧面颊尽量忍住笑，轻描淡写地说道："那不就是头猪吗？"

我们闲逛了一阵子，但我不愿意浪费白天的时光去为将来一定要做的事情瞎担心。我径直上了楼梯。我听见身后楚格带着附魔钻石剑跟了上来，心里很宽慰。二层的布局看着和一层一模一样，我们照常把房间搜了一遍：又发现好几间卧室；一间能让托克激动很久的小型图书馆；一个餐厅，但什么吃的都没有；还有一个非常奇怪的房间，里面只种着黑色橡树树苗。我们就像加满油的机器，三下五除二干掉了僵尸、骷髅和卫道士，收集了战利品——蕾娜就喜欢看见她那张弓附魔后点燃敌人的场面。后来我们又找到些盔甲和武器，最让我兴奋的是，我发现了一把钻石镐。

慢着……上面有个熟悉的东西引起了我的注意。

"快看。"我突然来了一句，大家都好奇地望着我。我翻来覆去地掂量着这把钻石镐，上面有一个似曾相识的划痕，再加上一个印在手柄底部的小三角形，看着像是……

聚宝盆的形状。

"弟兄们，我觉得这是我先祖母的镐。"

大家围在一起，仔细打量那把镐。

"告诉你们吧，我觉得这顶头盔看起来很眼熟，"楚格说着又从口袋里掏出顶铁头盔，指着磨损处，"它的来历我记得清清楚楚，是一具奇丑无比的僵尸。"

托克捏着一块碎曲奇。"是楠给的，"他说着看了我们一眼，

"是我们的东西。"

"可它们是怎么到这儿来的？"蕾娜大惑不解。

我们环顾空荡荡的房间，好像能找到答案，但这座宅子看起来跟抢走我们东西的强盗没有任何联系。墙上没挂着画像，没有招牌，也没有我那两头羊驼的影子。

"没关系，"我说道，"别再失手就好了。"口袋里那把祖传镐给了我极大的勇气，男孩们正因为争抢楠的碎曲奇差点儿打起来，我昂首挺胸地回到外面的走廊。诚然，这个消息让人惴惴不安而且满心疑虑，但我们的任务仍然不变：找到唤魔者，然后干掉它。

我们现在胸有成竹，对府邸的情况也越来越熟悉。就和我们做其他事情一样，开头免不了犯错，但可以从中吸取经验教训，最后不断改进。蕾娜把射出去的箭连同骷髅身上的战利品收集起来，就连托克都手持一把剑，虽说他连哪头粗哪头细都分不清。

我正要迈进另一个房间，突然听到一个奇怪的声音，好像是喇叭在轰鸣。

"这是什么——"我刚一张口，就有个东西一剑刺中了我，我踉踉跄跄后退几步，眼前是一片铅灰色和血红色。这时又冒出来个灰色的玩意儿，它们咆哮着攻击我。我举起剑还击，但就像劈在空气上。蕾娜的箭如同雨点般落下，两个灰色的东西倒下了，手里的剑当啷一声掉在地上。

"恼鬼。"蕾娜说道，语气显现出跟她年龄不相符的老成。

我受伤不严重，所以重新整理思绪，挺剑踏进这个陌生的房间。我记得楠那本书里说恼鬼听从唤魔者的命令，就算被我们干掉了，唤魔者还会不停地召唤恼鬼攻击我们——直到我们一命呜呼。

　　我再也没有看见恼鬼。

　　只是此时，我面前出现了两个卫道士和一个唤魔者。

　　卫道士向我扑来，唤魔者则高高举起了双手。

22

蕾娜

我一听到类似喇叭轰鸣的声音，就知道是什么东西了。我们看似信心满满，实则措手不及。我踮着脚和波比跑向门口，从楚格和托克身边经过，瞄准最近的恼鬼，射出两支烈焰之箭干掉了对方。对第二只也如法炮制。附魔彻底扭转了战局！玛尔晕头转向，但很快就清醒过来精准出手：引开卫道士好让我瞄准唤魔者的要害。

刚射了两箭，波比突然狂吠起来，有东西刺中了我的腿。我低头一看，一排鬼魅般的尖牙倏地闪过。我的腿火辣辣地痛，脚下虚软。波比咆哮不已，向恐怖的魔法叫嚣挑战。我重整旗鼓时，唤魔者又派出两只恼鬼向我冲来，气势汹汹，蠢蠢欲动，手里的剑寒光闪闪。我等着给唤魔者来个一箭封喉。

"怎么了？"楚格站在门口问道，让我一瞬间分了心。一只恼鬼乘虚而入击中了我，我全身立即像被烈焰灼烧一般，负了重伤。眼前的世界变得又刺眼又模糊，这时候我才知道剑的厉害。此时恼鬼已经来到面前，我没法儿放箭了。波比咆哮着跳起来一顿乱咬，但根本够不着那些家伙。

"砍死那几个灰色的小东西！"我一边冲楚格大喊，一边狼狈地躲避敌人的剑。

楚格很机灵，一点就透。我集中精神对付唤魔者，恼鬼则留给他处理。我又放了两箭，唤魔者应声倒下，我松了口气。

突然，我的后背挨了一剑，脸朝下直挺挺地一头栽倒。

"唤魔者都死了，为什么它们还在？"楚格嚷嚷起来。

我躺在地上，抬头看见楚格正跟两只恼鬼斗得难分难解，玛尔和托克则跟卫道士缠斗在一起，火光中，他们的斧子划过一道道寒光。玛尔眼看就要将卫道士打败了，托克手握铁剑，虽然他因为离得太远以及力量太弱根本对敌人造不成实质性伤害，但还是竭尽全力地吸引卫道士的注意力。我浑身剧痛，伤口处火烧火燎的，但我仍使劲全身力气坐了起来。波比舔着我的脸，让人心里暖暖的，可是对伤口没什么帮助。

"我还没有彻底消灭它们，这些家伙仍在苟延残喘。"我说道。

我蹒跚着想要走到一个既能射中恼鬼又伤不了朋友的位置。这很不容易，因为我几乎站不起来，躺在地上瞄准是不可能的。楚格身上已经多处负伤，头上又挨了恼鬼重重一剑，让他天旋地转。托克让一只猫给绊倒了，仰面朝天地栽倒在地上。我向那个卫道士放了一箭，却射偏了。波比呜呜咽咽地用鼻子顶我，我当然不会跟她说这么做反而让我更疼了。

我沉重的脑袋垂在胸前，如同灌满了沙子。这场战斗本不该这么艰难，却落得现在这般地步。我们也不该输的，但眼看大势已去。

"要帮忙吗？"玛尔大吼一声，一边拼命抵挡第二个卫道士挥舞的斧子。她的剑因为使用过多，已经出现了划痕，磨得发亮。

"我们准能成功，"我嘶吼着，"必须成功！我们是怪物小队，一定要把怪物的屁股踢个稀巴烂！"

我咬紧牙关瞄准一只偷袭楚格的恼鬼，一箭结结实实正中目标。楚格已经双眼发直，几乎就要吐了，但仍然奋力给了恼鬼最后一下。托克扔给他一个金苹果，楚格一口就吞了。现在只剩一只恼鬼了。楚格使劲晃了晃头，然后嘿嘿一乐，就像是原本看重影了以为有两只，现在终于看清楚了。我唰的一下溜到一个更好的角度，向恼鬼放出第二箭。对方摇摇欲坠时，楚格挥起钻石剑给它来了个了断。玛尔举起钻石镐给卫道士狠狠一击，怪物一头栽倒，掉落的斧子刚刚好落在她的断剑旁边。

现在只剩一个卫道士了。

一边是玛尔，一边是托克，猫咪则行踪不定，因此我没有什么选择余地，不能顶着伤了朋友的风险贸然出击。楚格扭头望着战场嘀嘀咕咕，显然他也找不到合适的角度切入。

玛尔挨了一下子，但她现在离卫道士太近了反而束手束脚，更别说她已经背靠墙壁了。托克挺剑刺向怪物，但力道不够。卫道士以迅雷不及掩耳之势回过身，斧子劈头盖脸地向托克的脑袋砍去。托克举剑抵挡，但卫道士比他高得多壮得多，凶猛残暴。托克个性温和、尊重他人、脑子灵活，身体里没有一点儿暴力基因。眼看斧子就要将他劈成两半，我松开弓弦，手里的箭呼啸而去，对这一箭胸有成竹。

玛尔的斧子与楚格的剑同时出手，我的箭一射出，卫道士轰然倒地把托克压在下面，接着掉落了一把斧子和两颗绿宝石。

房间里陷入死寂。除了托克，其他人都在原地不停地环顾四周，提防下一个敌人。

平安无事。

托克从卫道士的尸体下爬出来背对墙壁蜷缩成一团。两只猫咪跑过来，呼噜呼噜地蹭着他。托克用两只手轻轻抚摸着他们，双眼茫然望着前方。

"兄弟，你还好吧？"楚格问道。

"它想杀了我。"托克尖细的声音颤抖着。我与楚格对望一眼，这种感觉太熟悉了，玛尔当然更明白。

世界上真的有一些玩意儿是成心要置你于死地的——想想就让人头皮发麻。

加之如果你胆敢反抗，给它造成了伤害或者损失，对方定会千方百计以牙还牙。

楚格滑到地上坐在兄弟身边，两个人肩并肩紧挨着。面对这种情景我不知该如何处理，只能静静地坐在托克身边，伸手摸了摸康多。波比蜷缩在托克脚边轻轻摇着尾巴。我们就这么坐着，一言不发，轮流抚摸猫咪，直到托克不再发抖，呼吸也恢复了正常。玛尔站在门口，一边放哨一边忧心忡忡地望着我们。

"确实够吓人的。"我表示同感，因为一时半会儿也不知道该说什么，"它们的战术就是一拥而上。"

"不就是那个会飞的灰色小家伙嘛。"楚格浑身一个激灵，"说实话吧，我可不喜欢它。"

停顿了一会儿，托克还是虚弱地开口了："没错，真是'闹'了'鬼'了。"

楚格下巴都掉地上了。"这应该是我的台词啊！"

"可惜我抢先一步。"

楚格浑身抖个不停，即使我和他隔着托克，都可以感觉到。然后楚格开始低声偷笑，而不是他平常的那种狂笑。真聪明，因为我们可不想给敌人通风报信。

"兄弟，说得漂亮。"楚格宽宏大量地说道。

"过奖。"

我终于长舒一口气。我受伤了，但可以确定自己没事，真正该担心的是托克。有时候无形的疼痛比表面可见的伤口更严重。他正在慢慢恢复，重获生命力，真好！我们如同参加了一个奇特的社团活动，原本平平安安地生活在高墙后，现在一下子被扔进了更加广阔的天地，真刀真枪地战斗，实打实地负伤流血。现在再想起贾罗的冷嘲热讽，简直觉得可笑。与同僵尸、骷髅、卫道士、唤魔者和恼鬼浴血奋战相比，小流氓的话根本不叫个事。

我们比自己以为的还要强大。

我再也不是以前那个羸弱的小女孩了。

不敢想象，要是我现在突然被传送回餐桌上会是个什么情景。爸妈和兄弟姐妹轮流交代我今天该做什么事，要我安安静静、老老实实地清理石头或是分拣矿石。说不定我当场就哈哈大笑对他们表示轻蔑，端起碗就去外边吃，我还要爬上树顶，让他们根本够不着我。

或者我可以待在树下跟波比在一起。她在我身边蹭来蹭去，我则抚摸着她灰色的皮毛。有时候我也会担心，回家后爸妈还会不会让我继续养着她。但眼下我只有一个念头：狼是我的，我俩是彼此的唯一。我们并肩战斗，旅途相伴，她比任何一个家人都要理解我。

想想真好玩儿——有时候那个真正理解你，与你心灵相通的人，未必是家人，可能只是偶然碰上的路人。我把脑袋靠在托克肩膀上，一低头看到他们兄弟俩手拉着手。玛尔站在门口面含微笑地望着我们，我多希望她能走过来和我们相拥，但她是头儿，她得帮我们放哨才能保证大家的安全。我们各司其职，同舟共济。

"哎呀！"我失声喊了起来，大家的目光齐刷刷望过来。我的大脑好像突然点亮了某个记忆，顿时感到天旋地转起来。

"大家伙儿，我们成功了！那个派恼鬼给镇子投毒的唤魔者已经被咱们干掉了！"

楚格咯咯笑了起来："刚才光顾着保命，忘了这回事。"

"哇！"托克喃喃自语，"我们成功了，真的成功了！我们拯救了世界！"

"我们是英雄！"站在门口的玛尔笑着接茬儿，"哪怕镇子上没人知道，但咱们心里明白就好。"

我想站起来，但好像手脚不听使唤。"咱们得吃点儿东西。"我提议道，因为我现在全身剧痛。

"嗯，我挨了几斧子。哪怕隔着一层钻石盔甲，也差点儿把我震碎。"楚格说着浑身一颤眉头紧锁，玛尔的脸一下子耷拉下来。她从装早餐的口袋里掏出几个马铃薯来。

"想吃什么就吃什么。要是后面没碰上厨房的话，咱们再跑回楼下也不迟。"她打量了一下房间，忽然瞪大眼睛吃了一惊，"蕾娜，能不能让波比代我放一会儿哨？我得去搜查这个房间。"

她能征求我的意见还不错，我也相信波比能尽心尽力地守在门口，一旦有危险就马上吠叫。我点点头，玛尔把狼叫了过来。波比坐在玛尔指定的地方，眼睛、耳朵和鼻子死死盯着走廊尽头。这样一来，玛尔就可以进入屋子查看，我们则为了继续战斗和恢复体力，现在正忙着吃东西。不知是谁塞给我一块曲奇，此时我才发觉自己已经饿得前胸贴后背了。

"你们谁见过这个？"玛尔嘟囔着。

"唔，唔，唔。"楚格塞了满满一嘴马铃薯，含混不清地说道。托克颤巍巍地站起来，一只手扶墙稳住自己。虽然他负重伤，不用跟我和楚格似的大吃特吃，但他仍然攥着曲奇一点点啃着，我明白这样能让他感觉好受些。

"哇。"托克又惊叹了一声。

我以为又有什么好吃的，于是怀着对食物强烈的好奇心和渴望，跟着其他人来到房间中央那张大桌子旁边。

"天啊！"

桌子上铺着一张布质地图，非常大。我看不懂玛尔的地图，但渐渐地我能看懂这张了，一是因为很详细，二是因为图上主要的内容是黑森林的林地府邸，还有一座被高墙包围的镇子——我们的家。

还有其他地标——一条架着木桥的河流、一座村子，还有一个山口。

然而，最奇怪的地方是，有一条小路看着好像闹着玩儿似的。它从林地府邸直接通往聚宝盆镇，但一路上的地标跟我想的完全不一样。它没经过那座木桥——已经塌了的那座，也没经过那个显眼的山口。相反，它就是一条直愣愣的通道，画得很像梯子，但肯定不是梯子。

"哎呀，我的天！"玛尔的呼吸急促起来。

"怎么了？"我一边问一边歪着脑袋仔细观察地图，希望能瞧出个端倪来。

"是梯子吗？"楚格问道。

　　"不是。"突然间我恍然大悟。我想起来上次见过这种东西，当时我在深深的地底下，正在搜寻迷路的陌生人。

　　"这个是轨道。地下矿车用的轨道。"

23

楚格

真让人惭愧，小队里不论哪个人都比我聪明，我是最后一个看明白地图的。

"也就是说，蕾娜发现的地下轨道连接着林地府邸和咱们的镇子？"我问道。

"应该是这样。"玛尔回答。

"这就是恼鬼能轻易进入聚宝盆镇的缘由。"蕾娜用手指顺着这条轨道摩挲着说，"但是……你们觉得这条通道会不会还连着我家的矿井？"她倒抽一口冷气，"慢着，我爸妈知道这事吗？难道与我家也有关系？"

蕾娜摇摇头，从墙上拔出一支箭，指着轨道尽头的聚宝盆镇。那里不是蕾娜家的矿井——她家的矿井在远离镇子的一头，离轨道还有十万八千里远。这条通道直接连着镇子的中心。

"好像是谁家，"玛尔轻轻敲着轨道线的末端，"到底是谁家呢？"

地图很大但不够详细，没有现成的文字标示出房子和其他东西，只有大致轮廓。靠近镇中心的地方，所有的房子都挤在一起：面包房、铁匠房、皮革厂、纺织厂、商店，还有那些深受老年人喜爱的小房子——它们不像农场的房子那样分散。每年都有家族为孩子、父母找个地方盖新房子。房子之间距离很近，我不喜欢。不过我从没有俯瞰过镇子全景，没法儿知道空间是怎么被挤占满的。我家的农场几年前还变小了，因为贝卡阿姨结婚后和丈夫在东边田地盖了他俩自己的农场。

"他们知道自己脚下有一条秘密轨道吗？"托克插嘴道，难怪他是我们里头最聪明的那个。他走到桌前俯下身子，看来已经从大脑一片空白的状态中恢复过来了。"瞧见没，就在这儿。好像轨道末端还连接着聚宝盆镇外边的某个地点，在巨石后边。"他指的地方有个小叉，如同轨道分叉，"再看这儿，是咱们的田地——第一个遭投毒的地方。"他指着最近的农场，代表南瓜的橘色方点说明这里是我们的农场，"刚好就是轨道分支上的点。"

蕾娜心里发虚，不知道自己家跟此事有没有关系，但我能肯定的是父母们一定对这些事一无所知。他们不善于伪装，早上我还被妈妈的眼泪吓了一大跳——慢着，不对。

这是好几天前的事了，我也不记得具体有多久。我感觉我们刚刚离开聚宝盆镇，但这对父母来说可能像一辈子那么长。

在他们看来我们突然失踪，肯定忧心忡忡，非常抓狂。还在家时我们没有意识到：孩子是父母的依靠。他们要想让生活跟开拓者和祖先们的意愿一样继续下去，我们就是唯一的希望。我太想活下去了，以至于差点儿忘了自己当初为什么来这里。

我们完成了任务：干掉了唤魔者，从此以后再也没有恼鬼的骚扰。

但眼下发现的这条轨道，让我们的努力付诸东流。

"还得多弄点儿吃的。"我提议道。玛尔嗔怒地瞪了我一眼，我装作看不见。"不是我馋了，当然这个毛病改不掉了。主要是我们得赶紧恢复体力才能弄清楚原委。在林地府邸里的某个地方，肯定还藏着线索。楠说过灾厄村民脑子有点儿糊涂，不会说话也没有前瞻性，但是——"

"他们正在筹划一场阴谋。"玛尔轻声地下了结论。

我点点头。

"兄弟，这个思路好。"托克说道，这可是我得到的最高赞赏了。

玛尔打量着四周："托克，看你能不能再找找其他线索。蕾娜，把箭都收集起来。楚格，你放哨。我要回餐厅看看。"还没等大家反应过来，她已经走出了房间。

望着玛尔消失的身影，一股奇异的感觉涌上心头，就好像你必须站直了马上撒丫子就跑，但双腿还软绵绵地使不上劲，于是我一个趔趄摔了一跤。玛尔一直在我身边，让她孤身赴险我很不忍心。我挪到门口，颤抖的手紧紧攥着剑，波比正忠心耿耿地放着哨。

托克从各个不同的角度研究地图，蕾娜把箭牢牢搂在胸前。托克掀起地毯，然后查看桌子底下，接着拔出火把，好似它们是隐藏的拉杆。

"一切正常。"他气呼呼地嘟囔着。

嗖！

一支箭插在门框上，我赶紧躲进屋里。"骷髅！"我朝蕾娜吼了一嗓子。她点点头一个箭步来到门口，放出两箭，然后跑出门把骷髅落下的两支箭捡起来。波比还老老实实地坐在指定的地方，但看见主人走出房间便呜呜咽咽，直到蕾娜喜形于色地带着箭回来了。

"我有点儿喜欢骷髅了。"

要是换成以前在家的时候，我真不敢想她能说出这句话。

没一会儿玛尔就回来了，看她手里没拿着吃的我还有点儿失望——可一转眼，她翻开口袋掏出了一份"精美大礼"。楠的这个把戏简直绝妙！我拿起一个鸡腿，浑身洋溢着喜悦，因为好朋友答应我带回新鲜食物的诺言真的实现了。我狠狠咬了一大口，但它的味道就像煤灰，粘在嗓子眼儿里，很难受。这个房间是目前最难对付的，刚才我差点儿以为我们熬不过来了。下一个房间要么种满了郁金香，要么是特别狡猾的灾厄村民，手里攥着药水准备泼我们一头一脸。以前我不害怕是因为无知无畏，现在知道了我们的对手是唤魔者，反倒想爬到桌子底下躲起来。

"准备好了吗？"玛尔站在门廊上问道。她仗剑挺立，全副武装。

她的气场彪悍又自信，一个笑容就能马上给予我力量，让我紧紧跟随她的步伐。托克非常不情愿地离开地图——然而他脑子里冒出一个绝妙的主意，眼睛一亮。他把那张地图卷起来抱在怀里走向玛尔。她马上心领神会，飞速把地图塞进口袋，我也不知道她是怎么做到的，但她就是有办法。

"这东西不会把好吃的压扁吧？"我问道，猴急的样子连自己都有些害臊。

"不会的，吃的在另外一个口袋，走吧。"

我们重整队伍，玛尔、我、托克、蕾娜和波比依次前进，猫咪们在托克身边踱着步，好像缩小版的猛兽。

我们把整个楼层都搜了个遍，幸好没碰上唤魔者，只有几个卫道士，它们没有一点儿胜算。剩下那些房间大部分是卧室，而且都空荡荡的。我们找到的战利品没一会儿就把口袋塞得满满当当。

最高一层也差不多：空房子，为数不多的僵尸和骷髅，时不时来个卫道士。对这些家伙我们已有充分的思想准备，大家齐心协力仿佛天生就是干这个的。我把托克从一个图书馆里硬生生拽走，但他还是拼命弄了几本书塞进口袋里打算以后看。终于，我们全员站在了大门口。我跑过拐角，掏出从餐厅那拿的西瓜扔给小家伙，看着他大快朵颐的样子，我开心地笑了。

　　我们把林地府邸翻了个底朝天，但还没弄清楚地图是怎么回事，也没发现什么组织或者头目的线索。好像就是一群凶残的怪物偶然进了一座森严的宅子，把这儿当成老窝，从此以后开始大肆搞破坏。我摸不着头脑很是沮丧，托克和玛尔更加困惑和抓狂。万事总有缘由，不可能是巧合，找不到根源就很危险。

　　"咱们肯定漏了什么。"托克边说边团团转，仰头查看楼梯，深入走廊尽头，还顺着敞开的大门向外望。

　　"每个角落我们都搜了。"玛尔眉头紧锁。看来她也有一样的感觉——事情没这么简单。

　　"没事，咱们往好的一面看吧。唤魔者死了，恼鬼再也没法儿加害聚宝盆镇了。"说这话的是蕾娜，她又在做白日梦了。那一瞬间好像以前的蕾娜又回来了，但眼前这个脱胎换骨的蕾娜双手紧握强弓，嘴角微微颤抖。

　　往好处想很容易：我们已经大获全胜，镇子彻底得救了。

　　我们像英雄似的班师回朝，一切万事大吉。

　　但我们不能自欺欺人。事情没完，战斗还未结束。

　　仍然危机重重。

　　我们虽然归心似箭，但现在不是回家的时候，大家对此都心知肚明。

　　"肯定还有另外一条密道。"托克转了一圈又一圈，他还没晕倒也很神奇。

　　突然有个念头从我脑海中一闪而过。

考虑到我们目前的困境，有个方向他漏了，可能那个就是最重要的。

"兄弟，"我开口了，生怕人笑话，"也许还有个地下室。"

托克一抬头碰上了我的目光。"地下室，地下室！我怎么没想到！除了地底下还能去哪儿找轨道。"他拍着脑门儿，"你真是个天才！"

听到这短短两个字，我的心哆嗦得就像只小鸡崽。以前从没人称我为天才，连聪明都谈不上，大家都叫我笨蛋。

贾罗有一次叫我蠢驴，肯定是跟他妈妈学的。

玛尔和蕾娜也不约而同地点点头："脚下肯定还有个地洞。"蕾娜说道。

于是托克沿着左边走廊前进，那是我们来时的路。

"我们找找有没有地毯，下面一定有活板门。也许是刚刚那个重兵把守的房间里。不用挪动家具，我觉得没什么人愿意把自己困在地底下。"

因为我们刚才已经把府邸搜了个遍，所以这次的进程很快。我们把地毯掀到一边，然后仔细摸索看能不能发现一条密道——这倒也挺好玩儿。

"有了！"蕾娜大喊一声，我们朝她和波比站的地方蜂拥而去。那是间装饰繁复、挂满横幅的卧室。扯开一张皱巴巴的地毯后，一扇活板门露了出来。

我们紧紧盯着眼前这扇门。如果打开它，会不会跟玛尔那次一样，眼前出现一道长长的、阴森可怖的地洞，说不定里面有一群灾厄村民，正等着用斧子、恼鬼和尖牙消灭我们。我的手指紧紧攥着宝剑，浑身的血液告诉我这扇门正是我们寻找的。

　　我们手里有武器，身披重甲；我们体力充沛，食物充足。

　　最重要的是，我们并肩作战。

　　"准备好了吗？"玛尔问道。

　　我点点头，托克点点头，蕾娜也点点头，波比轻轻吠了一声。

　　玛尔微微一笑，打开了活板门。

24
托克

我不知道自己在想什么，但心里总有一种不好的预感。

可能下面又会蹦出许多唤魔者和恼鬼，这是我们最害怕的对手。但敞开的活板门露出一个普通的地洞，有石阶直通黑暗处，墙壁上放置着火把，熊熊燃烧的火苗证明最近有人来过。

我不想踏进这个黑洞——我一直讨厌身处地下世界的感觉，头顶仿佛有千斤重。我脑子里止不住地掠过一幅幅可怕的画面。但玛尔已经动身走下楼梯，楚格紧随其后，接着是我和蕾娜。我回头瞧瞧她，后者通情达理地朝我微微一笑。

"没事的，"她说道，"起码从结构上看，这个洞很安全。"

我对她言听计从，但我俩都清楚她这句话说了跟没说一样。

就算地洞本身没问题，底下也一定会有各种各样的怪物。

在一片伸手不见五指的漆黑中，随时有可能冒出个什么东西来。我们先前根本没想到要深入地下，压根儿没注意楠书里的这部分内容，说不定我们还会碰上没见过的怪物。我手里的剑是从骷髅那里缴获的，现在剑柄滑溜溜的，因为我的手心拼命出汗。我也有一顶头盔，它又笨又沉，一股子金属味，虽说能保护我的脑袋安全，但讨厌的是它遮挡了我的视线。猫咪们嗅着空气，一副像是生气的奇怪表情，然后我跟着楚格下了楼梯。我要么跟着一起走，要么撒泼耍赖。

如果我不跟着大部队走，大家的注意力就会从当下的困局转移到我身上，那种感觉太糟糕了。不论我有什么理由都像是在找借口，究其原因不过是胆小罢了。其实我比朋友们更胆小——但话说回来，我懂得比他们多。跟朋友们在一起使我安心，但不代表从此高枕无忧。我的脑海里会不断地闪现出各种恐怖后果，能把我吓个半死。

现在就是这样。

蕾娜把一只手搭在我肩上。

"别担心。洞里很宽敞对吧？这可不是随便什么人都能挖的小地洞。这里要么是个天然形成的洞穴，要么是有人千辛万苦挖就。我们不缺火把，还带着猫可以赶走苦力怕，手里有剑、有弓，还有波比，这里未必比起林地府邸更加危险。"

"咱们差点儿在那儿一命呜呼。"我平静地提醒对方。

"上星期咱们差点儿死了十回。"她同意我的话，"甚至差点儿死在托米家的房顶上，但咱们还是走到了这里。如果今天逃避，如果不去彻底解决问题，那咱们之前的努力将全部付诸东流。就算回了家还是一样会面对危险，大人们会放弃镇子逃难，我们几个会就此分离。所以咱们必须熬过这一段。不就是……再打一局嘛。"

我明白她话里的意思——我们还不能一走了之。只是干掉了唤魔者，还不能想当然地认为那些妄图加害镇子的坏人已经被我们彻底消灭了。要不是发现了楼上的地图，我们还被蒙在鼓里。如果大家判断无误，会在这里找到轨道和一条直接通往镇子的密道。这条道路很快捷而且挡道的毛贼不多，正合我意。

"喵——"一只猫哀怨地叫着，催我赶快跟上。我走下楼梯，石头冰冷坚硬。空气也跟上边截然不同——这是我的切身感受，很沉重且有一种独特的气味。我迈了一步，又迈了一步，手里的剑差点儿掉下来，汗涔涔的双手像筛了一样颤抖。黑暗中又传来一声"喵"，我继续深一脚浅一脚地前行。猫不是生长在洞穴里的物种，因此听见猫叫，肯定代表发生了什么不寻常的事。如果我不赶紧跟上去，他们也许会叫个不停。

蕾娜紧跟在我后面，比平常离得更近，显然她很担心我。她对情绪和状态的感知如此敏锐，太令人敬佩了！我听见波比小心翼翼行走的脚步声。没一会儿我就赶上了玛尔、楚格和猫咪们，他们已经停下脚步在等我了。楼梯螺旋向下，火把放得很密集，所以我们一直走在亮处。但这里的一切都仿佛笼罩在巨大的阴影里。

大家会合后，玛尔领头往地下更深处走去。这种感觉很奇特，整个世界浓缩进了一步的间隔，一步又一步，重复又漫长。我们整整走了一分钟、一小时、一星期，或许已经走了一辈子？只是一圈圈地不停往深处走。这个楼梯到底有多长？我分辨不出这地方有没有别人来过，本想问蕾娜好多好多关于石头和矿井的问题，但我们不能出声，而且还得加快脚步，因为如果碰上敌人的话，这地方根本施展不开。

前面的人长舒了一口气，然后我踏上了坚实的地面，终于到头了。

"怎么回事……怎么可能？"蕾娜问道。

我也不知道她这句话是什么意思。蕾娜摸索着墙壁，我才发现那上面并不是原石而是雕刻的石头。我们正身处一个小小的门廊，简陋但明亮，正对面是一扇门。玛尔一把推开它，钻石镐严阵以待。我们鱼贯而入，一切都平安无事。

这个地方怪异而荒诞，仿佛是什么人在很久以前专门建造的，但他的逻辑我们没法儿理解。地板和天花板之间的高度令人费解，门和火把以及箱子的间隔也不按常理出牌。我们要做的头一件事当然是要开箱子，没一会儿我们几个都穿戴上了不合身的盔甲。但我很疑惑，为什么这人要囤积数量如此多的盔甲及武器？但我们不能弄出任何动静，所以我没把自己的疑虑说出口。看得出来，其他人都有相似的想法，只有楚格除外，可能他心里只有曲奇。

玛尔放慢了脚步，我才发现她可能迷路了。怎么可能不迷路呢？这地方的结构跟林地府邸那种设计合理的房子相比大相径庭，这儿根本不对称。没有走廊，没有封闭的房间。一切都颠三倒四，我们从一个箱子冲到另外一个箱子，心里一直提心吊胆地警惕着。可能是因为火把多的缘故，我们还没碰上什么怪物，也没瞧见灾厄村民，不过这些火把当初是谁插的仍然是个谜。

　　蕾娜碰了碰我胳膊外侧，我疑惑地望着她，她的嘴角朝波比努了努。只见狼的脑袋从一侧歪到另一侧，好像在聆听什么。我不以为然，蕾娜又指了指波比的耳朵，它正不停地颤动着。我刹那间明白了：波比能听见我们听不见的声音。狼转向另一个方向走了几步，蕾娜跟在后头，我拽着楚格，玛尔也紧紧跟上。看来大家都想知道原委——我们对彼此都很了解，所以步调高度一致。可能是大家看见了我激动又担心的表情，或是看见波比兴奋地越走越快所以才跟上来。

　　封闭空间里传来一阵声响，听着并不像僵尸的哀号或者恼鬼的窸窸窣窣的声音，也不是灾厄村民的咕哝声。

　　是人的声音。

　　一个男人。

　　"我猜啊，那些蠢货根本就不知道这回事。"他满怀信心、扬扬得意地说道。

　　没等波比冲到那个人面前，蕾娜便一把抓住了狼的项圈，因为这个声音虽然怪异却不可思议的耳熟。波比的耳朵转来转去，拼命想往一条向下的楼梯那儿窜，但蕾娜反而带着我们往一条向上的楼梯走去。我不明白她想干什么，但还是毫无怨言地跟着她。最后，我们几个人来到一个小房间，这里算是个阳台吧，向下望去有个房间，铺着厚厚的地毯，有一口箱子和一张大床。一个人在房间里来来回回地踱着步。我吓了一大跳，因为这是个女巫。

到底……是不是呢？

她穿戴着紫色的长袍和帽子，跟我们在沼泽见到的女巫一模一样，连疙里疙瘩的橙色大鼻子都没什么区别。从这个女巫的步伐、手势和嘟嘟囔囔的神态可以看出，她可不是什么没头没脑、乱打一气的怪物。

她连句"嘿嘿嘿"都没说。

"轨道上的杂物都清理干净了，一切处理完毕。"假女巫嘟囔着，"呃，谢天谢地还有火药。跟我预计的一样，庄稼快成熟了。镇子上的居民正忙着收拾行装，根本没留意到任何异常——等我们混进来他们才会发现，那些蠢货！"

假女巫把鼻子掰开抬起来，在下边挠痒痒，我马上断定这是个人装的。

"那家伙有点儿不对劲，"楚格偷偷在我耳边说道，"看着有点儿熟悉，一副我很讨厌的做派。"

不论她是不是女巫，我都不喜欢，况且她刚刚承认毒害我们庄稼的凶手就是她。

"想想看，这笔巨额财富一直埋在聚宝盆镇脚下，住在上面的人却一无所知。头脑真简单！除了那个小矿井，没人想往下挖，看看地底藏着什么！他们从没想过高墙外或者自己的脚下，还有更广阔的世界。要不了多久，我就能攒下几块黑曜石，开启自己的下界传送门。那时，下界疣和荧石粉要多少有多少！再也不用跟那个傲慢的老东西卑微地讨药水，他还以为自己无所不能！现在只需要把他们吓唬走！嘿嘿嘿！"她的笑声跟女巫的奸笑声一样，一副得意扬扬的语气。

我的胃里一阵翻腾。聚宝盆镇的居民之间有千丝万缕的联系，彼此熟悉，互相守望。我们都是开拓者们的后裔，从小一起长大。然而眼下有个心肠恶毒的邻居想加害我们，目的是为了……好吧，管它下界传送门是个什么玩意儿，她想为了个人利益而牺牲我们所有的人，就为了得到无穷无尽的药水而置聚宝盆镇于不顾。她根本不在乎人们的幸福和劳动果实，眼里只有财富！

不知为何，我总感觉那个声音有点儿熟悉。

我认识的人其实也不多。"老板，什么事？"又响起一个熟悉的声音，我却怎么也记不起来到底是谁。"你可没说过要攻击镇子啊，我们帮你就是为了偷盗甲和武器。"

假女巫猛地一转身，指着站在我们下边的人，我们看不见是谁。"哟，这么说来你们这些人只能在路边打打劫，却不敢来个易如反掌的攻城战？"

"差不多是这个意思。"那个神秘的声音说道。我的脑子开始高速运转起来。

　　原来他就是那个强盗头子——偷走了我们的羊驼和箱子，还妄图吃了小家伙的坏蛋。我把一只手搭在楚格肩上，但看样子他还没打算冲下去把那家伙的鼻子揍歪，所以我猜他还没认出来。但那个假女巫到底是谁？

　　"好吧，你不用干这个，守好林地府邸就行。一旦我的传送门开始运作，你就能得到一大笔钱了。木桥一塌，就没有什么多管闲事的人来窥探黑森林的秘密了。我会召集等待多时的灾厄村民，然后带它们上矿车，闯进镇子，完成那些你不敢干的事。蒙在鼓里的小镇居民们早就忘了怎么战斗，连有没有灾厄村民都不知道。他们以为自己无所不知，妄自尊大到完全学不进任何新知识。看着吧，我非得给他们一个教训不可。他们灰溜溜逃走以后肯定肠子都悔青了，但那根本无济于事。"

　　看得出来，楚格双眉紧锁，脑子不停地思索着。玛尔和蕾娜一脸茫然，这个声音对她们来说不熟悉。刚才那番话在我脑子里拼命抓挠，就像康多要从衣柜里出来似的。

　　"最重要的是，我再也不用吃甜菜根了。"

　　我扭头看向楚格，他的眼睛跟我一样瞪得像铜铃。

　　我们终于知道了，那个身着女巫装束，想毁了我们毕生热爱之物的人是谁。

　　我们最烦最讨厌的邻居——克罗格。

25
玛尔

我感觉楚格马上就要冲出去跟强盗头子和那个坏人决一死战了，因为他们妄图毁了我们的家园。楚格的想法我可以感同身受，但他忘了一件事：此刻我们面对的是一群大人，他们不惜用剑刺伤小孩，不惜伤害其他人和家畜，只为了得到自己想要的东西。假女巫说过他有灾厄村民做帮手，况且强盗们手里有武器，就算是罪大恶极的坏蛋，我们也不会冲下去把他们当成怪物杀了。如果轻举妄动，受伤的一定是我们，可能还会丧命。

我一把抓住楚格的胳膊，他刚要动，就让我拽了回来。托克也一样，早就扣紧了他另外一边肩膀。

"是克罗格，我非宰了他——"

没等他的悄悄话说完就让我给打断了。

"你动不了他一根汗毛，他是大人，而且是人类。"

"还有那个混蛋，他想吃了小家伙！"

"我说，伙伴们，"蕾娜站在离阳台更近的地方，"坏蛋们要溜了。"

我看见蕾娜已经张弓搭箭准备就绪，但我冲她摇了摇头。无论如何我们不能伤害别人。与对付那些没头没脑、野蛮暴力的灾厄村民和怪物不同，对付人类一定有更好的办法，即使他们偷盗劫掠、伤害他人，或者总是把我们当成害群之马。蕾娜放下弓对我怒目而视。

"他说要去找灾厄村民攻打镇子，"楚格急促地耳语道，"我们不能让坏蛋得逞！"

"我们会白白送命的。如果袭击克罗格，哪怕那些强盗不去聚宝盆镇，也不会放过你的。这可不是闹着玩儿的，后果很严重。兄弟，就算你再恨他们，咱们现在还没准备好对抗克罗格。你不愿意伤害别人，怎么可能痛下杀手呢？"听了我这番话，他的脸唰地红到耳根，扭过了头，像是为自己刚才的想法感到害臊。

"那怎么办？"他问道，大家一起望着我，我清楚时间不多了。这些天来，我们一直在游历、学习和战斗，一刻也没忘记当初来这里的原因，我们迫切地想要拯救聚宝盆镇。现在已经到了危急关头。

如果不马上采取行动，这伙暴徒就会去偷袭镇子。我们的父母、兄弟，我们的家畜，还有楠——镇子上所有的人都懵懵懂懂地生活着，正准备收拾行李逃难，而不是构筑防卫工程。

克罗格说得对，他们已经忘了怎么战斗，他们不知道敌人是谁，面对唤魔者和恼鬼，还有卫道士的利斧根本毫无招架之力。我们的家人手无寸铁，只有简陋的铁农具，到时候一定会伤亡惨重。

"我们必须先到一步，"我提议，"尽快通知镇子上的居民。仅凭咱们几个肯定打不过敌人，我们不是克罗格的对手，但我们可以告诉大人让他们做决定。"

"矿车！"

大家齐刷刷地扭头看向蕾娜。

"我们必须赶在他之前找到矿车，抢先一步回到镇上。"

我脸上绽放出笑容，这就对了。"我们必须快点儿。"

等了一会儿我便动身了，我知道大家会跟上来的。然而我又停下了脚步。

"慢着，我们要走多深？你能辨别我们在地下多深，对吧？"

蕾娜害羞地歪着脑袋，这个动作我们太熟悉了。但紧接着，她扬起了下巴，眼神坚定。"比这儿还深。我在地洞里看见轨道时的那种感觉还深深地印在脑海里。咱们得再找一个楼梯下去。那儿更加寒冷，而且……更深。"

我本想打头——他们已经习惯了让我走第一个——但我从没深入到地下世界，这方面并不擅长，在山坡上挖庇护所可不算。挖矿很有意思，可我讨厌深入地下，所有的一切看起来都那么危险。

243

　　一直以来我都喜欢担起责任，喜欢做决定，这让我成就感满满。楚格做事不过脑子，托克太优柔寡断，蕾娜总是神游物外需要别人提醒，是我把大家团结起来组成一支严整的队伍的。

　　然而眼下，"当一个好领导"的想法只能退后一步，让更擅长的人领头了。

　　"蕾娜，你带我们去。"

　　她的眼睛瞪圆了，嘴张得老大，想告诉我各种理由，无非是她做不到。但马上她就把嘴闭上了，点点头向前跑去，波比跟在她身后狂奔。我跟着蕾娜，托克跟着我，楚格持剑断后。我真庆幸自己做了个正确的决定。虽然不当领导让我非常不习惯，但只有蕾娜能够带领我们到达目的地。我想提醒大家别吱声，想给托克打手势让猫咪跟紧点儿，让楚格提防身后偷袭，但蕾娜跑得很快，我们只能勉强跟上。大家的靴子和盔甲叮当作响，但没一会儿，一个声音就盖过了这一切——灾厄村民来了。

　　"嗯！""哼哼！""嘿嘿嘿！"各种声音回荡在大厅里，伴随着石板地上纷繁杂乱的脚步声。蕾娜向左一个急转弯，从第一段台阶上纵身一跃。幸好到处都是火把，如果遇到敌人，我们能把对方看个一清二楚。

　　楼梯的尽头是条死路，于是我们火速撤离。蕾娜闭上眼睛嗅了嗅空气，然后转进另外一条隧道。我暗暗思忖着，是不是应该由我来担当领队，才能找到一条更加快捷的途径到

244

达目的地。又来到一个路口，波比一边哼哼一边嗅着向上的楼梯，不知道是不是有食物或者其他的什么吸引了她。

波比噌的一下蹿上楼梯，蕾娜打算跟着一起上去，我一把抓住她的胳膊。"你要干吗？咱们不是要往下走吗，不是往上。"

"波比的鼻子比咱们灵多了。她能带我们找到正确的道路。"

"也许她不过是在找腐肉？"

如果是以前的蕾娜，会在我的逼视下屈服，但这次她倔强地坚持自己的立场："因为我相信她。你相信我，而我相信她。走吧！"

她小跑上楼梯，我紧跟着，身后是托克和楚格。

"呃，到底对不对呀？"我听见楚格问道。我心里也有些打鼓，他可是一向对我言听计从的。

楼梯向上走了一段，然后掉头向下，绕了一圈又一圈。我感觉四周变得越来越冷，气味也不一样了，有一股越来越强烈的霉味。顺着楼梯，我们进入了一个巨大的黑洞里，仿佛没有尽头。我心里很激动，充满感恩，同时也松了口气，恨不得大喊着拥抱蕾娜，再把口袋里所有的肉都扔给波比，但眼下时间很紧，以后再说吧。

"看啊，矿车！"

蕾娜指着前方，我们拼尽全力冲向矿车，银色的轨道在火把照耀下亮晶晶的。

"哼！"洞里传来一个声音，我们虽然没停下脚步，但只要瞥一眼就能发现一群灾厄村民正朝我们而来。它们距我们有段距离，中间挡着几口箱子，但它们一定能清清楚楚地看见我们。

"快！"我大吼一声。我们要面对现实了：趁其不备的招数已经不灵了，它们已经有了防备。

然而托克并不着急。他反而放慢脚步，在口袋里摸索起来，然后掏出一瓶药水，我的心突地一沉。要用药水的地方多了，而且实话实说，他的投掷技术可够烂的。

但可能是为了显示出兄弟情，也可能是出于对自己水平的正确认知，他将药水递给了楚格，楚格一接过来就转手砸向灾厄村民。粉红色的药水溅到对方身上，每个家伙的动作都变得慢悠悠的，好像陷进了蜂蜜里，就跟蕾娜上次让女巫的药水碰上一个样子。

啊，对了，我们在林地府邸又发现了女巫的另一种药水——迟缓药水！

托克与楚格快马加鞭赶上我们，蕾娜已经到了第一辆矿车前。她帮托克和康多登上去，没有人提问，她也没有告诉我们她在做什么，然后蕾娜便把矿车送进了无边的黑暗中。

"救……救……救命！"传来托克的惊叫，刚好与康多恐惧的"喵喵喵喵喵喵"节奏契合。

楚格把克拉里蒂放进下一辆矿车，然后自己跳了进去，紧接着，蕾娜把他俩也送了出去。当然啦，发出的是楚格特有的"咦咦咦咦"的叫声。

"玛尔，下一个轮到你。"她提醒我道。

我跳上第三辆矿车，眼角余光瞅见灾厄村民仍在向我们靠近——大概有几十个吧，有几个骑着离奇古怪的深灰色牲畜，像猪又像牛——尽管速度很慢，但迟缓药水的效果早晚会退去。"你也一起来吧？"

她哼了一声："那当然。但我还有点儿事。"

"什么事？"

她没理我，对矿车捣鼓了一通，我的车子便像火箭般射进黑暗里。尽管我觉得自己无比坚强，或者想做出坚强的样子来，还是免不了一通狂呼乱喊。

26

蕾娜

　　我本来不想笑，但矿车出发时玛尔的表情实在是太滑稽了。我觉得不用告诉他们矿车速度有多快，反正一坐上去他们自己根本控制不了。

　　幸好克罗格把轨道上的杂物都清走了——照他自己的话是这么说的。

　　不过现在担心这个也晚了。

　　灾厄村民还在缓慢地挪着，只有我知道这是什么滋味，既挫败又恼火。我恨不得把他们全都射死，但对方人多势众，我只有这些箭。还剩下整整一排矿车，我必须确保坏蛋们别追上来，起码能隔开一段距离。

　　我对矿车的运行原理了如指掌，因为爸妈整天给我灌输各种采矿技术。后来我得出一个结论：我是个蠢货，什么都学不会。矿车非常结实，但假如你留心观察的话，就能发现矿车的轮子很容易掉。我一边紧紧盯着灾厄村民，一边蹲下身，从每辆矿车上都拆下一个轮子扔到第一辆车子上去。我把波比推上车子，自己也跳上去，嗖的一下，我就飞快地穿过地洞——当然拉载着其他轮子一起。爸妈从不让我开矿车，可能怕我喜欢上它吧。

他们错了。

我何止喜欢，简直爱上了！

狂风呼啸着掠过，浓密的黑暗深不可测，滴答声、吱吱声和哀号声从耳边擦过。单从我们历尽万难才到这儿就知道前方路漫漫。当然，我们来时一切都不确定，所以走走停停。而这条轨道则是两点一线直达目的地。我脑海中闪过一路上的经历，眼前出现了楼上那幅巨型地图，我猜测此时自己正身处河流下方——还能闻到清凉的气味。我们去过的那座村子不在沿路，说不定一个到处游历的商人正带着一队羊驼经过这儿。我的头顶一定是青草、鲜花与树木，那些生命对正从它们脚下经过的我完全一无所知。

波比嗅着身边的空气，我伸手摸了摸她的脑袋。她的双眼一定是笑眯眯的，耳朵肯定被风吹扁了。她乐在其中，没有一点儿恐惧，这让我很欣慰，可她就算害怕我也无能为力。希望托克的猫咪们也一切顺利吧。

在这里很容易忽略了时间，因为没有什么参照物。到处都有一股味，矿车忽上忽下，空气也随之变暖和变冷。但大部分时间，只有风从耳边呼啸而过，让我脑袋嗡嗡直响。真担心我们一头撞上一堆巨石——然后我无意中救了克罗格，让他可以继续为害人间。撞个稀巴烂的一幕没有出现，前面朋友们的喊叫声我也听不见了。我只能相信克罗格把轨道上的圆石与粉尘都清了个干干净净，以便让他肆无忌惮地去祸害聚宝盆镇。

那只能祝你好运了，克罗格。我们非把你揍得连你亲妈都不认识，还要把你那些甜菜根通通踩个稀巴烂。

过了一阵子——虽然我也不知道是多久——传来沉重的砰砰声，一辆矿车到达轨道尽头了。又是砰砰两声，在隧道里回荡，接着我的车也停了下来——动静真大。这里到处是火把，但我的眼睛已经适应了黑暗，眼前一片刺眼的光芒照过来，霎时间让我分不清东南西北。

"刹车，"楚格嘟囔着，"矿车得有个刹车，或者有个减速器，要不就得来片止吐药。"

他艰难地从车里爬出来。我定了定神，瞧见他帮托克把猫咪们弄出来，然后托克自己也出来了。玛尔已经跳下车整理盔甲了。楚格把波比拉出来，随后我也下了车。楚格拉了我一把，要是放在上星期我会坦然接受，但现在用不着了。

"乖孩子。"楚格拍拍波比，紧接着他的脸耷拉下来，我从没见过他如此沮丧、痛苦，而且自责。

"我忘了带上小家伙。"他声音微弱。

"我们一定会回去找他的。"玛尔信誓旦旦，"只要聚宝盆镇安全了，咱们就能坐上矿车去接他回家。"

"可要是他害怕怎么办？会不会以为我不要他了？"

托克拽过兄弟给了他个拥抱。"兄弟，咱们这也是没办法，他一定会没事的。只要咱们渡过这个难关就马上去接他，别太过意不去了。"

楚格悲恸欲绝地抽泣着，肩膀剧烈抖动，托克抱得更紧了，玛尔抱住他俩，我也走上前和大家拥抱在一起。无法想象，要是我丢下波比自己回来的话是个什么感觉。突然，我意识到自打认识楚格以来——那时我俩还是蹒跚学步的孩子——我从没见过他哭。

"我没事，"他的嗓子沙哑，好像在尽力掩饰他的难过之情。楚格本想挣脱，但玛尔又把他拽了回来。

"你不太好，别硬撑了。"玛尔摩挲着他的背，"你的悲伤我们都能理解，但这不是你的错，咱们一起弥补，大家都帮你，好不好？"

"说得对。"托克插话道。

"几小时后我们就能把他弄回来，"我向他保证，"再带点楠做的蛋糕。"

"他一定喜欢。"楚格轻轻出了口气，心情已经平静下来了。

大家一直陪着他，直到他擦干眼泪才渐渐散去。楚格吸了吸鼻子，撩起袖子擦了擦，又把盔甲整理好。一转身，他手里多了把剑，一副准备大干一场的架势。"接下来我们怎么办？"

　　玛尔立刻进入角色，指着楼梯道："从这儿上去，通知长老和所有大人，现在就动身！"

　　她说完拔脚就跑，我们各就各位。玛尔、楚格、托克、我和波比。上个星期的时候，我还没法儿一口气跑到玛尔家，还得走一段，但现在自然而然便大步流星。我一手拎着弓，一手攥着箭。最后一辆矿车出来后，我回头望着停靠的车子，后面是阴森森的洞口，银色的轨道隐没在黑暗中。

　　希望我拆了一个轮子能争取到足够的时间。多希望刚才把全部轮子都拆光，那可比仅仅降低敌人的速度有效多了。

　　楼梯简直无穷无尽，曲曲折折一直向上、向上，不停向上。还好火把很多，毕竟连克罗格这个伪灾厄村民也不想碰上僵尸和骷髅，可能是因为它们能嗅出非同类的气味。我跑得气喘吁吁，差点儿撞上停下的托克，他正站在楼梯上抬头向上看。猫咪安静地卧在他脚边舔着皮毛，这种事对他们来说太无聊了。

　　玛尔往上走几步后超过楚格，一手搭在活板门上。"准备好了吗？"她问道。

　　"好了！"大家齐声说道。

　　玛尔、楚格和托克手里攥着利剑，我手持硬弓，无论活板门后面是什么，我坚信大家都有心理准备。

　　随着一声巨响，活板门猛地开了……

　　不知道是谁家的房子。

　　谢天谢地，是空的。

我爬上一个又小又黑又闷的房间，窗户落着厚厚一层灰。旁边是一块破烂的地毯，证明这里的主人为了隐藏活板门费尽了心机。空气中一股霉味，除此之外没有任何动静。

"我们到哪儿了？"玛尔问道。

"镇中心的一间房子里。"托克一只手沿着墙面摸索着，上面砌的都是粗石，"我觉得是老房子。你们看这奇怪的布置，还有过时的天花板。"

这个家看着很像过去的遗迹。装修风格是爷爷那一辈的，随着我们父母那一辈搬出去住在农场后，这种风格已经逐渐失宠了。

我走到一个壁炉旁边，上面摆着小泥人，其中三尊是锥形的，只刻出了脑袋。我一个一个捡起来，看它们底部的字。当我看清最小的那尊泥人底部的字时，不禁笑了出来，赶紧举起来给朋友瞧。

"克罗格。"我说道，"这儿肯定是他父母住的，等他们上年纪后才搬去甜菜根农场。这就是他们家开拓者的老房子。"每位开拓者在镇中心都有座宅子，一代传一代。克罗格是独生子，而且没有孩子。

"但克罗格在父母过世后住在农场里，"楚格皱起眉头说道，"他不住这儿。"

"所以呢，他还是继续种甜菜根——要不然还能干吗？我猜他来到这里，好奇心大发往下挖，找到地洞，一边种地一边把这儿当成秘密基地。"

"他有一次还问我爸想不想买他的甜菜根农场，"托克回忆道，"当时我刚发明了个东西所以凑巧偷听到了，但老爸讨厌甜菜根。"

"我说呢，不止我一个人有这感觉！"楚格下了结论。

玛尔的手指放在唇上嘘了一下。"要讨论克罗格的动机，一天一夜都说不完，但我们没时间了。必须马上通知大人。"

我想四下打量这个房间，但从窗户透进来的微弱光线几乎于事无补。"咱们首先得在活板门上压上重东西，那些家伙们迟早会修好矿车，我们不能让他们轻易打开门。"

玛尔笑了，我感觉自己又做了件有用的事，心底升起一股奇妙的自豪感。我们把一张梳妆台和一张床翻过来压在活板门上，床腿直接顶在下面。在估摸着克罗格没那么容易破门而入之后，我们几个向大门走去。

"咱们得把武器藏起来，别太显眼。"玛尔提议道，可能因为看到楚格双眉倒立，举着钻石剑，一副杀气腾腾的样子。

她说得没错。镇子上的居民没有见过一件真正的武器，他们可能连武器长什么样都不知道。我第一次见到楠的剑时，还以为是一把很长很长的怪异刀子。

尽管不情不愿，我还是把弓箭塞进口袋里，做出一副人畜无害的样子。我要怎么做才能看起来毫无攻击性呢？我也不知道，以前的事早忘了个一干二净。

玛尔带着我们往外走，眼前的一幕……唉，真让人大失所望。

每扇门都大敞着，家庭自造的手推车满载着东西，人们慌慌张张地到处乱跑。玛尔径直跑进斯图家的商店。货架和墙上几乎空空如也，只挂着新武器——质量低劣，全都是木头剑和木头斧子。"你们这些害群之马不许进——"老斯图正要开口说话，但眼睛忽然瞪得溜圆，因为他瞧见了我们的穿戴，"那个……是钻石吗？"

玛尔的手在空中斩钉截铁地一挥让他闭嘴。那可是斯图啊！一位大长老！

"克罗格带着一群灾厄村民来袭击镇子了。还有唤魔者和卫道士。他们手里有武器和药水，有些还披盔戴甲。镇子脚下是个地洞，里面有矿车，一直通向克罗格父母的房子。他派出恼鬼想赶走我们以便独自霸占财产，还想找到一个地方叫作……"她有点儿摸不着头脑地望着我们，"叫下界对吗？"

斯图的蓝眼睛瞪得更圆了，但目光里不是害怕或者忧心，而是愤怒。

"你胡说什么呢？"他怒喝一声，"大人们正在想办法，你们呢？就会造谣生事！莫名其妙失踪几天去偷懒了吗？你们想干什么？趁乱从外面装好的车上捞一把吗？"

楚格像看傻子似的看着他："哎哟，我现在身上挂着一千来颗钻石，你说我偷别人的东西干吗呢？说吧，你愿意从一群灾厄村民手里拯救镇子吗？"

斯图举起颤抖的手，指着门口："别再撒谎了，给我滚！我们早在几年前就该把你们这伙害群之马拆散！你们等着吧，很快让你们知道厉害！"我们与他对峙着，于是斯图干脆绕过柜台张开双手扑了上来，"快滚！去跟爸妈说你们这几天干的好事，没羞没臊的东西！"

大家一起望向玛尔，她看上去备受打击。玛尔不会说谎，竟然有人诬陷她撒谎和偷东西，这简直是在侮辱人格！就算我们其他人都是害群之马——一个老打架的麻烦制造者，一个总把事情搞砸的发明家，一个爱编故事的白日梦爱好者——但玛尔是个好孩子，谁不知道这一点呢？

我们失踪了几天，还以为他们会担心疯了，但现在看来是我们多虑了。

玛尔整个人跟泄了气的皮球一样。

她推门走了出去，垂头丧气。

27

楚格

已经是下午时分，我们几个人站在大太阳底下围成一圈默默无语。我这辈子从没有过这么不舒服的感觉，上次有这种感觉的时候，还是碰上那个将头上的鸡当帽子戴的人。

我们周围，邻居们匆匆忙忙，聊天儿的，打包的，一片慌慌张张。但我们没有任何反应，还是倔强而沉默地站着。

他们应该相信我们啊！

为什么就不信我们呢？

诚然，我们的名声不好……即使如此，也没惹出过什么大麻烦，而且不是故意的。我们不是"正常"的孩子，不愿意强行融入集体。我们特立独行，生来如此，这也没什么可怕的。但我们不是害群之马——只是"另一种"类型的孩子。

托克的意思是我不会说话。

"谁管斯图长老怎么想？"我说道。

"他是为首的长老，"玛尔有气无力地说道，她的声音和心情一起沉到了地上，"大家都跟随他，没人不信他，但他不信咱们。"

"是啊，不过话说回来，谁会在乎这个呢？"

这句话一出口，大家全都抬头望着我，可能是我声音大了点儿。"你们说，老斯图不相信咱们。谁理他信不信呢？他一辈子没出过镇子，一出生就在高墙内，没打过僵尸，也从没见过女巫。既没自己挖过庇护所，也不用自己找吃的。可我们是怪物小队啊，上星期咱们什么都没有经历过。现在我们已经挣脱高墙，去过外面那片广阔的天地了。我觉得他也不是什么好人，想想看，这家伙一直不告诉别人工作台的原理，他好继续利用这个大肆敛财。"

托克惊得下巴都掉了，明显是他没想到这一点。能抢在我那聪明的兄弟前头想到这个，我不禁得意扬扬。

"关键是，老斯图和镇子上的居民没什么两样，我们却一直与众不同，知道还有谁跟咱们一样吗？"我故意卖了个关子，很享受他们看我的那种目光，如同我有什么重大事件要宣布，而且他们一点儿都不觉得我笨。

"开拓者可不是一个人。"

大家的眼睛倏地一亮，一下子就懂了，于是我继续往下说："当年的开拓者背井离乡走到了一起，取得了伟大的成果。因为……好吧，墙上绝对该开个门，人们也不用对家族秘密讳莫如深。当然，聚宝盆镇已经特别了不起了。开拓者们因为与众不同而大放异彩，我们也与众不同、独一无二。"这时我的脑海里突然冒出个主意来，"我说，知道还有谁与众不同吗？有个人一定相信我们，因为她早就是咱们的盟友了。"

"我的高祖母楠。"玛尔轻声说道。

我点点头。

仅仅消沉了一会儿，那个精明强干的玛尔又回来了，她眼里闪着光，咬紧牙关，表情坚毅。她转身就跑，大家紧跟其后，因为我们现在就是一个集体、一个大家族、一台高速运转的精密机器。街道上人山人海，我们左绕右拐，迂回前进。波比碰到了贾罗妈妈的腿，她失声尖叫起来——真解恨。

"蕾娜！你给我站住！"

我不禁心里一阵叫苦不迭。这个声音我熟悉，是蕾娜的大姐莱蒂，她老装出一副大人的样子呵斥我们。我想继续奔跑，因为莱蒂肯定会拖慢我们的速度，她就是个扫把星。不过蕾娜就算已经改头换面，变得更加勇敢，更加自信，也得乖乖听莱蒂的命令。

大家一个急刹车停下来转过身，簇拥在蕾娜身边。她一只手撑在波比脑袋上，另外一只手却紧紧握成拳头。

"你跑了快一个星期了，妈妈爸爸都快急出病来了，全家都不得安宁。"那个跟蕾娜面孔相似却年龄更大、咋咋呼呼、鼻子更尖的家伙，上上下下嫌恶地打量着我们，"你们这些小鬼头是不是故意藏起来让我们白白浪费工夫去找你们？瞧你们穿得花里胡哨的，是想出风头吗？其实特别难看！现在马上跟我回家！"她双手叉腰，拧起眉毛。

　　换成上个星期的蕾娜一准儿被吓坏了，她会灰溜溜地低下脑袋向我们道别，之前只要挨骂，她就这副样子。但这次蕾娜没有低头，而是一动不动。

　　"休想。"

　　莱蒂大吃一惊，可能蕾娜以前从没反抗过她吧。这也很正常，因为莱蒂确实太凶了。

　　"你刚才说什么？"

　　"我说不行，莱蒂。现在我不能回家，还有更重要的事等着我去做。"

　　莱蒂气势汹汹地向前迈了一步，波比立即咆哮起来。她这才发现脚下有一头狼，吓了一大跳慌忙往后退。

　　"这是个什么东西？"

　　"她叫波比，她可不是'东西'，是一头狼。"

　　莱蒂差点儿让唾沫呛着，她慌里慌张地四处张望，好像在看谁能帮帮她。"它怎么来的？赶紧弄走，太可怕了。"蕾娜抚摸着波比光溜的灰色脑袋，波比拍打着尾巴，但始终没放松警惕，因为莱蒂看着就不像好人。

　　"她一直跟着我，一点儿都不可怕。我要走了，莱蒂再见。"

　　蕾娜留给姐姐一个背影上路了。莱蒂惊得下巴差点儿掉下来，我不禁笑出声来。多年来，蕾娜一直忍辱负重，现在终于风水轮流转了。

　　"蕾娜，我再说一遍，看你敢走。"

"我不听你的。"

"你等着挨揍吧。"

听到这句话，蕾娜转过身死死瞪着姐姐："哟，要揍我？怎么，全家都拿我当傻瓜了吗？少来这一套，真吓人啊。莱蒂，我说过了，还有很重要的事等着我，你现在赶快回家告状去吧。你不是最喜欢干这种事吗？"蕾娜转身走了几步，然后回头说道，"一群灾厄村民即将袭击镇子，你最好赶紧把矿井里的镐全都收集起来。"

带着最后一丝鄙视，蕾娜转身全力奔跑起来，我也大喊："她可没开玩笑。大家赶紧准备战斗！"然后跟了上去。

在墙外的世界游历了这么久，去往楠家的路程便感觉十分短暂。不敢相信，仅仅几天前，我还站在这儿听楠给我们描述一个全新的世界。她的小木屋还是老样子，但我们已经改头换面了。

玛尔礼貌地敲了敲门，然后坐立不安地等楠出来。看到我们后，老人家眼睛一亮。

"你们还活着！"她喋喋不休唠叨着，"一根汗毛都不少！"她低头看了看波比然后笑了，"你们还交了朋友，哎呀我可太想念狼了。他们觉得把狼关在墙里太残忍了，你们能找到一只可真好！谁是乖宝宝呀，就是你就是你！"波比感觉对方很友善，于是舔着楠的手，全身扭动撒起娇来。

"楠，灾厄村民马上就到，"玛尔说，"一支突袭部队。"

楠抬起头，眉头紧皱。"马上到？你们干吗不消灭他们。"

261

　　"我们找到了林地府邸，把里面的怪物杀了个干干净净，可接着发现了一个密道通向地洞，里边有矿车。克罗格一身灾厄村民的打扮，很快就要带着他的同伙来了。他一直谋划着赶走大家，然后就可以建个传送门去——"

　　"去下界，没跑了。"楠插嘴说道，脸上每一道皱纹都带着愤怒，"我早知道克罗格不是个好东西。他父母也不对劲。你们没杀他是对的。"

　　我们面面相觑，这正是我们从心里掠过却没敢说出口的想法。

　　"我们告诉了斯图长老，但他不相信我们。"玛尔接着说道，"后来我们明白了……没人会信的。因为这听起来就不靠谱儿。"

　　"可我相信你们，而且知道这不是空穴来风。"楠重重叹了口气走向自己的房子。

　　我们和玛尔面面相觑，不知道下一步该怎么办。没有楠的邀请我们能进门吗？楠这是投降了吗？

　　"嗯，进来吧。"她气呼呼地招呼道，"我们得弄点儿武器，除非你们身上的家伙足够给每个人都配备一把。"

　　"你叫我们进来难道不是因为有好吃的吗？"我坏笑着抗议道。

　　重回楠的小木屋真亲切，倒不仅仅是因为桌上躺着几块香喷喷的馅儿饼。她把柜子、箱子挨个儿打开，抽出宝剑、零星的盔甲碎片和一张奇特又沉重的长弓，那弓看样子能把太阳射下来。蕾娜眼睛亮了，伸手接过。我恨不得告诉她，她在姐姐面前的表现真让人佩服，但我拙嘴笨舌不知该如何表达，只能说："真棒，这张弓简直就是为你量身定做的！"

等我们的口袋里装满武器后，我们详细向楠讲述了我们的经历。她严肃地点头，惊讶地倒抽凉气，忧心忡忡地哼着，听到几个毛贼的恶行后愤怒大喊，还时不时发出笑声。玛尔讲到羊驼时，她的眼神无比温柔。我说到小家伙时，她一定感受到了我落下小猪后的痛悔之情，因为她拽着胳膊把我拉到馅儿饼跟前，说这东西能补充体力，我便乖乖照办了。

托克埋头在楠的工作台，拼尽全力变出许许多多最简单的铁剑来。蕾娜用楠手头的原料又造了大批箭矢。老太太看着孩子们，眼光闪亮，赞许地不住点头。

"你们是一群好孩子，知道吗？"她这句话仿佛点亮了整个世界，让我觉得眼前一片光明。

我巴不得赶快将一切准备就绪，要造多少剑和箭矢才够数呢？哎呀，差点儿忘了盾牌，要有的话可太威风了！走出去一准儿能赢。玛尔忙着打包，托克和蕾娜在造武器，我真的感觉自己很没用。

楠来到我身边，拿着一张描画细致的图，上面有九个人像：四个女人，四个男人，还有一个瘦小的女孩坐在骷髅马上。她指着一个魁梧的男人，他的肩上扛着一把斧子，双臂抱着一个纤细苗条的女人，头发又黑又直，下巴上有一道美人沟——那正是我们家族的特征。

"你的先祖父楚克也是一名战士。"她轻声说道，然后把画递给我。我战战兢兢地捧着它，如同捧着一堆鸡蛋，生怕把这最易碎的珍贵物件摔了。

"我以前没见过这个。"

"你怎么可能见过？这是我的，我最看重的东西。来这儿的半路上我们遇上个商队，其中一名护卫是画家。这幅画像值一头奶牛呢。"楠说着叹了口气，"上边的人都是开拓者，还有我。"

玛尔、蕾娜和托克也走过来一起观赏画像。只见有个人拎着一把似曾相识的钻石镐，那是玛尔的先祖母，也就是楠的妈妈，她有着一头火红的头发，脸上长着雀斑，面带灿烂的笑容，简直和玛尔、玛尔的妈妈一模一样，估计楠年轻时也长这样。我能认出蕾娜的先祖父，全凭他一头鬈发和黝黑的皮肤，也认出了她的先祖母，是因为她那忧郁惆怅的眼神。最后一对是布丽娅和威尔，是跟我们小队成员都没有血缘关系的人，但我们对他们的故事耳熟能详。

"大家都知道他们本意是好的。"楠说道，她给我们每人倒了杯可可然后坐在桌边。她尽量不想表现出疲惫，但这个工作确实有些累人。我也坐了下来，不让她一个人孤零零的。"开拓者们来自五湖四海。每个人都有一番苦难的经历——有时候晚上围绕着篝火，他们会聊起来。但如果他们借着火光看见我眼角湿润了，便会立刻住嘴。他们结识于商队，结为兄弟姐妹，后来他们决定建立聚宝盆镇，希望这儿比自己的家乡更加安全。最难的就是建城墙，要用一辈子去做这件事。列佛和利尔负责开采石头，其他成员砍伐树木，建立家园，种庄稼什么的。他们要的是个完全不用提心吊胆的安全地方。"

楠哼了一声，喝了口茶。

"他们最终成功了，但筑城墙并不是个好办法。如果像克罗格这样的人都能让我们惊慌逃窜，城墙还有什么用呢？"

"城墙确实很伟大，"玛尔轻声接话，"如果来几扇门就更好了。"

楠越过桌子握住玛尔的手，那一刻我的眼眶湿润了。

过了一会儿，楠抽回手，喝完了可可，站了起来。

"好吧，"她言简意赅地说道，"咱们把克罗格揍个落花流水去。"

28

托克

多希望我的爷爷奶奶能像楠一样啊，但他们总是待在镇中心那个阴暗闷热的房间里，唠唠叨叨抱怨为什么没人来做客，你说他们这个样子会有人愿意来吗？楠却不一样。她正一只手挥舞着我刚造的剑进行测试，看上去又累又恼，我不忍心打断她。

我们每个人的口袋里都装满了武器和盔甲。我们走出门，为了确保安全，楠把猫咪关在了屋里——因为这儿没有苦力怕。她疲惫地叹了口气，眺望着那条横穿森林的小路。

"要是有匹马就好了。"她嘟囔着。

"或者有头猪也行！"楚格插嘴道。

楠锐利的目光盯着他："孩子，你有多壮？"

楚格挺起胸膛："有次我扛着一头猪过了独木桥。"

楠点点头："很好。那就扛着我去镇上吧。如果没记错的话，我可比猪轻多了。"

楚格转过身热心地蹲下，然后我那固执、高傲、暴脾气的兄弟顺着道路一溜小跑，背上背着个烈性子的百岁老人，如同鸡骑士一般。大家赶紧跟了上去。我有一种奇特的感觉：在外游历了一圈后再回来，一切都变了，每样东西都显得特别小——或者可以说变局促了。

其实我们离开镇子也没多久，就在上个星期来到楠的小木屋时，我们还觉得如同来到了世界尽头。

"直接把我送去斯图那儿。"楠命令道，楚格点点头继续飞奔，他有点儿上气不接下气，但尽量不表现出来。

没一会儿我们就踏上了通往聚宝盆镇最繁华地段的大道。楚格忙不迭地躲开马车、箱子和咩咩乱叫的羊儿。楚格在斯图家商店门口站住，把楠放下来。老太太掸了掸背心和裤子，捋好一路上弄乱的发卷，然后冲了进去，玛尔紧跟着也进去了。

"啊呀，是楠啊，好久不见！"斯图喊了一嗓子，赶紧从柜台后面绕出来向她一鞠躬。这个老家伙装出一副欢迎她的样子，但我能看出来他很紧张，眼神从楠溜到我们身上，再到宽敞的玻璃窗上，那上面挤满了好奇围观的脸。

"别尽说好听的，斯图。"楠像只愤怒的公鸡，一个箭步冲过去，用手戳着他的胸口，"你竟敢说我玄孙撒谎？"

斯图恼火地瞪了我们一眼，然后满脸赔笑。"呃，这个，要是我每次都不分青红皂白地相信那些害群……"他赶紧清了清喉咙，重新说道，"那些小屁孩儿的玩笑话，就啥事都不用干了。他们总是胡编乱造些荒诞可笑的东西。小孩子的话怎么能相信呢，对吧？简直是天方夜谭！"

楠的手指一直戳着斯图的胸口，他心虚地咽了口唾沫。"要是她告诉你有人想袭击镇子，你还觉得是胡扯吗？明明之前已经有人毁了我们的庄稼，并且威胁到了牲畜和粮食储备，你说的'胡扯'又是怎么定义的？"

斯图的下巴掉了下来，但很快恢复了正常。他后退一步，抻平了长袍，恶狠狠瞪了楠一眼："净胡扯，聚宝盆镇里没人敢祸害庄稼。我是这儿资格最老的长老，我的职责就是安抚大家，保证镇子安全。一个误入歧途的孩子如果盯着黑暗太久，难免会生出幻觉，以为有妖怪，我要是都信了，还用干别的吗？"

"一个孩子如果在黑夜里看见怪物，那就可能有怪物！"楠嚷嚷起来，接着她清了清嗓子，露出小老太太打算拿缝衣针扎人的那种狡黠笑容，"那你审问过克罗格这些指控是否属实吗？"

我笑了。楠真是太聪明了！

"问克罗格？你让我走过去问他是不是想毁了聚宝盆镇？"

"那可不。"她说着走到斯图旁边，一把拽住他的胳膊拉到外边，那副样子好像斯图甘愿任她摆布似的。

"克罗格不住市区。"他提醒道，拼命想站稳脚跟但摔了一个趔趄。说实话，老头儿没比老太太年轻多少，况且他没什么活力。这时候我才发现，楠有一身结实的肌肉，包裹着她的铮铮铁骨。"克罗格最近继承了父母在镇中心的房子。"她也同样尖刻地提醒道，"咱们去看看他在搞什么阴谋吧。"

我们到地方后，楠径直上去敲门，当然没人回应。

"克罗格，在家吗？"她嚷嚷着，"你不说话，我们就进来了。"等了两秒钟，她耸耸肩嘀咕道，"我可给你机会了啊。"然后推门而入。

"你们怎么可以擅闯别人家！"斯图嚷嚷着，羞愧不已地站在门口，好像在等人邀请似的。

"门没锁。"楠走进来，斯图没办法只好跟进来，我们也顺势进了房子。

房间里的摆设还跟我们不久前离开时一模一样，地毯被掀到一旁，露出我们堆在活板门上的家具，那些玩意儿都是为了阻止克罗格实施计划。楠霸气地挥了挥手，我和楚格挪开了梳妆台和桌子。

"哎哟，是扇活板门，真奇怪。不知道是不是像孩子们说的那样，通往一个地洞。"楠说着拉了一下门，但太重了没拉开。楚格伸手轻轻松松地就把门拽开了。

"这不合规矩啊，"斯图吐槽道，"克罗格一看就不在这儿。你们要是真想跟他谈谈，咱们可以去甜菜根农场找他。他一准儿正在地里干活儿呢，压根儿不知道自己被冤枉了。"

楠瞪着脚下地洞里那些插着火把的石头楼梯。

"这样吧，我们发现了一些很不寻常的事，咱们下去瞧瞧更深处，看看有没有矿车和轨道。到时候就能知道孩子们到底是不是在撒谎。咱们镇子的未来命运就在此一举了。"

看着黑乎乎的洞口，斯图腿肚子直打战。我也不知道他是因为年纪老迈身子虚弱呢，还是因为怕黑，或者是怕被发现自己错了。他早就习惯高高在上，维持一个年长、睿智的掌权者形象。就算我们撒谎了，但知道镇上还有事情在自己的眼皮子底下发生，一定让他难以承受。除了蕾娜的家族，其他人都不能私自往下挖掘石头。我从不敢去质疑这个规则，但我猜克罗格才不管这些。

"我不下去，"斯图说道，"这太危险了。"

"很安全的，不骗你。"蕾娜劝他道，"楼梯有许多扶手，还有成片成片的火把。"

"这不是真的。"斯图拼命摇头，但事实摆在眼前他否认也没用。

"照你这么说，也没有僵尸、骷髅、唤魔者和恼鬼咯？"楠话里带刺，"你没忘了以前教给我们唱的那首儿歌吧？如果你不想痛哭流涕——""住嘴！"斯图大喝一声，"当时决定不让孩子唱这首歌时，你也是长老之一！这只是为了不让他们一天到晚胡思乱想。"

"我当时投了反对票！必须让孩子们知道该怕什么，他们有权利去质疑一切！"

两人对峙着，楠的声音粗粝刺耳。大门口挤着一张张好奇的脸庞。孩子们被晾在了一边，世界上仿佛只剩下楠和斯图。

"斯图，你把他们圈在墙里，强迫他们放弃了完整的世界。我现在仍清清楚楚地记得外面的样子，天空是那么广阔，我还记得马儿、羊驼、猪和狼。我记得跟村民做买卖，跟僵尸战斗时的成就感。真可惜你是在高墙筑好后出生的，但不能自欺欺人地说这些东西都不存在，这对以后没有任何好处。孩子是我们的未来。这几个孩子已经出了墙，他们边战斗边学习，边合成工具——没错，托克已经是个熟练的工匠了，你的垄断地位已经不复存在了。你再也不能欺骗他们，认为他们的梦想是荒诞不经的，因为他们的生活方式你从没经历过。所以老傻瓜，你得听他们的！你给我记好了，马上号召人们拿起武器。因为克罗格来了，带着那首歌里唱的所有怪物来了，别老想着当鸵鸟。"

"你竟敢——"

"嘘！"蕾娜举起一根手指指着地下。

我不敢相信，蕾娜——那个蕾娜——让最权威的长老闭嘴了。楠的一番话太精彩了，我恨不得鼓起掌来。我还希望斯图能继续反驳我们，但就在此时传来一个意想不到的声音，这声音让我脖子上的汗毛都倒竖起来了。斯图也听见了，他歪着脑袋倾听活板门下的动静，眼睛瞪得溜圆。

"嘿嘿嘿嘿。"黑暗中冒出狞笑声，还伴随着沉重的脚步声和恼鬼的嘶嘶咆哮。

斯图吓坏了，只能原地傻站着。楠叹了口气，然后把手伸进口袋里，递给他一把剑。

"看来是我赢了，"楠干脆利落地来了一句，"真荒唐！"

29
玛尔

我为楠感到无比骄傲，恨不得朝地上啐一口，但灾厄村民马上就要冲破关口，所以我砰的一声关上门，然后拖过床压在上头。楚格和托克搬来梳妆台。刚开始我们以为这样就万事大吉了。

没想到恼鬼出现了，呼哧呼哧地闪着红光。

完蛋了。它们能穿透墙壁，自然也可以穿过活板门。

"这是怎么回事！"斯图哀号一声，胡乱挥舞着剑，好像在打皮纳塔（译者注：墨西哥游戏，参与者蒙眼击中目标算赢）似的，但他根本伤不了恼鬼一根汗毛。

"算了吧，我看你也不是主持大局的那块料。"只三下，楠便干掉了那只恼鬼。紧接着又来了两只。

蕾娜一支接一支不停地放箭，我和楚格拿着武器加入战斗，但托克死死瞪着下面，双眉紧拧表明他在苦苦思索。

"我们必须打开活板门，"终于他开口了，"否则唤魔者会不停派出恼鬼。不把唤魔者宰了的话，恼鬼永远都消灭不完。"

楚格哀号一声："难道我们要打开门任由这些混蛋大肆入侵？"

"那也比跟恼鬼拼命好。唤魔者不会停止的，这一点你们比我清楚。"

有只恼鬼一剑刺来，托克倒吸一口冷气把紧了自己的胳膊。这个举动激怒了楚格，他更生气了。

"好吧！玛尔，帮我挪一下梳妆台。"

我不赞同这个计划，但他说得对。我望向楠，她肯定地点了点头。我和楚格又把活板门上的梳妆台挪开了。

我正要挪床，却停了下来："斯图长老，你能不能赶紧通知全镇这个紧急情况？他们只信你。托克，你负责给大家分发武器。"

他点点头。我和楚格把口袋里的东西都扔到了地上，蕾娜还在一箭箭地射击恼鬼。我们的武器越堆越多，斯图的下巴都快惊掉了。

"这把戏是谁教你们的？"他咆哮起来，"用口袋装武器。"

"我教的，"楠毫不客气地吼他，"是不是一旦这个秘密揭穿了，你的那些箱子就没人需要了？"

生平头一次，最权威的长老被训得哑口无言。

"斯图，赶紧！"楠说道，"去镇里发布消息。"

　　斯图沉默着把武器装进了袋子里——这证明他早就知道这个办法——然后他一头冲出门。就算他不愿意面对镇上的村民们，但此时他更庆幸能躲开恼鬼。托克把其余的武器全收集起来跟着斯图走了。等我们战斗力最弱的朋友安全离开房间后，我和楚格推开活板门上的床，他再次推开门。我们两个后退几步，手持利剑严阵以待，挡在楠身前。虽然她会使剑，但毕竟是个老人，难免体力不支了。

　　她曾经浴血奋战过，现在轮到我了。

　　当然啦，克罗格肯定不会冲锋陷阵头一个上楼梯。三个卫道士出动，手持利斧，嘴里念叨个不停。我和楚格与他们短兵相接，蕾娜用带火苗的箭不断攻击那些恼鬼，我们仨齐心协力像一支军队。波比很有眼力见儿，一边咆哮着一边撕咬卫道士的长袍。我们每人都干掉了一个敌人，但越来越多的卫道士从黑暗中冒出来。其中有一个想偷袭蕾娜，但楠的剑锋可不答应。

　　"我年纪太大，杀不动了。"她诉苦道。

　　又一个卫道士扑通一声倒在地上，我扭头望着身后敞开的门。此时，镇子上的居民应该冲进来帮忙了，至少也应该在街上东奔西走，挥着武器大喊大叫，但四周一片寂静。难道斯图抱头鼠窜回家藏起来了？不，托克不会任由他这么做。要么就是斯图告诉了人们，但大家还是不信他。

　　飞出来的恼鬼越来越多，没等蕾娜再放一箭，我后背就挨了一下。剧痛之下我忍不住大喊一声。

"赶快撤退。"楠不由分说地下了命令，然后一个箭步出了门。我和楚格同时跟着她一跃而出，蕾娜断后。

来到街上，人们正纷纷走向斯图的讲台，他正大声向大家通知敌人到来的消息，还有武器的事。托克举着剑，却没人上前。附近站着几位长老，互相之间窃窃私语。

"有恼鬼！"斯图喊道，"还有唤魔者和卫道士！它们正从麦迪和托比的房子里不断往外冒！我看见了！赶快抵抗！"

"那些不过是传说罢了，"泰伯长老说道，"吓唬小孩儿的东西。"

"那些恼鬼的消息都是小道儿消息，不过是想出风头的小孩子和收成不好的农民捣乱罢了，里面一定另有隐情。"扎克长老插嘴道。

"就是那些害群之马！"不用说，这是贾罗的妈妈多娜，"他们为了搅浑水所以编造了个噱头。"她得意扬扬地冲我和楚格笑了笑，意思是"早告诉过你们要吃苦头"。说真的，恼鬼都没让我们如此气愤。

然而紧接着，一只活生生的恼鬼飞到了街上，浑身一闪一闪地发着红光，手里还挥着剑，多娜的笑容僵在了脸上。

"没错，我们就像你说的一样，"我大吼着翻了个白眼，"就喜欢惹麻烦。"

"我说，你们到底要不要武器？"托克指着那堆家伙。

传来一阵阵哼哼声，我倏地转过身，一个卫道士冲出大门，高高举起斧子。我再也没工夫关注镇子的居民了——必须反击。他们是会抄起家伙跟我们并肩作战，还是干脆抱头鼠窜呢？

天哪，不好了！他们该不会躲进房子里，逃避眼前的一切，等问题自己消失吧？

越来越多的恼鬼从克罗格家门口蜂拥而出，后面跟着唤魔者。幽灵般的白色尖牙从地上冒出来，咬中了多娜，她惊叫个不停。多娜跟贾罗低声交代了一下，让她的儿子赶紧跑向自己家。让我大为意外的是，紧接着她就抄起托克面前的一把剑，冲恼鬼挥出了她的生平第一剑，而且竟然结结实实地正中目标——让人大开眼界。

我肩膀挨了一下，赶忙重新集中精神在自己的武器上。我和楚格挑了一个最佳位置，背靠背对抗扑来的恼鬼。蕾娜瞄准唤魔者，只要干掉它，那些烦人的恼鬼和尖牙就会荡然无存。铁剑在离我脸颊几寸远的地方擦过去，老斯图击败了那个差点儿杀死我的卫道士。我本应感到害怕，但此时此刻却无所畏惧。我激战正酣，这感觉真痛快！

虽然我只能专心对付恼鬼，没法儿分心去看镇子的居民在干吗，但耳边能听见剑和斧子撞击的叮叮当当声。听了斯图的号召，镇子上的人们像多娜一样抄起了武器，直面那些他们假装忘记了的怪物。我差点儿让一颗绿宝石绊倒，还一脚踢飞了一顶头盔。被消灭的敌人越多，它们掉落的宝物就越多。我唯一盼望的是邻居们能识货，捡起那些散落在圆石上的盔甲和附魔的剑。

"玛尔！"

我避开恼鬼时听见了一个声音——是妈妈。她躲在角落里偷偷看着，正向我招手。我恨不得飞奔过去拥抱她，让她告诉我一切都会变好。但眼下……

"妈妈，我正在生死关头！"我抽空说道，拼尽全身力气抵挡恼鬼，然后猛地一剑结果了它。

"我们很担心你！"

"我没事！"就在此时一个卫道士结结实实地给了我盔甲一下子，我摔倒了，"好吧，可能不太好，但也还行。""亲爱的，这太危险了，你还是回家，让大人对付它们吧。听我的！"

我没法儿抬头，不能担着再挨几下的风险了。"不行！"

"玛拉，你要不就抄起武器，要不就回家，"楠嘟囔着，戴着从地上抄起的钻石头盔，手头也有只恼鬼要对付，汗水如同瀑布似的顺着她的脸颊流下来，"你的孩子是英雄，别害死她。"

我妈哑口无言，好像才意识到她说错话了。我虽然没看她，但能够感受到她的注视和她目光里的爱，要是她再通情达理点儿，我说不定就放下剑跟她回家了。

但我不能。镇子需要我。大人能解决这个麻烦当然更好，可我训练有素，对剑就像对自己的胳膊那么熟悉，而且我的口袋里还装着开拓者的钻石镐。我满怀信心，再也不会逃避责任，不会藏在高墙之后，也不会藏在家里的门后，戴着那个温驯听话的完美女儿的面具了。

　　我从地上捡起一顶铁头盔，看也不看就扔给妈妈。"你也有楠的血脉。说不定武器用得很溜。要么弄把剑一起战斗，要么赶紧回家吧。"

　　我听到金属撞击地面的声音，接着妈妈坚定地哼了一声，捡起一把剑和我们并肩作战。她与楠背靠背，互相照应。我笑了，喜悦之情贯彻全身。我又干掉一只恼鬼，趁机打量了一遍四周。好多邻居正在跟怪物们进行殊死搏斗，胜利的希望在我心中冉冉升起。

　　虽然他们大多数人以前从未摸过武器，但他们砍过木头，打过铁，挥着镰刀割过麦子。像妈妈，像我和朋友们一样，他们的体内也流着冒险者的血液。聚宝盆镇的人们是开拓者的后裔，祖先正是用鲜血、汗水和泪水创造了这个地方。而且据我所知，在这个过程中，他们还需面对许多怪物的蓄意破坏。就连长老们也拿起了武器，全力以赴地击退怪物的进攻。

　　但是，慢着。

　　我脑子里突然灵光一现。

　　我看见了恼鬼、唤魔者和卫道士，但漏了一个跟屁虫。

　　我四下里到处打量着，搜寻那个伪装的灾厄村民。我一眼就瞧见那个混蛋正藏在讲台后面，不时偷看，像个胆小鬼一样偷偷泼药水，那就是克罗格。

　　我轻轻捅了捅楚格的肩膀，指着那个假女巫，他正贼溜溜地向下瞄着。

　　"咱们去收拾他。"我说道。

30

蕾娜

 我的整个世界只剩下手中弯弯的木弓和顶在指尖的弓弦。我是唯一一个有弓箭的人，只有我无须近身肉搏就能消除威胁。只要我找个桶藏在后面就可以不再移动……

我伸手去够箭，但一无所获。

恼鬼的麻烦在于它们会飞，会突然消失。从僵尸或者骷髅身上拔出箭来容易些，但射中恼鬼的箭则散落在各处：插在墙上的，飞过石头的，躺在盔甲堆里的，还有的藏在掉落的绿宝石中。

我瞟了一眼玛尔和楚格，正好看到他俩神秘地互相点点头，然后一起跑向长老们发表演说的讲台。我的主要任务是掩护他们别被怪物袭击，但现在没剩下多少敌人了，他俩的目标转向了其他方面，我可以趁机丰富我的补给。

我一口气冲了出去，迂回前进，捡起所有可以看见的箭。

波比有自己的任务——她特别聪明，死死咬住卫道士的外衣不放，干扰它们斧子的攻击。我很担心她——特别担心——可她毕竟是野生动物，自愿加入战斗并且乐在其中，到处跑来跑去，随心所欲地收拾那些袭击者。

我正要再抽一支箭，有人一把揽住我的腰将我拖进一扇敞开的门里。我气急败坏地挥手大吼，但这里一片混乱，又非常吵，没人注意到我。我的胳膊肘撞到了那个人的脸，给对方的鼻子结结实实地来了一下，耳边传来一声惨叫，那个人松开了我。

"啊哟！你干吗呢，笨蛋？"

是姐姐莱蒂，我爬起来瞪着她，她正用袖子擦着鼻血。

"谁让你抓我了？我又不知道是你。"

"别人为什么要抓你？"

我指着外头的场面说道："正打仗呢，我可是一把好手，那些坏蛋巴不得看到我倒下去。"

她鼻子还滴答滴答地流着血，低头看了看我的弓和一把箭："没想到你还这么有本事呢？"我特别讨厌她一副怀疑的表情，好像是我在吹嘘自己多有本事似的。

"我已经去外面世界游历了一星期，"我告诉她，"挖庇护所、自己造工具、觅食、跟怪物搏斗……没点儿本事早就丧命了。你就别管我了，我得回去帮忙。"

说着我走向大门，可她揪住我的衬衫又把我拽了回来。

被人拽来拽去真烦！

"你不许出去。我已经告诉爸爸妈妈你回来了，他们交代我一定要带你回家。你惹的麻烦还少吗？"

我把衬衫扯回来，挺直了肩膀："莱蒂你再说一遍，谁惹'麻烦'了？有怪物正在袭击我们，要是我当了逃兵，越来越多的恼鬼就会……"

她翻了个白眼："这是长老和镇上居民的事，咱们不用管。"

典型的莱蒂论调。

她就是那种人——自己的事比别人的事重要多了，只顾自扫门前雪，不管他人瓦上霜。

我就不这样。

绝对不会这样！

"莱蒂，这是我们的镇子，这是我们的生活，所以这是我们大家的事，也是你的事。你如果不是一天到晚只想收拾我的话，早就琢磨透这个道理了。眼下我绝不回家！"

她一个箭步挡在门口："你试试。"

从小到大，从来都是她命令我该做什么。她本可以更善良，但却那么粗暴。她本可以问问我怎么了，却只是命令我别哭，当个正常人。她本可以教我怎么用镐，却让我别烦她。她总说是为了我好，但现在我明白了，我对她来说是个麻烦，她只想落个清静，才不是真的为了我好。

"休想！"我斩钉截铁地回敬道。

我吹了一声口哨。莱蒂用她一贯的看傻子似的眼神看着我。

"你要干吗——"

波比出现了。我指着莱蒂的外衣，狼朋友一口咬住，扭着身子拼命往后拖，尾巴猛烈摇着。莱蒂挣扎着拽住门框，但她既不强壮，身手也不敏捷，对方可是一头成年野狼。等她让出地方后，我跑了出去，躲在一辆马车后面，这样一来我就可以更方便地射杀剩下的恼鬼。还有两个唤魔者，一旦我放箭，怪物们会立即蜂拥而上发动更加猛烈的袭击。

"蕾娜！"姐姐站在人行道上大吼着，手里攥着撕裂的衬衫下摆，"你肯定会惹上大麻烦的！"

"无所谓！"我回敬她，"我习惯了！"

莱蒂转身朝家跑去。

我不想理她，扭头寻找下一个飞着的目标。

31
托克

外面激战正酣，而在斯图的商店里，我和他正在工作台上十万火急地合成各种剑、斧子、盾牌和盔甲——镇上的居民赤手空拳急需武器。我对没能上战场十分过意不去，楚格、玛尔和蕾娜正冒着生命危险保卫镇子的安全。

但当我抬头看到老斯图挥汗如雨地制造一把剑——他造剑的速度比我慢多了——我才觉得自己的工作还是相当有价值的。

我们没有楚格那种高级的钻石武器，只能用不起眼儿的材料给人们制造简单的物件。铁会裂，木头会碎，盾牌会毁在卫道士手里。没有妥帖的保护，就不能放手战斗。人们纷纷来这儿拿起我们制造的武器，露出了感激的微笑。

我们的工作意义重大，而且很特别。

事实证明，我的手艺比斯图长老好多了。

"我没有孩子，"他说着将两把破剑融合成一件更强大的武器，"我也没找老婆，当长老是我一生的使命。"他瞥了我一眼，扬起一条眉毛，"所以忘了把我掌握的技能传授下去。这些你是从哪儿学的？"

"从一本书上。"我说着，仔细查看刚造好的盾牌然后把它立在墙边，谁需要就可以直接拿走。

"什么书？"

"楠给的。经过黑森林时让强盗抢走了，真希望再有一本。"我确实找了，但林地府邸的箱子里根本没有楠的那本书。

我又开始造斧子。这次斯图没动手，只是看着我，一般在这种情况下我会很不自在——过去我搞发明创造时，我爸就这么盯着我，好像盯着牛爬树似的，一副"真有趣，但注定失败"的表情。但这次我没有不自在的感觉。斯图正望着我……可能想跟我学习学习。我找到了一种聪明的办法能用回收的钻石碎片制造出更结实、更锋利的斧子。

"我有几本书。"斯图斟酌着语句。

我猛地抬起头来："有关于制作的书吗？"

他点点头，"等度过这次危机后你可以跟我借，不过不能带走，"他赶紧补上一句，还举起一只手，"那都是很珍贵的东西，你明白的。只能来我这儿看，按里面的内容试着做，我教你。"

虽然我说不定还能反过来教他，但书里一定有些我不了解的窍门，好想尽快看到这些书啊！

"非常乐意。"我一口答应下来。

斯图笑了，这样的笑容对我和朋友来说太罕见了。他伸手去拿另一把断剑时，脸上又恢复了平时阴郁的表情。"原料快用完了。你能不能跑出去看看还有什么可用的？"

我不想去。这儿挺好，我最喜欢的就是制造各种东西。但这是战场，我的任务就是修补武器，要是屋里原料短缺，我便巧妇难为无米之炊。我点点头，三下五除二地完成了一把斧子，靠在墙边，然后走到门口停下来，观察外边的情况。

交战点更集中了。现在还剩下几个唤魔者，正利用恼鬼和尖牙阻止我方的进攻。楚格、玛尔和蕾娜不见了。正如斯图推测，外面到处都是原料——断了的武器，敌人掉落的东西，被拆成七零八落的马车……慢着，什么东西把马车给拆了？

这时，传来一声鼻息，我抬头看见一头巨大的猛兽正冲我咆哮。它的样子好像一头牛嵌进了丑陋的巨石里，正用硕大的蹄子刨着地面向我冲过来。

我将刚才搜集的材料全都扔下，撒腿就跑，脑子已经停止运转了。这感觉非比寻常，还是头一次碰上这种危险。我惊慌失措，唯一的念头就是别被这个巨物踩死。我跟镇上的居民擦肩而过，但没有一个人能帮我上前阻挡，每个人都在忙着战斗。

"楚格！玛尔！蕾娜！"我惊叫着，因为我知道他们一定会全力以赴搭救我的。

但生平头一回，我的兄弟和朋友没有过来支援。

　　大猛兽向我扑来，我一闪身，它的脑袋撞上了建筑物的一角，石头如雨点般砸下来。现在总算知道刚才那些马车的惨象是怎么来的了，我可不想和马车一个下场。显然，如果我还是直愣愣地跑，那是迟早的事。

　　赶紧开动脑筋，好好想想！

　　真奇怪，别看我整宿整宿都在构思那些看似不可能实现的机器，然而一旦在紧急情况下要开动脑筋，我却大脑一片空白，连镇中心的路都不认得了——这里崎岖蜿蜒，人头攒动，到处都是死胡同和破楼梯。

　　慢着。

　　有了！

　　记得恼鬼来的那天，我被贾罗和他的同伙堵在死胡同里。当时我跳上喷泉，摇摇晃晃地绕了一圈，瞅准另外一个方向逃之夭夭。我抄起一把掉落的剑冲过战场遗迹，跳过瓦砾堆，向前方崎岖蜿蜒的道路跑去。巨兽在后边步步紧逼，有时候它离得很近，我甚至还能听见它的喘息声并闻到它的恶臭。

　　我一眼就看见了要找的那扇蓝色大门，于是我一个紧急左转弯，拐入两座高耸倾斜的建筑之间的上巷。我记得这儿能容下怪物庞大的身躯。果然它在我后头紧追不舍，一点儿也没减速。我必须万事小心，虽说我现在持剑不会再割伤自己，但仍然算不上一个身手敏捷的人，而且我接下来要做的事情还需要一定的技巧。

　　小巷拐了一个急弯后变窄了，空气中弥漫着腐烂水果的气味。如果这个怪物类似牛或者猪，那肯定会停下来去吃那堆瓜皮，但它没有那么做，还是紧紧盯着我。只希望……

有了！就是这儿！

一段历史悠久、塌了一半的楼梯，通往墙上一扇高高的门。上次贾罗追我时，楚格还得帮我上到最下面一级台阶。然而物是人非。我踏上一个破箱子，跳到最底下的一级台阶上，然后拼尽力气站起来。大猛兽紧追过来，一时间刹不住脚一头撞在我下面的石墙上，发出轰隆一声巨响。巷子太窄了，它没法儿转身，也没法儿迅速后退。我跪在它头顶的台阶上，手里握着断剑，有点儿不忍心刺下去。

我一声不吭地跳落在猛兽背上，盼望着它像楚格的小家伙一样温顺好骑。

但事与愿违。

这家伙狂叫一声把我甩开，我四脚朝天从圆石堆上滑下去，真疼！但那把断剑万万不可扔了，这是我唯一的武器。

我抬头望去，眼前是猛兽巨大的屁股，臭烘烘的。

我猜此时无论是谁都会这么干吧，于是我举起剑。

刺了上去。

32

楚格

我和玛尔眼看就要到达讲台附近了——也就是克罗格那儿——突然有个东西从空中飞过砸到玛尔胸口上。一滴滴液体顺着她的盔甲流下来，发出微微的嘶嘶声。这玩意儿是亮紫色的，比治疗药水的样子可怕多了。紫色水滴飞溅到她的下巴上。玛尔瞪圆了眼睛，伸长了下巴。我们压根儿不知道这是什么药水，有什么功效。镇子上所有的药水都有用途，稀少又珍贵，由加伯长老专为紧急情况制作。这种药水很明显是有害的，但我们束手无策，不知该如何应对。

她气喘吁吁，就好像……我也不晓得怎样形容。之前大批南瓜死亡，原因不明。症状都是叶子发黄然后变成棕色，藤蔓枯萎，接着果实腐烂。

玛尔现在就是这样。

她的脸颊凹陷，眼睑发紫，嘴唇干裂，她的样子使我惊恐万状。

"玛尔！你怎么了？"

"这是一种……毒药，"她断断续续地说道，"你得……得……干掉他。"

我怒火万丈地瞪着讲台，克罗格正躲在后面，跟个胆小鬼似的向孩子们扔药水。附近有个破盾牌，虽然不是特别完整，但绝对够用了。我纵身一跃就势跪倒，把盾牌举在面前径直冲向克罗格。

一瓶药水从我的头顶擦过去，砸在圆石上。又飞过来一瓶砸在盾牌上，几滴落在我手上，但这一切根本吓不住我。我就像当时扛着小家伙过独木桥一样奋勇前进，只要不让克罗格的阴谋得逞，什么危险我都不在乎。

假女巫的脸从讲台后面冒了出来，他的胳膊朝后一扬，又扔了一瓶药水出来。我离得太近，而且拿盾牌的方式不对，因此对他的恶行毫无办法。药水翻腾着从空中划过，眼看就要砸中我，腐蚀掉我的嘴唇，还有……

一支箭嗖地击中玻璃瓶，把药水射到了地上，这下安全了！不用回头我就知道是蕾娜从天而降，我再也不孤单了。

其实，玛尔也在场，但我明白她已经丧失了战斗力，连句完整的话都说不了。

我走到讲台边，一个骨碌滚到木头上，肩膀上留下一道乌青。在木质结构的另外一边，克罗格打算转身逃跑，假女巫的长袍在他身后上下翻腾。虽然他年纪大了，但身体很结实，浑身肌肉，这都是他多年在甜菜根农场的劳作成果。从我个人经验来看，他跑得相当快。他要是发现哪个孩子偷偷溜进来，准能把他抓个正着，然后像拎着袋南瓜似的拎着他的后脖领把他送回家。

这一次，我必须赶在他前头。

他沿着街道跑去。我知道他要去哪儿——自己父母家，那个有活板门的房子。

他今天没占到什么便宜，一定不会善罢甘休。他会集结更多灾厄村民，再将他们派往镇子；他会制造更多药水，然后偷偷潜回来。我们当然可以封死活板门，但狡兔三窟，也许他还有其他渠道。说不定他会在另一户人家的地下或者矿井里冒出来，或者回自家的甜菜根农场，也可能从墙外的入口进来。

如果我们不及时制止这个家伙，他就会成为聚宝盆镇的心腹之患，让我们的日子苦不堪言，时时刻刻都提心吊胆，因为不知道他又要使什么坏。

"蕾娜，射他！"我越想越心惊胆战，于是大喝一声。

"我的箭用完了。"她走到我身边，一旁跟着疾驰的波比。啥时候她走路这么快了？"玛尔还好吗？"

"不知道，她被药水击中了，样子看起来不妙。"

前方，克罗格在两栋建筑之间穿梭，我们则紧跟其后拐入镇中心窄窄的小巷。这地方真不招人喜欢，所有东西都挤在一起，附近的建筑物好像随时会坍塌。

"咱们必须把他干掉。"我说道。

"必须！"蕾娜同意道。

"呼哧。"波比也插嘴。

我对这儿不熟悉，只知道气味难闻，而且附近也没什么地方可以藏身。我得侧着身子吸一口气才能挤进窄窄的小巷。克罗格又拐弯了，我很害怕把他跟丢了。只有我们才能阻止他实施阴谋。真怕我们竭尽全力拯救毕生所爱后，大家仍要分道扬镳。

等我们奔到拐弯处时，克罗格停下脚步，伸手从口袋里拿出一瓶东西，我猜又是药水。但我没停下来细看，而是继续加大马力狂奔，然后挥剑狠狠一劈。

不好……

像砍在棉花上似的。

我胳膊跟面条儿一样软，连剑都拿不住了。

正常情况下这一剑一定可以把他砍翻在地，但现在对他来说就跟挠痒痒似的。克罗格转过身，气呼呼地拧起了假女巫的眉毛。他瞅着我当街站着，一脸蒙的样子，钻石剑在我手里重如千斤，差点儿脱手。然后这家伙得意地笑了，跟全世界邪恶的老坏蛋得逞的表情如出一辙。

"是虚弱药水，很带劲吧？我——"

他正要继续幸灾乐祸地嘚瑟，却戛然而止，一头扑倒在地，眼睛瞪得老大，全身在地上瑟缩成一团。他身后站着托克，双手持一把断剑，震惊的表情不亚于克罗格。

"真没想到……"克罗格开口了。

"托克，再给他一下子！"

托克依言照做，这下耳根清净了。

"给你，拿着钻石剑。"我想把剑递给兄弟，但双手软弱无力提都提不起来。

他摇摇头。

"克罗格不是怪物，咱们不能杀他。"

"说得也对……要不轻轻来一下子？"

托克和蕾娜给了我一个警告的眼神。

"不行，"蕾娜坚定地说道，"这事必须让大家一起决定。"

克罗格挣扎着想站起来，我从胸甲上刮了点药水抹到他额头上。

"是虚弱药水，"我反唇相讥道，"很带劲吧？"

托克持剑站在克罗格面前，蕾娜掏出一根绳子把克罗格绑在一扇老旧的门上。克罗格想挣脱开，但托克的剑尖吓得他不敢动弹。我想帮忙，但一步也挪不动，只想美美地睡上一觉，更想吃上十只鸡，但我们必须在完全脱险后才能考虑这个。

托克、蕾娜和我得意地欣赏着被我们绑住的坏蛋。我突然想到一个事：镇上的人都忙着与怪物战斗，还不知道我们在这儿。

"斯图！"我扯开喉咙大喊，"长老！大家伙儿！我们把坏人抓住了！"这里的小巷弯弯绕绕太多，所以几分钟后众人才赶到。没一会儿，斯图、楠还有好几个大人都站在这个假女巫面前。

"看！"我说着，伸手想一把掀掉克罗格假女巫的鼻子，这要费点儿力气，可我还是很虚弱，所以蕾娜帮了我一把，虽然没想象中的那么干脆利落。然而，克罗格的面具一揭掉，众人都不约而同地倒抽一口冷气。蕾娜摘下了他的女巫帽。太痛快了！在众目睽睽之下，他再也没法儿抵赖了。

"玛尔哪儿去了？"楠望着我们问道。

我这才发现她不见了，心里猛地一惊。"在讲台后面，她被药水击中了。"

"什么药水？"

楠一听到我说"毒药"两个字，拔腿就跑。

33

托克

自从让那头臭烘烘的猛兽甩了下来，我浑身的骨节一直咔咔响，但楠一跑我们便毫不犹豫地追了上去。能让一位筋疲力尽的老太太如此着急，肯定是出了大事。刚才在一片慌乱中，我都没注意到玛尔不见了。我垂下头，无比羞愧。她一定很孤独，正冒着危险苦苦支撑。我兄弟肯定更惭愧。

我和楚格、蕾娜奔跑时也是个团结的集体。说来有趣，以前我们闯下大祸后都一窝蜂散了，现在碰上更大的问题却站在一起选择主动解决。我现在的身体状态不佳，但却比以前强壮多了，而楚格现在很虚弱——拜药水所赐，所以一路上我都扶着他。

跑回讲台的路程不长，毕竟镇中心不大。到处都是唤魔者和卫道士掉落的一堆堆战利品，这些怪物都是克罗格带来镇子的……克罗格想派它们干吗呢？我猜倒不是为了杀我们，而是想快点儿把我们赶走，要杀我们多容易啊！我们时不时碰上受伤的人群，他们靠在建筑物上或者坐在台阶上、马车上。会制造药水的加伯长老正在分发装着红色液体的小瓶子，他脸上一副心疼的表情。以前这些药水价格昂贵，现在终于到了他回馈社会的时候，将药水免费赠予大家。希望他的药水能帮玛尔恢复健康，但现在的首要任务是找到她。

楠在讲台的一头停了下来，我们一个急刹车围在她身边，忍不住惊叫起来。玛尔仰面朝天躺在地上，形如枯槁，皮肤变成灰色，头发干枯杂乱。她明亮的眼睛变得凹陷空洞，嘴唇干瘪皲裂，胳膊看着比楠的还苍老，骨瘦如柴。

"是毒药。"楠低声说了一句，然后示意楚格帮玛尔坐起来。

"你，"楠冲我说道，"你最机灵，去拿点儿牛奶来。"

我正要去找加伯，听了这话后丈二和尚摸不着头脑地走了回来："牛奶？不是药水吗？"

楠摇了摇头："药水解决不了所有问题，现在需要牛奶，顺便给你兄弟也拿点儿。"

我点点头朝玛尔家的农场一溜烟跑去。我跑得不算最快的，身体也不算最强壮的，楠应该选别人去干这么重要的差事，但我感觉玛尔的时间不多了，所以使出吃奶的劲一路狂奔。我的腿像踩了风火轮似的，胳膊拼命摆，心脏咚咚地跳动。此时，镇子显得特别大，但我以前从没有过这个感觉。我跑出镇中心，踏上去往玛尔家农场的那条路。她爸妈肯定不知道发生了什么事。他们在外边劳作，饲养奶牛，镇子上的邻居则在浴血奋战，玛尔为自己的生命苦苦挣扎，但她爸妈对这些一无所知。

玛尔家的围栏就在眼前，我双手一撑跳了过去，不知道什么力量促使我信心满满，身形敏捷。我知道带盖的牛奶桶放在哪儿，所以一个箭步跑过房子直奔畜棚。

到了！六个大桶排成一行，桶上盖着块布，农场里的猫咪在周围转来转去想讨一口喝。

一头奶牛看见我惊奇地哞了一声，玛尔的爸爸正坐在挤奶凳上。他抬起头来。

"托克？"

"玛尔碰上麻烦了。楠让我取点儿牛奶。他们都在镇中心。"我没等他啰啰唆唆问问题，抄起两桶牛奶拔腿就跑。

为了不让牛奶洒出来，我稳稳当当地滚着桶跑出了畜棚。

"托克，等等！"玛尔的爸爸大喊，"碰上什么麻烦了？"

看来他还不知道镇中心发生的事。我可不想浪费时间跟他解释，玛尔的生命危在旦夕。所以我顾不上理会，带着牛奶桶，有多快走多快。

这样赶路永远也到不了。我感觉特别慢，特别笨重，自己特别没用。换谁都能比我干得漂亮。这种感觉很熟悉。没出墙冒险之前，这股总是涌上心头的负面情绪让我特别沮丧。

"尽力吧。"我告诉自己。

楚格脚力好，但他会把牛奶洒得到处都是。

蕾娜速度更快，但她会停下来事无巨细地跟玛尔的爸爸说明前因后果。

说不定我就是这个任务的最佳人选。

而且采取了最正确的措施。

我专心致志，飞快又稳当地撒开腿狂奔，紧扣奶桶把柄的手指一阵阵剧痛，然后抬腿越过围栏来到镇中心，大家都在翘首以盼地等着我。玛尔的情况比刚才看起来更严重，好像在不断融化，又好像要干瘪萎缩。她双眼紧闭，眼球在淡紫色的眼皮上高高隆起。楠想从我手中接过奶桶，但却拿不动。

"小子，喂她喝。"楠说着四下里打量一圈，眉头紧皱慌了手脚，"有杯子吗？"

没人动。我冲到最近的那扇敞开的门里，找了一个杯子回来。用完之后我会再还回去。楠舀了杯牛奶凑近玛尔干裂的嘴唇。她倾斜杯子，但牛奶洒出来流了玛尔一下巴。我拿起另一个牛奶桶顶上那块布，把它泡进奶桶，然后塞在玛尔口中。几滴牛奶流过她的双唇，她咽了口唾沫开始吸吮那块布。楠接过布重新浸在牛奶里，然后再挤到玛尔嘴里。

我们眼巴巴地等着，大气不敢出，心急如焚。聚宝盆镇一直都很安全，最坏的情况不过是有人骨折或者其他外伤，用药水或者吃点儿好的就能疗愈。聚宝盆镇上过世的都是老年人。要是一个孩子受了致命伤，我们还真不知道该如何是好。

玛尔会不会……

一想到这儿，泪水模糊了我的双眼，我一把抹掉眼泪。楚格也快要哭了。他扶着玛尔，根本顾不上肆意奔流的眼泪，

297

那一刻我为他骄傲，他是那么的强大可靠。蕾娜坐在玛尔另一边，无声地啜泣着。波比躺在玛尔脚下，脑袋靠在玛尔腿上，目光落在玛尔脸上。玛尔的妈妈来了，后来她的爸爸也找到这里。

第一桶牛奶喝了一半。楠又舀了一杯，玛尔突然把头扭到一边，闭上了眼睛。

34

玛尔

全身剧痛。

我还没反应过来就受伤了，感觉五内俱焚，四肢干瘪，浑身的血液像被蒸干了。接着是……牛奶？

小时候父母喂给我的第一口食物就是自家奶牛产的新鲜牛奶。清凉甘甜……还有块布？我从嘴里吐出布团，嘴唇碰到了冰凉的金属杯。我大口大口地喝着，感觉手指与脚趾恢复了知觉。干枯的血管被牛奶滋润了。

作为一个在奶牛农场里长大的女孩，这情景非常滑稽。我想笑却笑不出来，因为喉咙仍然十分干渴。于是我继续吸吮，牛奶滋润全身，我的知觉渐渐恢复——感受到阴影与亮光，我被一只手臂环抱着肩膀，一具温暖的身体靠在我的腿上。我还听到耳语声——语气充满着焦虑。是因为我吗？我做错了什么呢？

一点儿印象都没有了。

杯子又贴上嘴唇，我扭头躲开。

开始讨厌牛奶了。

四周的一切静得吓人。

"玛尔？"有人说话了。

是楚格。

"玛尔，你没事了？"另外一个声音，是托克。

"求求你了，赶快回到我们身边吧。"是蕾娜的声音。

我咳了几声然后眨眨眼，但感觉眼皮有千斤重。"以后再来这儿，能不能别让我喝牛奶了，换点儿别的？"我的声音嘶哑，好像比楠的还要苍老。

我听见大家都松了口气。再次睁开眼睛时，每双眼睛都直勾勾地盯着我，身边好像围着半个镇子的人。蕾娜、托克和楠在身边，楚格扶着我。斯图站在远一点儿的地方，挡住了一群遍体鳞伤、满怀好奇心的镇上居民。

"玛尔，宝贝！"

眼前的影子变成了父母的样子——我的视力仍然很模糊。老爸不停地向我发问：发生了什么事？你去哪儿了？你怎么了？你们这些孩子这次又闯了什么祸？

楠严厉地说了他一顿，让他少信小道儿消息，多相信我。

"他们几个孩子救了整个镇子！"楠咆哮着，对爸妈指指点点，"你应该心存感激。"

爸妈都哭了，想过来抱抱我，但楚格还扶着我，而且我压根儿没法儿自己坐起来。

"没事，"我跟他们说道，"我很快就能恢复。"

确实，我好多了，我能感觉到。难道我以前有过这种经历吗？中毒的感觉难受极了。毒药刚一碰到身体便飞速渗透进去，生命一点点消逝。要不是这桶牛奶，我说不定早就没命了。

父母后退了一点儿，我在楚格臂弯里换了个姿势想更舒服些。大家眼巴巴地瞅着，这让我浑身不自在。楠也感觉到了这点，于是大吼起来："好了，大家拿上药水该干吗就干吗去吧，只要漏掉一个唤魔者，咱们就都麻烦了。去把克罗格关起来。"

"监狱一直用来储藏圆石，"斯图坐立不安地说道，"没想到有朝一日会用来关押犯人。"

"那就把那儿清理干净吧。什么事都有第一次。老实说吧，要不是这四个孩子、一头狼，还有一个老太婆，你都不知道现在会有多狼狈呢。"

斯图的脸变得通红。我笑了。

"要不我再喝点儿牛奶？"我问道。

35

蕾娜

玛尔脱离危险后，情况变得微妙起来，大家像无头苍蝇似的不知道该干吗。最后楠大喝一声"别吵了"，围观的人才渐渐散去。加伯继续给受伤的人分发药水，斯图负责清理监狱里的圆石，以便将克罗格关进去，因卡为艰苦战斗的人们带来清凉可口的西瓜，这是在恼鬼捣乱前收获的。玛尔站起来后，楠让楚格把另一桶牛奶一饮而尽，这对他来说太幸福了。中了虚弱药水后，他差点儿扶不起玛尔，但他咬紧牙关不吭声，不愿意让别人替换他。

我们来了个地毯式搜索，再也没找着灾厄村民。克罗格家的那扇活板门已经封死了，以防其他怪物闯进来。长老们尽力确保战利品公平分配，但总也免不了争执吵闹，尤其是贾罗的妈妈，但起码这属于内部矛盾。

至于我和朋友们呢？我们该干吗呢？

楠对那些闲着没事干的人大吼着下达各种命令，但没告诉我们该做什么——她挤了挤眼睛，做了个"嘘"的动作。我们打不定主意，不知道该往何处去。

要是回去呢，就得面对家里人的唠叨。虽说我们最终平平安安到家，但家人对我们偷偷溜走很是不满。回家固然开心，但要啰啰唆唆解释一大堆。我可不想对父母和兄弟姐妹复述我在这段时间的经历，这是我自己的事，没必要昭告天下。我可不想对家里人一五一十地从头道来——况且莱蒂还告状了，我懒得解释。男孩们面对亲人肯定有同样的烦恼。玛尔的父母倒是通情达理，她也一直很乖。而我呢，上次跟家里人说话就是跟姐姐发生口角。

我父母才不管我是不是拯救了整个镇子。

他们根本不知道我走了多远，也不知道我的能力。

他们眼里只有我对他们大不敬，还有逃避责任。

说不定他们还要逼我抛弃波比。

大家没有说话，但都心照不宣地溜出镇中心，向楠的树林走去。小时候我很害怕这片森林，但现在这儿让我感觉特别安心。这是最靠近墙外世界的地方，我可以在那儿随心所欲地生活——有玛尔挖庇护所，托克会造床，楚格和小家伙去钓鲑鱼，我和波比放哨，大家各司其职，有条不紊地工作，到处充满欢声笑语。

我们几个人坐在树下背靠树干，双腿伸进草丛里。

"一切顺利。"玛尔说道。

大家忍不住哈哈大笑。

"咱们赢了！"楚格摘下一朵花仔细端详着，"真没想到啊！"

"全镇子都传遍了这个消息，"托克插嘴道，"爸妈仍是不相信。"

"那也无所谓，"我平静地说道，"我们知道真相，还有斯图和楠。"

玛尔望着坐落在森林里的小木屋，它就背靠高墙。"真没想到，楠一直坚守在那儿，还保留着一扇通往外面世界的窗。"

"还有那么多书。"托克摇着头，"我们却把它弄丢了，那些宝贵的知识也没了。"

"不会的，我打赌她早就对书里的内容了如指掌了，"楚格说着把一朵花扔给托克，"世上还有什么是楠不知道的？"

我脑海里蹦出一个主意。

我能走得更远。

不用回到以前那种痛苦的生活。

这才是我命中注定的归属。

"玛尔，你说楠愿不愿意收我为徒呢？"我问道。

后记
楚格

一切圆满落幕。

我们从克罗格手里拯救了镇子，坏人被关进了监狱。长老们对此也很头疼，不知道该怎样处理他，但这不关我事。虽然虚弱药水害得我手脚无力，挥剑刺他时就像蚂蚁搬山，但好歹给了他几下子。

现在最大的问题是庄稼。克罗格的恼鬼把每家每户的收成都毁了四分之三。所有农户都打算把作物全部拔掉然后重新播种。但你猜怎么着？楠有一本关于药水的书，托克研究出一种药水能救下全部作物。它就像魔法，能让烂乎乎的南瓜和发灰焦脆的藤蔓重新生长，恢复成充满生机的橙色和绿色。

好吧，不能说像魔法，它就是魔法。因为我们知道世上真的有魔法。

还有一件大事：在楠的支持下我们把自己的经历原原本

本地讲了一遍，人们认真听了我们的话。我们站在讲台上，一五一十地讲述整个旅程，从爬出楠的窗户开始，到拜访了那个村子，再就是找到林地府邸，还有一路上的奇遇。每当有人想纠正我们，或者呵斥我们时，楠总是严厉地瞪他们一眼。我们坐上矿车去林地府邸接回了小家伙。楠曾经说过猪肉是最美味的食物，但这辈子我绝不吃一口猪肉。

　　我们把长老们带到地下的矿车那儿，他们惊讶得吱哇乱叫。没人相信镇子脚下还有如此巨大的地洞，也没人知道该如何处理快完工的下界传送门，所以干脆把它拆了。林地府邸现在已经空无一人，看着大人们目瞪口呆的样子特别好玩儿。

　　"看见了吧？早就告诉过你们。"我说这话时感觉很痛快。因为这些年来，他们一直诽谤诋毁我们，叫我们害群之马，指责我们撒谎胡闹。

　　接着，一个出乎意料的事发生了：镇子打算投票决定是否打开围墙。镇子里面实在太挤了，有些年轻人很乐意搬出去住。楠发表了长篇大论，意思是不把重要知识传递给下一代会招来毁灭性的灾难，还向大家讲述了墙外的世界是什么样的。她冲长老们晃晃手指，警告他们知识必须用来分享，无知才最危险，人生来自由。

　　这番话大为奏效。

　　现在墙上多了一扇门，常年有个哨兵把守，防止像克罗格那样动歪脑筋的人威胁大家的安全。墙外也有房子、有花园树木，甚至还有几头狼，是蕾娜教大家如何驯服它们的。

这是蕾娜最喜欢的，她对这件事乐此不疲。

她害怕回家被骂，所以楠陪着她一起去见了她的父母，还有她的兄弟姐妹，给了他们一个下马威。楠夸奖蕾娜聪明、能力强、有担当又勇敢。她家人一提出质疑就被骂了个狗血淋头。其实，楠也很想收她做徒弟，所以干脆趁机通知她全家人，蕾娜从此以后就住在自己的小屋里了，这样蕾娜就可以脱开身跟师父学习本领了。楠说玛尔需要帮助她的爸妈经营农场，可自己也得有个爱徒传授毕生绝学。蕾娜爸妈想反对，说矿上有活儿，于是楠毫不客气地看着蕾娜的那堆兄弟姐妹说："你家孩子这么多，不缺蕾娜一个。"

我不在场，蕾娜说当时的情景太解气了，她差点儿忍不住扑哧笑出声来。

蕾娜的家人终于被说服了，不再对蕾娜唠唠叨叨，而是平心静气地只管自己的事，专心对付矿里那些冷冰冰的大石头。

至于我和托克偷跑出去这件事，果然不出所料，爸妈对此大发雷霆。但听完我们的经历后，却出乎意外地表示支持。托克现在变成了镇上几个最厉害的人之一，因为他能用从墙外带回的工作台和酿造台做出许多宝贝。他比在烂泥地里打滚儿的猪还要开心，因为他可以不用去农场劳作了。我也很高兴，因为我可以和他一起干活儿，把他造的那些东西拿去商店里卖，教人们使剑和骑猪。克拉里蒂和康多生了好几只可爱的小猫咪，这一家子都喜欢在阳光下睡大觉。

玛尔仍然在家，在我们几个里面，她的生活改变最小。

　　她仍然每天凌晨起床把奶牛赶进牧场。然而一旦干完活儿，她就会经过镇中心往大门跑去，来到位于墙外的聚宝盆镇新区，那里有我和托克的商店，头上是无尽的苍穹。

　　说不定某天我们也会变成长老，向孩子们讲起我们拯救镇子的往事，但估计没人会相信我们吧——毕竟没人拿我们当回事。我们会告诉下一代的孩子们，不论乖不乖，听不听话，他们都是冒险家、工匠和战士的后代，他们的灵魂中埋藏着冒险精神的火种。

　　一旦走出高墙，便很难回头了。对此我深有体会。

　　而且有猪陪伴的日子实在太美好了。

后记，续
托克

怎么回事？

你们还不走？

哎，我虽然是个话痨，但也得干活儿啊。

还记得那台能投掷南瓜的机器吗？

终于让我给捣鼓出来了。

楚格本已经给这本书收尾了。

从今以后，就是你的故事了。

去追寻你自己的冒险之旅，组建自己的怪物小队吧。走的时候别忘带上猫咪，因为猫咪会带来好运。

作者简介

　　黛丽拉·S. 道森是《纽约时报》畅销书作家，著有《星球大战：法玛斯》《星球大战银河边缘：黑锋》《风暴之仆》和"布拉德"系列等。她创作的漫画包括《女主人》《食雀鹰》《星猪》和以莉拉·鲍恩（Lila Bowen）为笔名的"影子"系列。她与家人住在佐治亚州，喜欢伊沃克人、博格人和无麸质蛋糕。